Hi a FI

HI a FI

EIGRA LEWIS ROBERTS

Gomer

Cyhoeddwyd yn 2009 gan
Wasg Gomer, Llandysul, Ceredigion SA44 4JL

ISBN 978 1 84851 060 9

Dymuna'r cyhoeddwyr gydnabod cymorth
Cyngor Llyfrau Cymru.

Argraffwyd a rhwymwyd yng Nghymru gan
Wasg Gomer, Llandysul, Ceredigion

Pe gwyddit ti pa beth wyf i,
   Neu fi pa beth wyt ti,
Pe gwyddem hynny, dyna ben,
   Ni byddit ti na mi.

Pe gwyddit ti pa beth wyf i,
   Neu fi pa beth wyt ti,
Pe gwyddem hynny, dyna ben –
   Popeth a wyddem ni.

('Dirgelwch', T. Gwynn Jones)

Mi ges i fy nhemtio i anwybyddu'r curo. Roedd gen i ddigon o reswm dros wneud hynny, gan fy mod i'n tynnu at derfyn y gyfrol storïau yr ydw i wedi bod yn gweithio arni ers rhai misoedd. Ond rydw i'n fy adnabod fy hun yn ddigon da i wybod y byddai gwastraffu amser wedyn yn dyfalu pwy oedd wedi galw, ac i be, yn gwneud mwy o ddrwg.

Cyn i mi allu rhoi enw i'r wraig oedd yn sefyll wrth y drws, dyna hi'n dweud, yn reit siort,

'Dw't ti ddim yn 'y nghofio i, nag wyt? Nesta, Stryd Capal Wesla.'

Rydw i'n cofio meddwl – be mae hen ffrindiau'n arfer ei wneud ar adegau fel hyn, ysgwyd dwylo, cofleidio, taro cusan ar foch? Ond y cwbwl wnes i oedd ei gwahodd hi i'r tŷ a'i harwain i'r stydi.

'Fedra i'm aros yn hir,' meddai hi. 'Ar fy ffordd yn ôl i Lerpwl rydw i.'

'Sut gwyddat ti lle i ddŵad o hyd i mi?'

'Gweld dy hanas di yn "Llafar Bro", wedi ennill mewn rhyw steddfod. Mi fydda i'n cael copi drwy'r post bob mis.'

'Oes gen ti amsar am banad o goffi?'

'Oes, am wn i, ond rho ddigon o lefrith ynddo fo.'

Pan es i â'r coffi drwodd, roedd hi'n dal ar ei sefyll ac yn syllu ar y silffoedd llyfrau.

'Gwaith hel llwch,' meddai hi, a chrychu'i thrwyn. 'Dw't ti rioed 'di darllan rhain i gyd?'

'Y rhan fwya ohonyn nhw.'

'W't ti'n dal i sgwennu straeon?' mewn llais oedd yn awgrymu y dylwn i fod wedi hen roi'r gorau iddi.

'Dyna ydw i'n ei neud bob dydd.'

'Fydd dy law di ddim yn cyffio, d'wad?'

'Ar y cyfrifiadur 'ma y bydda i'n gneud y rhan fwya o'r gwaith.'

'Wn i ddim byd am gompiwtars. Petha afiach ydyn nhw . . . straen ar gefn a llygaid. Am be mae'r straeon 'ma, 'lly?

'Pobol, fel roeddan nhw, fel maen nhw.'

''Run fath â Catherine Cookson?'

'Rwbath tebyg.'

'Fydda i byth yn darllan llyfra Cymraeg. Anodd 'u dallt ydyn nhw, 'te. Nag yn siarad fawr o Gymraeg chwaith.'

'Sais ydy'r gŵr?'

'Dyna oedd o.'

'Ma'n ddrwg gen i.'

'Dydy o ddim wedi cicio'r bwcad. Mynd â 'ngadal i ddaru o, am ryw ffifflan o hogan hannar 'i oed.'

Wyddwn i ddim be i'w ddweud. Fedrwn i'm yn hawdd ailadrodd y 'ma'n ddrwg gen i'.

Fe eisteddodd ar ymyl cadair, y gwpan goffi ar ei glin, a syllu'n galad arna i.

'Does dim angan gofyn sut w't ti. 'Di cael bywyd braf, ia, dim byd i dy boeni di?'

Waeth iddi feddwl hynny ddim. Fyddwn i ddim yn dewis agor fy nghalon i rywun diarth, p'un bynnag. Fedrwn i ddim gwneud hynny efo Nesta hyd yn oed pan oeddan ni'n credu ein bod ni'n nabod ein gilydd.

'Doedd gen ti ddim syniad pwy o'n i, nag oedd?'

'Un sobor o wael am gofio wyneba ac enwa ydw i.'

'A ninna'n arfar bod gymaint o ffrindia. Amsar da oedd o, 'te?'

'Ia, ma'n debyg.'

'Mi fydda'n braf gallu troi'r cloc yn ôl, a cha'l bod fel roeddan ni.'

'Dydy hynny ddim yn bosib, diolch byth.'

Roedd hi'n cuchio arna i, fel y byddai hi erstalwm pan fyddwn i'n meiddio mynd yn groes iddi.

'Be w't ti'n 'i feddwl . . . diolch byth?'

'Fyddwn i'm yn dymuno gneud hynny.'

'Dydan ni i gyd ddim wedi'i chael hi mor hawdd, 'sti. Ond mi ddaw petha i drefn unwaith y bydda i wedi symud yn ôl.'

'Yn ôl i lle?'

'Blaena, 'te. Yno rydw i'n perthyn.'

'Yno roeddat ti'n perthyn.'

Anwybyddu hynny wnaeth hi, a dweud yn surbwch,

'Ro'n i'n meddwl y byddat ti'n falch o wbod y byddwn ni o fewn cyrradd i'n gilydd.'

'Mi w't ti 'di cael tŷ yno, felly?'

'Ddim eto. Dyna lle rydw i wedi bod heddiw, yn cael golwg o gwmpas. Os clywi di am r'wla . . .'

'Anamal y bydda i'n mynd yno.'

'Hidia befo, os ydy o'n ormod o draffarth. Mi dw i'n siŵr o ddŵad o hyd i le.'

'Dydy rŵan mo'r amsar gora i brynu tŷ.'

'Ond rŵan ydw i 'i angan o. A' i ddim i aros yn Lerpwl eiliad yn hwy nag sydd raid.'

Roedd y gwpan yn dal ar ei glin, a'r coffi heb ei gyffwrdd.

'Ma' hwnna'n siŵr o fod wedi oeri bellach,' *meddwn i.*

'Te fydda i'n arfar 'i yfad. Yli, ma'n rhaid i mi fynd.'

Mae'n debyg y dylwn i o leia fod wedi diolch iddi am alw. Ond roedd hi eisoes ar ei ffordd allan, ac yn dweud dros ei hysgwydd,

'Mi ro i wbod i ti pan ga' i oliad am dŷ.'

Roedd hi wedi gadael y gwpan ar y ddesg. Cyn dychwelyd at y gwaith, bu'n rhaid i mi fynd â hi drwodd i'r gegin ac arllwys ei chynnwys, oedd yn fwy o lefrith na choffi, i'r sinc, gan fod yr arogl yn troi ar fy stumog i.

Un clic ar y llygoden fach, a dyna'r stori y gorfodwyd fi i'w gadael yn llenwi'r sgrin. Ychydig frawddegau, a byddai hon, hefyd, yn barod.

Rydw i wedi bod yn eistedd yma ers hydoedd heb ychwanegu gair, a darluniau nad ydw i wedi'u gweld ers blynyddoedd yn gwibio o flaen fy llygaid. Does yna ddim i'w wneud ond arbed y stori fel y mae hi am rŵan.

Ond mae'r un clic yn troi'n ddau, a ffeil newydd, ddi-deitl, wedi'i hagor. Ac mi wn, cyn i'r un gair ymddangos ar y sgrin, be fydd ei chynnwys. Eisiau neu beidio, rydw innau, fel Nesta, yn mynd yn ôl.

1

Dydy'r lle rydan ni'n byw na theras na stryd. Mi ges i andros o dafod gan Miss Evans drws nesa am ddeud 'stryd ni', yn lle'i galw hi wrth ei henw iawn. Dydw i ddim yn sylweddoli mor lwcus ydan ni, medda hi, o gael byw mewn rhan o'r dre sy'n denu'r dosbarth gora o bobol.

Fi, Helen Owen, ac Edwin babi mam ydy'r unig blant sydd 'ma. Mae hynny'n ormod i Miss Evans, gan ei bod hi'n dysgu yn y Cownti ac yn gorfod diodda plant drwy'r dydd. Ond nhw sy'n diodda fwya, yn ôl Barbra a Beti. Fiw i neb symud na llaw na throed na fydd hi'n rhoi clec ar draws ei fysadd efo rwler.

Hi sydd pia tŷ ni, ei thad wedi'i adal o iddi yn ei ewyllys. Fe fydd Mam yn galw yno bob mis i dalu'r rhent. Mae hi wedi fy rhybuddio i i beidio gneud dim i gynhyrfu Miss Evans rhag ofn iddi gymyd yn ei phen i godi hwnnw a ninna prin yn medru ei fforddio fo. Ond mae Miss Evans yn un mor sobor o groendena fel nad ydy'n bosib peidio'i chynhyrfu hi. Pan fydda i'n nodio i ddangos 'mod i'n cytuno, er nad ydw i ddim, mae hi'n deud, 'Dim ond mulod sy'n ysgwyd eu penna, Helen Owen', ac os ydw i'n meiddio agor 'y ngheg, 'Mwya trwst llestri gweigion'. Dyna pam rydw i'n gneud fy ngora i'w hosgoi hi. Fydd hynny ddim yn bosib unwaith y bydda i yn y Cownti, ond mi wna i'n siŵr 'mod i'n cadw 'nwylo o dan y ddesg.

Un sy'n credu mewn siarad plaen ydy Miss Evans, cyn bellad â'i bod hi'n gneud y siarad. Ond mae 'na rai er'ill sy'n credu'r un peth, a does dim rhaid iddyn nhw ddal eu tafoda fel ni. Rydw i wedi colli cyfri o'r siopa nad ydy hi am roi ei throed ynddyn nhw a'r bobol nad ydy hi am dorri gair efo nhw byth eto. Mae'r rhestr yn mynd yn hirach bob dydd, ac fe fydd 'na ragor o enwa arni toc, gan fod 'na wn i ddim faint o gonsarts a steddfoda rhwng hyn a'r Dolig, ac angan rhywun i chwarae'r piano. Manteisio ar ei 'wyllys da mae pobol drwy ofyn iddi, ond mae iddyn nhw beidio gofyn yn bechod anfaddeuol.

'Mi dw i wedi cael fy mrifo'n arw, Mrs Owen,' medda hi wrth Mam llynadd ar ôl gweld enw Madame Rees, Cyfeilydd, ar bostar steddfod yn ffenast y Co-op. 'Ond mwya newch chi, lleia'ch parch ydach chi.'

Hen ferch sy'n byw yn y drws nesa arall hefyd, ond dydy hi ddim byd tebyg i Miss Evans. Mae hi'n cripian o gwmpas fel llygodan fach, byth yn cwyno, ac yn cael croeso ym mhob un o'r siopa. Ar ôl bob pryd bwyd, mi fydd yn dŵad allan efo'i thebot ac yn ei wagio fo yn yr ardd. Does 'na ddim byd i guro dail te am neud i floda dyfu, medda hi, ond dydyn nhw i' weld ddim gwell ar bedwar pryd y dwrnod.

Ar wahân i Edwin a fi a'r ddwy Miss, cypla ydy'r lleill, yn byw'n dawal bach ac yn meindio'u busnas 'u hunain. Fydd yr un ohonyn nhw'n picio o dŷ i dŷ i ofyn benthyg neu hel straeon. Mi fedrwch gerddad o un pen i'r llall weithia heb weld neb ond Mr Pritchard, na cheith o ddim smocio'i getyn yn y tŷ.

Mae 'na ffenast fach yn nrws ffrynt rhif deg, fel bod mam Edwin yn gallu gneud yn siŵr fod pwy bynnag sydd 'na'n ddigon ffit i'w adal i mewn. Os ydy tad Edwin yn gneud cymaint â thisian, mae hi'n ei yrru o i ffwrdd at ei chwaer, ac yno bydd o nes cael papur doctor i ddeud ei bod hi'n saff iddo fo ddŵad yn ei ôl.

Rhyngon ni a'r stryd fawr mae 'na dri tŷ arall, ac mae gofyn i rywun fod yn ofalus iawn wrth fynd heibio i'r un pen. Ro'n i'n arfar meddwl fod Miss Smith, sy'n byw yno, yn wrach, ac y galla hi roi melltith arna i, nes i Dad ddeud nad ydy hi ddim ond hen wraig ddiniwad sydd wedi cael bywyd calad.

'Ond dydy hynny ddim yn rhoi hawl iddi daflu llond bwcad o ddŵr sebon dros bobol wrth iddyn nhw basio,' medda fi.

'Wedi'i fwriadu i lanhau'r gwteri mae o, 'sti. Y cwbwl sydd raid i ti 'i neud ydy cerddad yr ochor arall i'r ffordd.'

Dyna ydw i'n arfar ei neud, ond pan fydda i'n anghofio, fel gnes i dydd Gwenar dwytha. Allan â hi, heb i mi sylwi, y dŵr yn tasgu dros fy nghoesa, a hitha'n cecian, fel tasa hi'n chwerthin am fy mhen i.

Ro'n i wedi gobeithio y bydda Miss Hughes yn gadal i mi fynd at y tân i sychu, ond y cwbwl ddaru hi oedd pwyntio at yr ôl traed budur ar lawr y dosbarth a 'ngyrru i i nôl mop. Chymodd hi ddim sylw ohona i wedyn, ac mi ges i lonydd i sgwennu pennill am yr hen wraig ddiniwad sy'n gneud i bobol er'ill ddiodda am ei bod hi wedi cael bywyd calad:

Mae Miss Smith yn hollol dwlali,
ddim yn wrach, ond y nesa peth ati.
Does 'na'm posib mynd heibio
heb iddi'ch melltithio
a gneud ei gora i'ch boddi.

Ond chaiff hi ddim cyfla i neud hynny eto, cyn bellad â 'mod i'n cofio cerddad o'r tu arall heibio, fel y Lefiad yn stori'r Samariad Trugarog.

Er fy mod i'n ddigon ifanc a heini ar y pryd i allu osgoi'r dŵr, rydw i eisoes yn nabod Helen yn ddigon da i wybod na fyddai hi'n fodlon ar hynny. Dydw i ddim yn rhy siŵr ar hyn o bryd be ydw i'n ei feddwl ohoni, ond mae ei chael i ddweud a gwneud be fyn hi yn beth mor braf.

Rydw i'n cymyd seibiant bach i feddwl lle'r a' i nesa. Wrth i mi droi fy ngolygon oddi ar y sgrin, mi alla i weld y ddau lygad milain yn rhythu arna i a chlywed y llais o'r gorffennol yn gofyn, 'W't ti'n dal i sgwennu straeon?'

Be barodd i Nesta alw yma? Ydy hi'n credu, o ddifri, fod ganddi'r hawl i fynd ar fy ngofyn i, dim ond am ein bod ni'n digwydd bod yn ffrindiau erstalwm? Erbyn meddwl, gwneud defnydd ohona i fyddai hi bryd hynny hefyd, pan nad oedd neb gwell ar gael. Ond efallai mai rhyw enath arall oedd honno, rhywun y gall Helen roi enw arni a'i galw'n ffrind.

Mae'n debyg y dylwn i deimlo piti dros Nesta, a finna efo gŵr na fyddai byth yn fy ngadael i, mwy nag y byddwn i'n ei adael o. Ond sut y galla i, heb wybod dim amdani ond yr hyn rydw i'n credu fy mod i'n ei gofio? Siawns nad ydy hynny'n ddigon, gan fod Helen yma i siarad drosta i ac i lenwi'r bylchau.

Be fydd ganddi i'w ddweud am Ysgol y Merched, Maenofferen, tybed? Ydy hi'n fy nghofio i'n eistedd yn y rhes flaen yn Standard Five, er mwyn i Miss allu cadw llygad arna i? Wrth gwrs ei bod hi. On'd oedd hithau yno hefyd, yn gweld ac yn clywad y cwbwl. A hyd yn oed os ydy hi wedi anghofio ambell beth, dydy hi, mwy na finna, ddim yn brin o ddychymyg.

2

Mi fetia i mai gan Miss Hughes, *Standard Five*, mae'r pen-
ôl cnesa yn y dre, gan ei bod hi'n treulio'r rhan fwya o'r
diwrnod â'i chefn yn erbyn y giard. Fe fydd y tân, sydd
wedi'i fwriadu ar ein cyfar ni i gyd, yn cael ei gynna bob
bora o aea, ond dydan ni ddim yn gallu ei weld na'i
deimlo fo. Weithia, mi fydda i'n dychmygu fod rhywun
wedi symud y giard heb iddi sylwi, a hitha'n syrthio
wysg ei phen-ôl mawr i'r grât; ogla deifio yn llenwi'r
stafall a mwg yn dŵad allan o'i chlustia hi.

Heddiw, fydda ddim tamad o ots gen i tasa hi'n
mynd i fyny mewn fflama. Mae hi wedi bod yn pigo
arna i drwy'r bora. Chymodd hi ddim arni sylwi fy mod
i wedi rhoi fy llaw i fyny pan ofynnodd hi faint ohonon
ni oedd wedi bod yn y capal neithiwr, dim ond edrych
yn gas ar Margaret, oedd wedi codi'i llaw efo'r lleill, a
deud, 'Eglwys ydach chi, yntê?'

Gwers ddarllan a deall oedd hon i fod, nid symia.
Gas gen i rheiny, yn enwedig problema fel hon, a does
gen i ddim mymryn o ddiddordab mewn gweithio allan
faint o amsar mae'r trên 'ma'n ei gymyd i deithio o A i
B, pelltar o gant dau ddeg pump o filltiroedd ar bum deg
milltir yr awr. Mi fydda gymaint haws i bwy bynnag
sydd angan gwbod hynny ofyn yn y stesion.

Rydw i'n dyfalu'r atab ac yn mynd ati i sgwennu
pennill am Miss Hughes:

> Hen ditsiar hunanol o'r Blaena
> aeth i sefyll mor agos i'r fflama
>   nes llosgi'i phen-ôl,
>   ddaw hi byth yn ei hôl . . .

Mae ogla dillad newydd gael eu smwddio yn llenwi fy ffroena wrth i Miss Hughes blygu drosta i. Does 'na ddim byd ar fy llechan i ond 4 mawr.

Mae hi'n gafal mewn darn o sialc, ac yn pwyso mor galad wrth roi croes drwy'r pedwar nes bod hwnnw'n torri.

'A pwy all ddweud wrth Helen Owen faint o amser mae'r trên yn ei gymeryd i gyrraedd o A i B?'

Mae'r dwylo'n saethu i fyny. Pa un fydd dewis Miss Hughes, tybad? Pwy ond Megan Lloyd na-all-neud-dim-drwg, fel pob tro arall?

'Dwy awr a hannar, Miss.'

'Wrth gwrs. Dydw i ddim yn credu y byddai'r un ohonon ni'n dewis teithio ar drên Helen Owen, fyddan ni, ferched?'

Maen nhw i gyd yn ysgwyd eu penna. Mi alla i weld Ann, sy'n ista agosa ata i, yn rhwbio'i llechan efo'i llawas.

'Falla fod fy nhrên i wedi torri i lawr, Miss.'

Y munud nesa, mae Miss Hughes yn gafal yn fy nghlust i efo'i bys a'i bawd, yn rhoi tro egar iddi hi, ac yn deud wrtha i am fynd i sefyll tu allan i'r stafall.

Gan fod y drws hwnnw'n agor yn syth i *Standard Three*, rydw i'n cymyd arna 'mod i'n mynd i'r tŷ bach, er nad oes 'na ddim ond pum munud cyn amsar chwara a bod disgwyl i ni'r genod hŷn allu dal tan hynny, yn siampl i weddill yr ysgol.

Rydw i'n cael fy nhemtio i droi i'r dde, a'i heglu hi am adra. Fydd 'na ddim byd ond cydymdeimlad i'w gael gan Mam. Cyn i'r camomeil sychu'n gremst ar fy nghlust i, fe fyddwn ni ar ein ffordd yn ôl, a hitha'n deud fod Miss Hughes wedi mynd yn rhy bell y tro yma

16

a'i bod am ei setlo hi, un waith ac am byth. Wedi iddi neud hynny, fe fydd yn rhaid iddi fynd adra, a mi fydda i wedi 'ngadal efo Miss Hughes, sy'n credu y dyla mama aros y tu allan i giatia'r ysgol.

Does gen i ddim dewis ond troi i'r chwith, lle mae 'na res o fasns molchi a rhybudd uwch eu penna'n deud, *'Cleanliness is next to Godliness'*. Rydw i'n tynnu'r hances o 'mhocad, yr un efo ymyl les roddodd Miss Evans drws nesa i mi ar fy mhen blwydd, sy'n dal yn ei phlygiad ac yn drewi o ogla *mothballs*.

Rydw i'n rhedag dŵr oer drosti. Wrth i mi ei dal yn erbyn fy nghlust, mae pinna bach yr oerni yn tynnu dagra i'm llygaid i. Ond fiw i mi grio. Mi fydda hynny, i Miss Hughes, fel cyfadda fod yn ddrwg gen i.

Mae 'na rywun yn sbecian arna i heibio i gil y drws. Hi sydd 'na, angal bach Miss Hughes, yr un na-all-neud-dim-drwg ac sy'n cael y marcia ucha ym mhob dim ond arlunio, nad ydy o'm yn cyfri.

'Mi ddeudodd Miss Hughes wrthat ti am sefyll tu allan i'r stafall,' medda hi.

'Ddeudodd hi ddim pa stafall.'

Roedd hi wedi gobeithio fy nal i'n crio ac yn crynu drosta, er mwyn gallu deud wrth Elsi, ei ffrind gora, na-all-neud-dim-drwg-chwaith, ac sy'n cael y marcia ucha ond un ym mhob dim sy'n cyfri.

'Mi w't ti i ddŵad yn ôl rŵan.'

'Ro'n i yn dŵad, p'un bynnag.'

Rydw i'n cerddad heibio iddi a 'mhen yn uchal. Ydy hi'n mynd i ddeud wrth Miss Hughes 'mod i'n cuddio yn y clocrwm? Ydy siŵr; dyna'r peth cynta mae hi'n ei neud. Maen nhw i gyd yn yfad eu llefrith, ac yn gneud ceg twll tin iâr wrth ei sipian drwy welltyn, pawb ond Eleanor Parry, sy'n chwythu swigod drwy'i hun hi.

Mae'r poteli llefrith yn cael eu rhoi y tu mewn i'r giard bob bora gan fod llefrith oer yn achosi poen stumog. Mi fydda'n well gen i ddiodda hynny na gorfod yfad hwn, sy'n waeth hyd yn oed na'r *castor oil* a'r *syrup o' figs* sydd, meddan nhw, yn leinio'r stumog ac yn cadw'r bŵals yn gorad. Weithia, mi fydda i'n llwyddo i sleifio allan a thywallt y llefrith i lawr y pan. Ond does gen i'm gobaith gneud hynny heddiw a dau lygad barcud Miss Hughes wedi'u sodro arna i.

Dydw i ddim yn cael mynd allan i'r iard efo'r lleill. Mae Miss Hughes yn gadal i gael ei phanad te fydd, gobeithio, cyn oerad â dŵr pwll erbyn hyn. Am y tro cynta'r bora 'ma, rydw i'n gallu gweld a theimlo'r tân, ac mae gen i biti garw dros y lleill, yn rhynnu allan yn yr iard. Os ma' dyma be sydd i'w gael am neud drwg, does 'na fawr o ddiban trio bod yn dda.

Wedi dŵad yma i dŷ Nain rydw i, er mwyn gallu gofyn i Yncl John pam fod gneud drwg yn talu'n well na gneud da, ond mae'i gadar o'n wag. Yn y stafall ddarllan yn y llyfrgell mae o, mae'n siŵr. Chawn ni'r plant ddim mynd yn agos i'r lle. Mae 'na arwydd mawr ar y drws yn deud, 'TAWELWCH/*SILENCE*'. Mi fedras i sleifio i mewn unwaith, ond doedd 'na ddim i'w weld yno, ar wahân i hen ddynion a'u trwyna mewn papura newydd, ond llwynog wedi'i stwffio mewn cas gwydyr, hen beth milan yr olwg, dim byd tebyg i Siôn Blewyn Coch, a llun o Syr O. M. Edwards, 'Cymwynaswr mawr plant Cymru'.

Mae Anti Kate wedi sylwi 'mod i'n dal fy llaw wrth fy moch, ac yn gofyn,

'Pigyn clust sydd gen ti?'

'Miss Hughes *Standard Five* ddaru afal yn 'y nghlust i a rhoi pinsiad iddi.'

'Pam gnath hi hynny?'

'Am 'y mod i'n ddiog ac yn glwyddog, medda hi.'

'Rhag 'i chwilydd hi, a chditha'n hogan mor dda.'

'Mae hi'n pigo arna i drwy'r amsar.'

'Ac mi 'dan ni i gyd yn gwbod pam, 'dydan.'

Cyn i mi allu gofyn 'gwbod be?', mae hi wedi mynd i ble bynnag bydd hi'n arfar mynd, ac yn syllu drwy'r ffenast ar sgerbyda o blanhigion a'r wal fawr lwyd sy'n cau am yr iard gefn. Waeth i mi heb â holi rhagor.

Rydw i'n gadal heb foddran deud 'ta-ta'. Ond wrth i mi agor y drws cefn, mi fedra i ei chlywad hi'n deud,

'Rho ddarn o wadin yn dy bi-pi heno a'i stwffio fo i dy glust, ac mi fydd y pigyn wedi diflannu erbyn bora.'

Wrth i mi gerddad am adra, rydw i'n teimlo fel tasa pawb yn syllu arna i ac yn meddwl – honna ydy'r hogan mae Miss Hughes yn pigo arni hi, ac rydan ni i gyd yn gwbod pam, 'dydan.

Rydw i'n cadw 'mhen i lawr wrth fynd heibio i Mr J. G. Lloyd, tad Megan, sy'n sefyll y tu allan i'w siop, yr un fwya yn y dre. Ond mae o wedi 'ngweld i.

'Be ydach chi'n ei feddwl o hwn, Helen?' medda fo, a phwyntio at bostar mawr yn y ffenast. Arno fo, mewn llythrenna bras, duon, mae'r geiria:

Ein harwyddair ni: Steil a Safon.
Y mae popeth at eich eisiau
I'w gael yma, o'r safon orau.
Gwerth eich arian gewch bob amser,

Ein nod ni yw plesio'r cwsmer.

Hwn fydd y Nadolig gorau erioed

Ond i chi siopa'n J. G. Lloyd.

'Megan sgwennodd y pennill. On'd ydy o'n un da?'

Be fedra i neud ond cytuno, a hwnnw wedi'i sgwennu gan yr un na-all-neud-dim-drwg?

'A be ddysgoch chi yn yr ysgol heddiw, Helen?'

'Dim byd.'

'Fydda clywad hynna ddim yn plesio Miss Hughes.'

Rydw i wedi dysgu un peth – fod bod yn ddrwg yn talu'n well na bod yn dda – ond fiw i mi ddeud hynny ac ynta'n flaenor yng nghapal Jerusalem.

Mae o'n canmol Miss Hughes i'r cymyla. Cristion o ddynas ydy hi, medda fo, sydd wedi cysegru'i bywyd i roi'r addysg ora i ni enethod, a ni fydd ar ein collad os na wnawn ni'n fawr o hynny.

'Dria i 'ngora, Mr Lloyd,' medda fi. 'Ond dydw i ddim mor glyfar â Megan.'

Mae hynna wedi'i blesio fo. Siawns na cha i fynd adra rŵan,

'Fedrwch chi ddim gneud mwy na'ch gora,' medda fo. 'Deudwch wrth eich mam fod ganddon ni ddewis ardderchog o gotia gaea yn y steil ddiweddara, a hynny am bris rhesymol iawn.'

Dydw i ddim yn bwriadu deud ffasiwn beth. Fydda gen Mam ddim diddordab, p'un bynnag. On'd ydy'r gôt oedd hi'n ei gwisgo gaea dwytha yn edrych fel newydd ar ôl iddi rwbio'r staen ar y golar efo tamad o grystyn.

Ar ôl croesi'r stryd fawr, a chael gwarad â phobol, rydw i'n cofio'n sydyn na ches i ddim cyfla i orffan fy mhennill. Mae'n ddigon hawdd cael rwbath i odli efo

'Blaena' a 'fflama', ac erbyn i mi gyrradd giât tŷ ni, mae'r llinall ola gen i:

nes llosgi'i phen-ôl,
ddaw hi byth yn ei hôl,
a fydd 'na ddim mwy o broblema.

Dydy o mo'r pennill gora sgwennas i rioed, ond mi liciwn i tasa fo'n wir.

3

Heddiw, mae gen i gyfla i ddangos i bawb pa mor dda ydw i. Rydw i'n ista wrth y bwrdd yn stafall Nain, yn aros am y te dydd Sul. Hon ydy'r stafall fwya yn y tŷ, heb gyfri'r parlwr, nad ydy o'n da i ddim gan nad oes 'na neb yn agor y drws o ddechra blwyddyn i'w diwadd. Dydy o ddim yn deg fod Nain yn cael y stafall ora a hitha ddim ond angan un gadar.

Mi fydda rhywun yn meddwl nad ydy Anti Kate ac Yncl John ond wedi bod yma am chydig wythnosa, er eu bod nhw wedi symud i mewn sbel cyn i mi gael fy ngeni. Meddwl dw i y bydda'n well gan y ddau fod yn rhwla arall. Mi wn i'n iawn be fydda dewis Yncl John, ond lle galla Anti Kate fynd, mewn difri? Weithia, dydy hi ddim fel tasa hi'n gwbod lle mae hi na be mae hi'n ei neud yma. Mi fydda ar goll yn lân tasa hi'n mentro ymhellach na'r siopa neu'r capal.

Mae Yncl John yn sefyll wrth y ffenast, yn gwgu ar y tomennydd llechi. Dydy'r dre lle rydan ni'n byw, medda fo, yn ddim ond plentyn o'i chymharu â'r dre yn sir Drefaldwyn, lle cafodd o 'i fagu; plentyn wedi'i orfodi i dyfu i fyny yn rhy gyflym a'i gam-drin gan gyfalafwyr ariangar. Mae Anti Kate yn cnoi'i gwinadd ac yn edrych ar Nain drwy gil un llygad. Er nad oes ganddi hi syniad be mae o'n drio'i ddeud, mwy na sydd gen inna, mae'r geiria'n codi ofn arnon ni. Fy hun bach wrth y bwrdd, rydw i'n dal fy ngwynt ac yn gwasgu 'nyrna'n dynn. Ond golwg ddigalon sobor sydd ar Yncl John wrth iddo fo estyn am ei blât a'i gwpan a mynd drwodd i'r stafall hir, gul yn y cefn.

'Ydy'r te yn barod bellach, Kate?'

Mae Nain yn gorfod ailadrodd y cwestiwn cyn i Anti Kate afal yn y tebot a dechra tywallt. Mae hi'n syllu ar y dŵr llwyd am funud, cyn mynd i ddilyn Yncl John i'r cefn.

'Be sy o'i le tro yma?'

'Dim te yn y tebot, Nain.'

Mae hi'n clecian ei thafod. Fe fydd 'na lawar rhagor o fynd a dŵad cyn i ni gael ein te, ond mae aros lle rydw i yn beth sy'n rhaid i mi ei neud.

Mae'r cloc mawr yn taro chwartar i chwech. Drwy'r cyrtan les, mi alla i weld Yncl John yn sefyll wrth y drws cefn, yn edrych i'r awyr. Rydw i'n gofyn i Nain fy sgiwsio i, fod yn rhaid i mi fynd i'r tŷ bach, sydd allan yn yr iard. Falla gneith Yncl John enwi rhai o'r sêr i mi, a dilyn siâp yr Aradr efo'i fys. Mae 'na bob math o betha i'w gweld i fyny acw, medda fo – ci a tharw, arth, crwban a neidar – ac mi liciwn i taswn i'n gallu eu gweld nhw. Ond wrth i mi gerddad heibio, y cwbwl mae o'n ei ddeud ydy,

'Yr un awyr, ond byd gwahanol.'

Rydw i'n ôl yn stafall Nain. Mi alla i glywad Anti Kate yn dŵad i lawr y grisia, yn siarad efo hi'i hun. Mae hi'n croesi'r stafall ac yn nodio arna i fel tasa hi fod i fy nabod i. Erbyn iddi gamu allan i'r iard, mae Yncl John wedi mynd. Gan fod 'na ddeng munud o waith cerddad i'r capal, fe fyddan nhw wedi gorffan canu'r emyn cynta cyn iddi gyrradd, fel bob nos Sul arall. Er bod hynny'n codi cwilydd mawr ar Mam, fydd Dad ddim ond yn gwenu a deud, 'Kate druan. Mi fydd yn hwyr i'w hangladd 'i hun.'

Mae'r teulu wedi cytuno fy mod i bellach yn ddigon hen i warchod Nain. Bora fory, fe fydd Miss Hughes am i bawb oedd wedi 'mynychu'r oedfa nos Sul' roi eu dwylo i fyny, ac yn gofyn yn sbeitlyd, wrth weld nad ydw i wedi codi fy llaw, 'A be ydy'r esgus tro yma, Helen Owen?' Mor braf fydd cael deud, mewn llais clir, 'Ro'n i'n gwarchod fy nain, Miss.' Rydw i'n cymyd y gwaith o ddifri calon ac yn benderfynol o neud bob dim alla i i'r hen wraig ddall nad oes ganddi hi ddim i edrych ymlaen ato fo. Does 'na ddim chwerthin yn nhŷ Nain, fel sydd yna adra, ac mae Dad, hyd yn oed, yn ddyn gwahanol pan fydd o yma.

Ar wahân i ola'r tân, mae'r stafall mor dywyll â bol buwch, a does gen i ddim gobaith darllan adnoda o'r Beibil. Ond sut y galla i ofyn i un y mae hi'n nos arni drwy'r amser, ga' i gynna'r lamp? Falla y medrwn i adrodd stori neu ddwy, fel yr un am yr hogyn gwirion hwnnw nad oedd o'n haeddu dim gwell na bwyd moch, neu'r bugail ddaru fentro'i fywyd er mwyn un hen ddafad farus ddyla fod wedi aros yn y gorlan efo'r lleill. Ond mae'n siŵr fod Nain, gafodd Fedal Gee am na chollodd hi'r un Ysgol Sul am dros saith deg o flynyddodd, yn eu gwbod nhw i gyd.

Mae hi'n mynnu 'mod i'n rhoi rhagor o lo ar y tân, er nad oes 'na ddim angan. Mi fydda Yncl John o'i go tasan ni'n gadal iddo fo ddiffodd, medda hi. Rydw i'n cynnig nôl diod o ddŵr iddi, er bod yn gas gen i feddwl am orfod ffeindio fy ffordd drwy'r twllwch i'r gegin gefn. Mae hi'n diolch i mi am ofyn, ac yn deud na fydd hi byth yn byta nac yn yfad rhwng pryda. Does 'na ddim byd i'w glywad ond tician y cloc. Mi alla i deimlo fy llygaid yn cau'n ara bach. Fedra i ddim, feiddia i ddim, mynd i gysgu. Rydw i'n meddwl yn galad am rwbath i'w ddeud, ac yn cofio'n sydyn am y gân ddysgodd Dad i mi, cân fydda'i fam yn arfar ei chanu iddo fo erstalwm, ac nad oedd hi'n addas i un o f'oed i, yn ôl Mam.

Rydw i'n clirio 'ngwddw ac yn gofyn,

'Newch chi ganu "Yr eneth ga'dd 'i gwrthod" i mi, Nain?'

Falla fod hynna'n beth digwilydd i' neud. Yma i roi ydw i, nid i ofyn. Ond mae hi'n dechra canu, a'i llais yn swnio'n wahanol i arfar, fel tasa'r hen wraig ddall wedi newid lle efo'r enath ar lan yr afon, yr un mae'i theulu wedi'i gwrthod am ei bod wedi gneud rwbath na ddyla hi ddim. Does ganddi hi'r un ffrind yn y byd na chartra i fynd iddo fo, gan fod drws tŷ ei thad wedi'i gloi.

'Ma' Dad yn deud ma' dim ond wedi'i gau oedd y drws,' medda fi, pan mae hi'n aros i gael ei gwynt ar ddiwadd y pennill cynta.

'Dyna mae o isio'i gredu.'

Wrth i ni'n dwy ganu'r pennill nesaf, sy'n sôn mor braf ydy hi ar y pysgod, yn rhydd i fyw a marw fel mynnan nhw, rydw i'n trio dychmygu sut mae'r enath 'ma'n teimlo. Ond sut medra i, a finna heb wbod be mae hi wedi'i neud? Mae'n rhaid ei fod o'n rhwbath drwg iawn iddi gael ei hel allan o'i chartra. Be tasa Dad yn iawn, ac ma'r cwbwl oedd raid iddi neud oedd curo ar y drws a gofyn am faddeuant?

Mae Nain yn gollwng ochenaid fach ac yn sibrwd, 'Druan â hi.' Ond does gen i ddim cydymdeimlad efo un ddewisodd ei thaflu ei hun i'r afon am ei bod hi'n rhy styfnig i ddeud, 'Ma'n ddrwg gen i.'

Toc, mi fydd Dad yma i fynd â fi adra. Falla y gofynna i iddo fo, pan fydd 'na neb arall o gwmpas, be oedd yr enath 'ma wedi'i neud, ond sonia i 'run gair am y drws clo.

4

Mae gen i nain arall, nad ydy hi'n nain go iawn, er ei bod hi'n perthyn rwbath i Dad. Roedd hi a Lisi, ei merch, yn arfar cadw stiwdents ym Mangor cyn iddyn nhw symud i fyw i'r Manod, Blaenau Ffestiniog. Mae'n siŵr gen i fod y ddwy nain yn gallu cerddad, gan eu bod nhw'n gorfod mynd i'r tŷ bach ac i fyny'r grisia i'w gwlâu fel pawb arall, ond dydw i rioed wedi'u gweld nhw ar eu traed. Dim posib fod 'na lawar o'i le ar Nain Manod a hitha wedi deud, pan oedd y ddynas fach drws nesa'n cwyno ei bod hi'n methu troi'r mangyl, 'Mi fedra i neud hynny efo 'nghoesa.'

Er bod y tŷ ddwbwl maint tŷ ni, a chlamp o stafall y medrach chi chwara tennis ynddi hi ar y chwith i'r drws ffrynt, yn y parlwr bach ar y dde mae Nain Manod yn byw, efo teciall ar y tân a thebot a chist de wrth ei thraed. O fewn cyrradd iddi, ar y silff ben tân, mae 'na ddwy res o lunia mewn fframia, yn llwch i gyd. 'Perthyn' ydyn nhw, medda hi, ac os ydy hi'n cael gwbod ymlaen llaw fod un ohonyn nhw'n bwriadu galw, mae hi'n symud llun hwnnw neu honno i'r rhes flaen ac yn sychu'i wynab efo'i ffedog.

Ma'n rhaid fod Anti Lisi'n cerddad milltirodd mewn wythnos – drwy'r stafall fawr i'r gegin yn y cefn, i'r capal dair gwaith bob Sul, y seiat ar nos Fawrth, a'r cyfarfod dirwast ar nos Iau. Bob pnawn Sadwrn, mi fydd yn mynd i fyny ar y bỳs i'r ysbyty yn y Blaena, efo llond bag o fisgedi a da-da a ffrwytha, ac yn rhannu'r cwbwl rhwng pobol nad ydy hi prin yn eu nabod. Does ganddi ddim dewis ond cerddad yr holl ffordd adra, gan ei bod hi wedi gwario'i phensiwn i gyd ar rai sydd â chymaint o betha da yn eu loceri fel eu bod nhw'n eu gadal i lwydo.

Yr unig beth ar ôl yn y bag ydy'r cloc larwm, sy'n sgrechian dros y bỳs weithia ac yn dychryn pawb ond Anti Lisi. Hyd yn oed tasa hi'n gallu fforddio oriawr, fedra hi ddim gweld y bysadd, a dydy hi ddim yn clywad y cloc chwaith, dim ond ei deimlo fo'n neidio fel peth gwyllt ar ei glin.

Mae ganddi'r hyn sy'n cael alw yn *hearing aid*, ond anamal fydd hwnnw'n cael ei droi 'mlaen gan fod yn rhaid arbad y batri ar gyfar dydd Sul. Ro'n i yno unwaith pan alwodd un o'r cymdogion i ddeud fod ei brawd wedi marw. ''Na neis, 'te,' medda Anti Lisi, gan wenu'n glên arni. Torri i grio ddaru honno, a gadal nerth ei thraed.

Bob bora Llun, mi fydd yn mynd ati i neud wn i ddim faint o gopïa o'r bregath nos Sul, i'w postio i'w 'chydnabod' ym Mangor. Gan nad ydy'r rhan fwya o bregethwyr yn gwbod pryd i stopio, mae hynny'n cymyd oria. Llafur cariad ydy o, medda Dad, a gobeithio fod y bobol 'ma'n gwerthfawrogi hynny.

Fydd Anti Lisi byth yn ista fel pobol er'ill, dim ond hofran uwchben y gadar, yn barod i dendio ar bawb. Fydd hi byth yn gofyn am ddim, ac mae'r chydig mae hi'n ei gael yn dod 'oddi uchod', fel y pâr o sgidia ail-law ddaru lanio ar ei stepan drws. Chwerthin 'nes i wrth feddwl am Dduw yn eu gollwng nhw o'r awyr, a sgwennu'r pennill yma:

Maen nhw'n deud fod y Blaena'n lle hynod
am law, ond nid cŵn a chathod
   na hen wragadd a ffyn
   mae hi'n 'i fwrw fan hyn –
dim ond sgidia ail-law oddi uchod.

Rydw i'n cofio deud wrth Dad na faddeuwn i byth i Anti Lisi. Er fy mod i dipyn iau nag ydw i rŵan, ac wedi deud 'ma'n ddrwg gen i' ar fy mhadar am nosweithia wedyn, mae gen i gwilydd mawr o hynny.

Ista ym mharlwr bach Nain Manod roeddan ni, ac Anti Lisi'n tendio arnon ni, pan ofynnas iddyn nhw fy sgiwsio i.

'Ddim rŵan, Helen. Mi fyddwn ni'n mynd adra toc,' medda Mam. Dydy hi ddim yn credu mewn gneud defnydd o dai pobol er'ill.

'Fedra i ddim dal tan hynny,' medda fi, a chroesi 'nghoesa.

Ama roedd hi, mae'n siŵr, nad oedd o'n ddim ond esgus i sbrogian o gwmpas.

'Dos, os oes raid i ti. Ond tyd yn ôl ar d'union.'

I ffwrdd â fi drwy'r stafall fawr, wag, ac allan i'r iard gefn. A'r peth cynta welas i oedd y cwt. Mi wyddwn y munud hwnnw fy mod i wedi dŵad o hyd i'r tŷ bach perffaith. Doedd 'na ddim lle i droi yn yr un oedd gen i mewn cornal o weithdy Dad, y lle'n llwch i gyd a hwnnw'n mynd i fyny 'nhrwyn ac yn gneud i mi disian.

Ro'n i'n fy ôl mewn dau funud, wedi anghofio bob dim am y methu dal. Pan ofynnas i i Anti Lisi plis gawn i fenthyg ei chwt i neud tŷ bach, dyna hi'n deud, 'neis iawn', ac yn gwenu arna i fel bydd hi bob amsar.

Fe gymodd ddyddia i mi hel pob dim at ei gilydd a'u pacio nhw yn y cês mawr, brown, nad ydy o ond yn gweld gola dydd un waith y flwyddyn.

'W't ti'n siŵr fod hyn yn syniad da?' medda Dad, oedd wedi dod i 'nanfon i at y bỳs.

'Mae o jest be ydw i isio. Mi gei di a Mam ddŵad yno am de bach pan fydd y lle'n barod.'

Wedi iddo fo roi'r cês yng ngofal y condyctor, fe adawodd gan ddeud y bydda fo'n gweld colli 'nghwmpeini i.

'Gadal cartra w't ti, 'mach i?' medda'r condyctor wrth iddo fo godi'r cês ar y rac.

'Dim ond cyn bellad â Manod.'

'A' i ddim i foddran, felly.'

Fe adawodd y cês ar lawr, a phawb yn gorfod clambran drosto fo er mwyn cyrradd eu seti.

Ro'n i'n chwys doman dail ac yn brifo drosta ar ôl cerddad o'r Wynne's Arms am y tŷ.

'Panad o de,' medda Anti Lisi, cyn i mi allu llusgo'r cês dros y rhiniog.

'Mi a' i â hwn drwodd gynta.'

Fedrwn i ddim aros i gael dechra arni. I ffwrdd â fi i'r cefn, ac Anti Lisi'n trotian wrth fy sodla i.

Ro'n i ar fin diolch yn fawr iawn iddi am fod mor ffeind â gadal i mi gael benthyg y cwt pan agoras i'r drws a gweld fod y lle'n llawn o lo.

'Ro'n i am neud tŷ bach yn fan'ma,' medda fi, wedi ypsetio gormod i grio.

'O, diar. Pam na fasach chi wedi deud wrtha i?'

Gwrthod y te 'nes i, a mynd adra ar y bỳs nesa.

''Di newid dy feddwl, ia?' medda'r un condyctor. 'Does 'na nunlla tebyg i gartra.'

Y noson honno y deudis i wrth Dad,

'Wna i byth fadda i Anti Lisi. Fe ddaru hi addo y cawn i fenthyg y cwt. Mi glywist ti fi'n gofyn iddi'n do?'

'Do, ond chlywodd hi ddim. Fydda hi'n gneud dim i dy frifo di.'

Na fydda, byth bythoedd. Mi wn i'n well na neb peth mor anodd ydy bod yn dda, ond mae hi'n llwyddo i fyw'n dda drwy'r amsar, byth yn meddwl drwg o neb, ac yn trystio pawb. Yr unig esgus sydd gen i oedd fy mod i'n rhy ifanc i wbod yn well. 'Nes i ddim mentro gadal parlwr Nain Manod wedyn. Ddylwn i ddim fod wedi sgwennu'r pennill 'na chwaith a finna yn gwbod yn well erbyn rŵan.

5

Rydw i'n loetran y tu allan i'r Emporium. Mae gen i bres casgliad yn fy mhocad, ond dydw i ddim wedi bod i mewn yno ers pan es i i'r Polîs Stesion i riportio Mr Williams Siop am wrthod gwerthu'r *Beano* i mi, a finna'n gwbod fod ganddo fo un o dan y cowntar. Be tasa Sarjant Parry wedi galw yma i gyhuddo Mr Williams o dwyllo'i gwsmeriaid, a bygwth ei restio fo? Mi fydda'n gwbod yn iawn pwy oedd wedi cwyno.

A finna rhwng dau feddwl be i' neud, mi alla i weld y cwpwl 'ma'n cerddad tuag ata i. Perthynas o bell i mi ydy'r enath, cneithar-ochor-clust, medda Dad, ac roedd hi'n arfar bod yn un ddigon clên cyn iddi ddechra ponshian efo hogia. Hwn ydy'r un diweddara, a dydy o fawr o beth i edrych arno fo.

'Ma' Ken a fi'n mynd i'r pictiwrs, Helen,' medda hi.

Fydda hi ddim wedi deud gair wrtha i oni bai ei fod o efo hi. Mi dw i'n cofio galw yn ei chartra hi un dwrnod a hitha'n dangos be oedd hi'n ei alw'n *bottom drawer* i mi, yn llawn o lieinia bwrdd, tyweli a dillad gwely.

'A lle w't ti'n mynd dy hun bach ar nos Sadwrn,' medda'r Ken 'ma.

Mae ganddo fo lygaid slei, a fyddwn i ddim yn ei drystio ymhellach na 'nhrwyn.

'I'r Cwarfod Dirwast.'

'On'd w't ti'n hogan fach dda.'

Mae Brenda'n rhoi plwc i'w fraich ac yn deud y bydd y seti dwbwl i gyd wedi mynd os na frysian nhw.

'Wela i di,' medda fo, a wincio arna i.

Ddim os gwela i o gynta. Ond falla y bydd Brenda'n priodi hwn, gan fod ei drôr hi'n siŵr o fod yn llawn dop bellach. Wedyn, fe fydd llygaid slei yn gefndar-ochor-clust-yng-nghyfrath i mi.

Y tu allan i'r Meirion Hotel, mae 'na fynydd o gratia'n llawn o boteli gweigion ac ogla sur arnyn nhw, na fydda neb yn gallu'u stumogi ond rhywun sydd wedi gwerthu'i enaid i'r diafol. Fe fydd Dad yn cymyd arno fod wedi meddwi weithia ac yn gneud i mi rowlio chwerthin. Ond dydy o rioed wedi yfad dim byd cryfach na gwin cymun. Yn ein tre ni, mae tafarna a chapeli yn tyfu ochor yn ochor, fel danad poethion a dail tafol. Drws nesa ond un i'r Meirion, a Woolworths rhyngddyn nhw, mae capal Jerusalem, lle mae pobol Annibynnol yn mynd. Rydw i'n sylwi fod y gola uwchben y llwybyr i'r festri yn dal ymlaen, sy'n golygu nad ydyn nhw wedi dechra, gan eu bod nhw'n ei droi o i ffwrdd yn ystod y cwarfod er mwyn arbad pres.

Dydw i ddim ond wedi cyrradd hannar y ffordd cyn i'r gola gael ei ddiffodd, ac mi alla i glywad Miss Evans yn dyrnu'r piano wrth iddi eu harwain nhw i ganu, 'Dŵr, dŵr, dŵr'. Dyma'r trydydd tro i mi fod yn hwyr. Lwcus nad ydy Mam ddim yma i mi godi cwilydd arni, fel bydd Anti Kate.

Ar Ann mae'r bai. Mi alwas i heibio, fel ro'n i wedi addo. Ei brawd hi ddaeth i'r drws. Mae o'n mynd i edrych yn debycach i fochyn bob dydd. Dim ond rhochian ddaru o pan ofynnas i iddo fo ddeud wrth Ann fy mod i yno. Mi fu'n rhaid i mi wthio heibio iddo fo wysg fy ochor er mwyn cyrradd y gegin. Roedd Mrs Pugh wrthi'n paratoi ar gyfar cinio dydd Sul fel ei bod hi'n gallu rhoi ei holl sylw i'r bregath bora fory.

'O, chi sydd 'na, Helen,' medda hi.

Dydy Mrs Pugh ddim yn licio gweld pobol yn galw, gan eu bod nhw'n tarfu ar ei rwtîn hi.

'Ma' Ann wedi mynd. Roedd hi am alw i nôl Megan. Falla daliwch chi nhw ond i chi frysio.'

Eu gadal lle roeddan nhw 'nes i, hi â'i llygaid yn gochion ar ôl bod yn plicio nionod, a Porci Pugh yn pigo rwbath o ddesgil ac yn dal i rochian, ond do'n i ddim yn bwriadu brysio. Mi fydda'n well gen i fod ar fy mhen fy hun byth mwy na gorfod rhannu mainc efo Ann a Megan Lloyd.

Wrth i mi sleifio i'r fainc agosa, a phlygu 'mhen o ran parch, mi alla i weld y ddwy'n codi i ganu. Mae Ann yn gwisgo'i chôt ddydd Sul, er mwyn Megan mae'n siŵr. Rydw inna ar fy nhraed cyn i mi sylweddoli 'mod i'n sefyll wrth ochor Hannah-molwch-yr-Arglwydd, sy'n drewi o bi-pi cathod. Mae hi'n taflu'i phen yn ôl ac yn cau ei llygaid yn dynn wrth iddi ganu am y dŵr y mae Duw yn ei roi i bob sychedig un.

Wedi i Hannah ddeud, 'Amen-molwch-yr-Arglwydd' ac i Miss Evans gau caead y piano'n glep, fe allwch chi glywad pìn yn disgyn wrth i'r Parchedig Griffiths gamu ymlaen. Er nad ydy o'n ddim ond dyn ifanc, mae 'na resi gwynion yn ei wallt a rhycha fel creithia ar ei focha, am ei fod o'n poeni gymaint am gyflwr y byd a'n dyfodol ninna.

'Welwch chi'r cardiau 'ma?' medda fo, a dal chwe cerdyn i fyny mewn rhes. 'Llythrennau enw ein gelyn mawr ni ydy'r rhain, yntê – y DIAFOL? Be wnawn ni efo nhw?'

'Rhwygwch nhw'n ddarna mân, Mr Griffiths bach.'

Mae'r Parchedig yn diolch i Hannah am ei chyfraniad, ac yn deud, heb ollwng ei afal ar y cardia,

'Rydw i'n siŵr y cytunwch chi, Miss Harris, fod ganddon ni fel Cristnogion well ffordd o gael y gorau ar Satan. Dim ond i ni ddilyn Duw ac Iesu Grist ac Addo y gwnawn ni'n gorau i Fyw'n dda ac Osgoi temtasiynau . . ., mae'r D, I, A, F, O yn cael eu rhoi â'u penna i lawr ar y bwrdd fesul un . . . 'mi fedrwn ni Ladd y diafol.' A dyna'r L yn mynd i ganlyn y lleill. 'Edrychwch,' medda fo, gan ddal ei ddwylo i fyny, 'does 'na ddim ohono fo ar ôl.'

Dydy o ddim am ofyn, gobeithio, oes 'na rywun yn dymuno dweud gair o brofiad. Wrth gwrs ei fod o, fel bob nos Sadwrn arall. Rydw i'n teimlo'r fainc yn gwegian wrth i Hannah drio codi ar ei thraed. Mae hi'n diodda o be mae Mam yn ei alw'n *phlebitis*, nad oes 'nelo fo ddim byd â llau, er bod ei thŷ hi'n berwi ohonyn nhw, mae'n siŵr, efo'r holl gathod 'na.

Rydan ni wedi clywad y geiria o brofiad gymaint o weithia fel y gallan ni eu hadrodd nhw efo hi. Mae dagra'n dŵad i'w llygaid wrth iddi sôn am yr amsar ofnadwy hwnnw pan oedd hi'n slaf i'r ddiod feddwol ac yn esgeuluso'i rhai bach. Nhwtha'n gorfod sbrogian mewn binia lludw, a'r cymdogion yn taflu beth bynnag oedd ar gael atyn nhw. Fe ŵyr pawb, ond y Parchedig, mai cathod oedd y rhai bach, ond does 'na neb am ei siomi o drwy ddeud hynny. Yna, un noson, pan oedd hi ar ei ffordd adra o'r Meirion, yn feddw gocls, fe gafodd ei dallu gan ola fel yr un welodd Paul ar ffordd Damascus, nes ei bod hi'n llyfu'r palmant. Mae'r creithia'n dal yno, ac fe fydda hi'n eu dangos nhw i ni oni bai ei fod o'n beth anweddus i ddynas godi ei sgert yn nhŷ Duw. 'Daeth Iesu i'm calon i fyw' fydd hi, unrhyw funud rŵan.

Rydw i'n clirio fy ngwddw, yn barod am y pedwar pennill a'r gytgan. Rydan ni wedi bod yn canu hon yn ddigyfeiliant ers pan ddeudodd Miss Evans un nos Sadwrn nad oes 'na mo'r fath beth â thröedigaeth a'i bod yn amhosib tynnu cast o hen geffyl. Roedd y Parchedig i' weld wedi cynhyrfu'n arw, ond y cwbwl 'nath o oedd cau ei lygaid a dŵad â'r cwarfod i ben drwy ddeud, 'Gras ein Harglwydd Iesu Grist a fyddo gyda ni oll.'

Does ar Hannah ddim angan Miss Evans a'i phiano. Mi fedra i glywad y noda'n rymblan yn ei stumog ac yn taro'n erbyn ei thu mewn fel tonna'r môr wrth iddi ganu am 'y newid rhyfeddol a wnaed ynof i' pan ddaeth Iesu i'w chalon i fyw.

Cyn iddi ein harwain ni i'r gytgan am y trydydd tro, mae'r Parchedig Griffiths yn rhoi nòd ar Mr Roberts, y gofalwr, ac ynta'n diffodd y goleuada, nid er mwyn arbad pres, ond am fod Maggie Richards ar ei ffordd o'r festri fach. Does 'na ddim smic i'w glywad gan neb ond Hannah, sy'n tuchan ac yn pwffian wedi'r holl siarad a chanu.

Mae Maggie Richards wedi'i gwisgo fel dyn, hen gôt racs wedi'i chlymu am ei chanol efo cortyn, trowsus, cap stabal, sgidia hoelion mawr, ac yn bwysicach na'r cwbwl, locsyn hir, du. Mae hi'n cario ffon bugail a lantarn efo cannwyll wedi'i goleuo ynddi, ac yn canu wrth glertian i fyny i'r llwyfan am y cant namyn un o ddefaid sy'n saff yn y gorlan a'r un aeth i grwydro 'draw, draw i'r mynyddoedd a'r anial maith'. Rydan ni efo hi bob cam o'r ffordd wrth iddi chwilio am y ddafad o dan y bwrdd a'r tu ôl i'r piano. Lle mae hi wedi mynd tro yma, tybad? Dacw hi, yn y gornal lle mae'r llyfra ysgol Sul yn cael eu cadw. Ond creigia ydyn nhw heno, a'r bugail da, wrth fustachu drostyn nhw, yn colli'i throed ac yn hofran uwchben y dibyn. Ond, diolch byth, mae hi wedi llwyddo i ddringo'n ei hôl. Tasan ni yn rhwla ond festri capal, mi fydda pawb yn curo dwylo a gweiddi 'Hwrê' wrth ei gweld hi'n codi'r ddafad ar ei sgwydda, a'i chorff hi'n plygu o dan y straen. Mae'n siŵr fod y ddafad wedi dychryn am ei bywyd, ac yn llwgu o isio bwyd, ond arni hi roedd y bai, ac mi fedar ddiolch fod y bugail yn fodlon mentro'i fywyd er ei mwyn hi. Rydan ni'n llawenhau efo Maggie Richards wrth iddi ei chario i'r gorlan, lle dyla hi fod wedi aros.

Mae'r Parchedig yn galw, 'Golau, os gwelwch chi'n dda, Mr Roberts.' Dyma ni'n ôl yn y festri, a Hannah yn cael andros o strach i godi.

'Helpa fi, 'mach i,' medda hi, ac estyn ei llaw i mi.

Mi fydda i'n drewi o ogla pi-pi cath am ddyddia rŵan, ac mae hwnnw'n un o'r petha anodda i gael ei warad. Drwy gil fy llygad, mi fedra i weld Megan ac Ann yn mynd heibio, a'r ddwy yn dal eu trwyna. Wrth i mi dynnu â'm holl egni yn llaw Hannah, rydw i'n colli 'malans ac yn sathru ar ei throed. Mae hi'n sgrechian, a'r Parchedig, sydd bob amsar wrth law pan fydd damwain yn digwydd, yn dŵad ar redag.

'Pwyswch ar yr Arglwydd, Miss Harris,' medda fo, a chynnig ei fraich iddi.

6

Rydw i'n trio 'ngora glas i fod yn dda. Cyfarfod dirwast
ar nos Sadwrn, capal dair gwaith y Sul, a'r Band o' Hôp
bob nos Fawrth. Ar fy ffordd yno rydw i rŵan. Does 'na
neb o gwmpas, a phob man yn ddistaw. Y munud nesa,
rydw i'n dychryn allan o 'nghroen pan mae rhwbath
mawr, du yn rhuthro allan o'r cysgodion y tu ôl i Stryd
Glynllifon. Eleanor Parry sydd 'na, ei hwynab cyn
gochad â chrib ceiliog a'i beret wedi llithro dros un
llygad ac yn gneud iddi edrych yn dwlali.

'Be oeddat ti'n 'i neud yn fan'na, Eleanor?' medda fi.

'Snogio efo Bili Jones.'

Ych-a-fi, fedra i'm meddwl am ddim byd gwaeth.
Hogyn mawr blêr ydy Bili Jones, ac mae ganddo fo
wefusa tewion fel tasan nhw wedi cael eu gneud o ryber.
Gan fod ei geg yn llydan gorad bob amsar, mi fydd yr
hogia'n gneud sbort am ei ben ac yn gofyn, 'Faint o
bryfad 'ti 'di dal heddiw, Bili?' Dydw i rioed wedi gadal
i'r un hogyn fy nghusanu i, a wna i byth, achos fe fedar
rhywun gael babi wrth neud hynny.

'Lle w't ti'n mynd?' medda hi, gan sbecian arna i
drwy un llygad.

'Band o' Hôp. Mae hi'n noson Magic Lantarn heno.'

'Ti'n gorfod talu?'

'Nag'dw, siŵr.'

'Ddo i efo chdi, 'lly.'

'Dim ond plant capal ni sy'n cael dŵad yno.'

Dydy hi'n cymyd dim sylw o hynny. Roedd meddwl
am fod yn y twllwch efo Robert John a'r lleill yn ddigon
drwg, ond mi fydd petha lawar gwaeth rŵan. Be tasa
Eleanor yn meddwl ei bod hi'n ôl yng nghefn Stryd

Glynllifon efo Bili-dal-pryfad ac yn dechra cusanu un o'r hogia?

Mi fydd un olwg arni'n ddigon i Mr Edwards Gwnidog. Iddo fo a'r 'Rhodd Mam', dau fath o blant sydd – plant da a phlant drwg – ac mae pawb yn gwbod pa un ohonyn nhw ydy Eleanor Parry. Ond falla nad oes gan Mr Edwards, nad ydy o ond yn nabod pobol dda, syniad be mae hi'n 'i neud mewn llefydd tywyll. Dim ond gobeithio y bydd y bleinds wedi'u cau a'r gola wedi'i ddiffodd erbyn i ni gyrradd. Rydw i'n croesi fy mysadd, ac yn cymyd cama bach.

'Roedd be ddeudist ti am y trên yn ddigri iawn,' medda hi, wrth i ni fynd heibio i'r ysgol. 'A tasa Megan 'di deud hynny, mi fydda Miss Hughes yn meddwl 'i fod o'n glyfar.'

'Fydda trên Megan Lloyd ddim yn meiddio torri lawr,' medda fi.

Rydan ni'n dwy'n chwerthin wrth gerddad i mewn i'r festri, ac mae Mr Edwards, mewn du i gyd ond am y darn bach o golar ci o dan ei ên ddwbwl, yn sibrwd,

'Cofiwch lle rydach chi.'

Mae o'n rhy brysur, wrth lwc, i sylwi ar Eleanor, sydd wedi gwthio heibio i mi a setlo wrth ochor Robert John, gafodd ei ddal yn taflu cerrig at gath y ficar gan weiddi, 'Cym' hynna'r cythral!'

Mae'r Gwnidog yn gollwng ei afal ar rai o'r sleidia a finna'n rhedag i'w codi cyn i'r un o'r hogia gael ei ddwylo budur arnyn nhw.

'Diolch i chi, ym . . . ym,' medda fo. 'Fyddwch chi cystal â diffodd y gola?'

Rydw i'n gneud hynny hefyd, er nad ydw i ddim gwell o dendio ar un sy'n rhy ffrwsclyd i wbod pwy ydw i.

Be gawn ni'r tro yma, tybad? 'Taith drwy Balesteina', a'r teitl â'i ben i lawr ar y sgrin. Mae Robert John yn trio sefyll ar ei ben er mwyn darllan y geiria, Eleanor yn ei oglais o, ynta'n taro ochor pen Edwin babi mam wrth syrthio, a hwnnw'n dechra nadu.

'Ga' i'ch sylw chi, os gwelwch chi'n dda, blant.'

Fydda waeth iddo fo roi'r gora i'r daith rŵan ddim. Ond mae 'na lun arall ar y sgrin, ac ynta'n gofyn,

'Pwy all ddeud wrtha i llun o be ydy hwn?'

'Parasiwt yn dŵad i lawr o'r awyr,' medda Robert John. 'A well i ti gau dy geg, babi mam, cyn i mi roi sgŵd iawn i chdi.'

Mae Mr Edwards yn ailosod y sleid ac yn deud mai o gwch fel hwn y bydda disgyblion yr Iesu yn bwrw'u rhwyda i ddal pysgod. Ond cyn iddo fo allu mynd ddim pellach, mae Edwin, o glywad am y pysgod, yn gweiddi ei fod o isio bwyd a'i fam, a Robert John yn gneud yr hyn oedd o wedi'i fygwth.

A dyna'i diwadd hi. A' i ddim i helpu'r Gwnidog i hel ei betha at ei gilydd. Rydw i wedi gneud digon o droeon da am un noson. A fel tasa hynny ddim yn ddigon, fi sy'n gorfod mynd ag Edwin adra, gan fod pawb arall wedi gadal. Does 'na ddim golwg o Eleanor. Ond mi fedra i ddiolch na welodd Mr Edwards mohoni.

Rydan ni wedi cyrradd stryd ni, ac Edwin yn dal i snwffian, pan mae'i fam yn rhedag i'n cyfarfod ni.

'Be maen nhw wedi'i neud i chdi, 'nghariad bach i?' medda hi, a gafal yn dynn ynddo fo.

Dydw i ddim yn cael gair o ddiolch am edrych ar ôl y babi dail. Tro da arall wedi mynd yn ofar.

'Mi w't ti adra'n gynnar,' medda Mam. 'Chawsoch chi ddim Magic Lantarn, felly?'

'Do, ond chyrhaeddon ni ddim pellach na Môr Galilea.'

'Yr hen Robert John 'na'n camfyhafio fel arfar, ma'n siŵr. Mr Edwards druan.'

Ond wŷr hi ddim fod 'na un sy'n gneud petha gwaeth na thaflu cerrig at gath y ficar yn y festri heno, ac ma' fi aeth â hi yno. A gobeithio na chaiff hi wbod, byth.

7

Mae Ann a finna yn sefyll o dan bont rêl, yn aros am Eleanor Parry. Adra ddylwn i fod, ac mi fydd raid i mi feddwl am ryw esgus i'w roi i Mam pam 'mod i'n hwyr i de. Celwydd fydd beth bynnag ddeuda i, ac mae hynny'n golygu gorfod gofyn i Dduw fadda i mi, unwaith eto.

Wn i ddim faint o'r gloch ydy hi, ond rydan ni wedi bod yma ers hydodd.

'Mi dw i'n mynd,' medda Ann.

Dwrnod cacan sbwnj, efo eisin a jam mefus, ydy dydd Merchar yn nhŷ Ann. Ofn sydd ganddi hi y bydd ei mochyn bach barus o frawd wedi llowcio'r cwbwl cyn iddi gyrradd.

'Dos di, 'ta, ond paid â disgwl i mi ddeud wrthat ti be oedd gen Eleanor i'w ddangos i ni.'

'Dim ots gen i.'

Waeth iddi heb â chymyd arni. Mi fydd yn difaru fory, ac yn trio fy nghael i i ddeud. Faint fydd hynny werth, tybad?

'A lle w't ti'n meddwl ti'n mynd?'

Mae Eleanor fel tasa hi wedi tyfu a lledu mwy fyth ers pan welson ni hi ddwytha, ac yn dwyn hynny o ola sydd 'na.

'Ddeudis i wrthach chi am aros, yn do?'

Mi dw i'n cofio Miss Evans drws nesa yn deud wrth Mam nad ydy Eleanor Parry yn enath neis o gwbwl, ac y dyla hi ofalu 'mod i'n cadw draw oddi wrthi. A dyma lle rydw i yn y twllwch o dan bont rêl efo hi, er i mi addo i Mam na fyddwn i'n mynd yn agos ati. Ond does gen i mo'i hofn hi. Dim ond chydig bach, falla.

'Wel, ydach chi isio gweld?'

'Ydan, plis,' medda fi, yn ofnadwy o gwrtais.

Mae Eleanor yn camu ymlaen, yn codi'i sgert, ac yn tynnu'i nicers i lawr. Rŵan fod 'ma rywfaint o ola, mi fedra i weld rwbath rhwng ei choesa hi, fel bandej wedi'i rowlio a hwnnw'n hongian ar facha wrth felt binc.

'Drychwch ar hyn, 'ta,' medda hi, a thynnu'r bandej yn rhydd o'r bacha.

Rydw i'n syllu mewn dychryn ar y staenia gwaed sydd arno fo, ac yn deud,

'Mi w't ti 'di brifo, Eleanor.'

'Nag'dw siŵr, y dwpsan. 'Di dechra dw i, 'te.'

'Dechra be?'

'Gwaedu bob mis. Mi dw i'n ddynas rŵan, ac mi fedra i gael babi os ydw i isio.'

'Mi fydd raid i ti briodi gynta.'

Mae hi'n edrych i lawr ei thrwyn arna i, fel bydd Miss Hughes pan fydda i'n cagio ar y llefrith ganol bora.

Rydw i'n clywad Ann yn sibrwd,

'Beryg i ti gael annwyd fel'na, Eleanor.'

Dydy o ddim tamad o ots ganddi tasa Eleanor yn cael y ffliw a hwnnw'n troi'n niwmonia. Meddwl amdani'i hun mae hi; ofn cael ei dal ac i rywun brepian wrth ein mama ni. Roedd 'na gymaint o betha ro'n i isio'u gofyn, ond mae nicers Eleanor i fyny a'i sgert i lawr a hitha'n ei gwadnu hi i ffwrdd gan weiddi nad ydy hi ddim am wastraffu mwy o amsar efo dwy hogan fach dwp fel ni.

'I be oedd isio i ti ddeud hynna a difetha bob dim?' medda fi.

'Dim ond dangos 'i hun oedd hi. Mae o'n digwydd i bawb, ond hogia.'

'Be, 'lly?'

'Y gwaedu bob mis. Ma' rhywun yn dŵad i arfar efo fo, medda Mam.'

'Ddo i ddim.'

'Fydd raid i ti. 'Ti am ddŵad adra?'

'Na.'

'Ond fedri di ddim aros yn fan'ma.'

'Mi fedra i os ydw i isio.'

Mae hi'n mynd a 'ngadal i ar fy mhen fy hun yn y cysgodion, y tamprwydd yn cripian drwy 'nillad ac yn glynu wrtha i. Wna i ddim gadal i'r peth ofnadwy yna ddigwydd i mi. Dydw i ddim isio bod yn ddynas, a gwisgo be mae Mam yn ei alw'n gorset, un hyll, pinc efo syspendars yn hongian ohono fo. Y peth cynta mae hi'n ei neud ar ôl cyrradd adra o'r capal ydy tynnu hwnnw a gollwng ei bol a'i gwynt allan.

Yn lle gorfod meddwl am hynny, rydw i'n sgwennu pennill yn fy mhen, ac mae o'n un reit dda, er ma' fi sy'n deud:

> Mi geith Ann neud fel y myn,
> bod yn ddynas, a gwisgo staes tyn,
> nes ei bod hi'n methu
> anadlu na phlygu,
> ond rydw i am aros fel hyn.

A dyna ydw i am ei neud, cyn hirad ag y medra i.

Fe gyrhaeddodd cerdyn Nadolig oddi wrth Nesta bora heddiw
a 'Newydd da! Ffonia fi' wedi'i ysgrifennu arno, a'r rhif ffôn
oddi tano mewn inc coch.

'Honno ydy'r un ddaru alw yma?' holodd Elwyn.

'Ia.'

'A gneud i ti hiraethu am yr hen ddyddia.'

'Rhoi proc i'r cof, falla.'

'Dw't ti mo'r un ora am gofio'n ôl.'

'Be 'di'r ots am hynny?'

'Dyna sydd 'i angan mewn hunangofiant, 'te.'

'Stori Helen ydy hon, nid f'un i. Ac mae hi'n rhydd i
ddeud be fyn hi.'

'Mi w't ti wedi gadal iddi gymyd drosodd, felly?'

'Nag ydw. Mae Mam a Dad ac amball un o'r teulu yma,
fel roeddan nhw.'

'A rhyw gymaint ohonat ti?'

'Yma ac acw. Ond fydd neb ddim callach pwy ydy pwy.
Dydw i ddim yn rhy siŵr fy hun ar adega.'

'W't ti am ffonio'r ffrind 'ma?'

'Wn i'm pam dylwn i. Doedd gen i'm syniad pwy oedd
hi, 'sti.'

'Dydy hynny ddim byd newydd! Ond mi w't ti yn ei
chofio hi rŵan?'

'Mi ddylwn, a ninna'n gymaint o ffrindia erstalwm.'

'Oeddach chi?'

'Oeddan, yn ôl Nesta. P'un bynnag, does gen i ddim
amsar i foddran efo hi. Mae hi'n Ddolig yn y Blaena hefyd.'

8

Dyma'r pumad tro i mi fod yma yn stafall *Standard Four* ar y Dolig, a hwn fydd yr un ola. Ro'n i'n hwyr yn cyrradd am fod Miss Hughes wedi gneud i mi yfad bob dafn o'r llefrith, a doedd 'na ddim lle ar na mainc na chadar. Dyna pam rydw i'n ista ar silff y ffenast efo Eleanor Parry, sydd wedi dewis bod yma fel ei bod hi'n gallu gweld dros ben y wal i iard yr hogia drws nesa. Rydan ni'n dwy'n dal sana Dolig wedi'u stwffio efo darna o bapur, y petha hylla, mwya digalon ydw i wedi'u gweld rioed.

Does 'ma ddim math o drimins, rhag ofn i'r pinna bwrdd adal tylla yn y walia, dim ond coedan sydd wedi tyfu ar stad Mr Rees-Bowen, Plas. Un bach, tew ydy hwnnw, ac mae o rŵan yn ista ar gadar uchel a'i goesa'n hongian yn llac, ac yn edrych 'run ffunud â Moelyn Ŵy Melyn ar y wal fawr. Wn i ddim sut aeth o i fyny yno, na sut daw o i lawr.

Megan Lloyd ac Elsi, dwy fonitor yr wythnos, a phob wythnos arall, sydd wedi trimio'r goedan, ac mae'r cwbwl wedi'i brynu yn siop J. G. Lloyd, 'Steil a Safon'. Ar y brigyn ucha, yn lle angal neu seran, maen nhw wedi gosod dol blastig wedi'i gwisgo fel brenhinas y tylwyth teg. Mi dw i'n siŵr y bydda Miss Hughes wrth ei bodd tasa hi'n bosib rhoi Megan yno yn ei lle.

Mae Mrs Davies, Stand*ard Two*, yn adrodd cerdd am y doethion o'r Dwyrain. Roedd 'na bedwar ohonyn nhw i ddechra, ond dim ond tri sy'n cyrradd y stabal. Lle mae'r llall yn hel ei draed, tybad? Falla ei fod o wedi cael llond bol ar deithio. Wela i ddim bai arno fo. Liciwn i ddim mynd yn bell ar gefn camal. Mae pwy bynnag sgwennodd y penillion yn gofyn yr un cwestiwn, ac yn rhoi'r atab, diolch byth. Wedi gweld yr enath fach 'ma mewn cadwyna yn yr eira gwyn mae o. Y munud nesa, mae'r perl oedd wedi'i fwriadu i'r Baban Iesu yn nwylo'r gwerthwr caethion, yr enath yn rhydd, ac ynta'n troi ei gamal yn ôl gan ddeud, 'Ofer heb rodd fynd ymhellach na hyn.'

Does gan Miss Hughes, sy'n credu na newch chi ddim ohoni yn y byd heb syms, mo'r diddordab lleia mewn penillion, a prin y medar hi aros i Mrs Davies orffan er mwyn cael cyflwyno'r siaradwr gwâdd. Mae hi'n defnyddio geiria fel 'braint' ac 'anrhydedd' ac yn diolch o galon o leia deirgwaith. Tasa hi'n gallu plygu, mi dw i'n siŵr y bydda hi'n rhoi cyrtsi iddo fo. 'Rhowch groeso teilwng i Mr Rees-Bowen, ferched,' medda hi, ac rydan ni i gyd yn curo dwylo, pawb ond Eleanor sy'n rhy brysur yn sbecian drwy'r ffenast. Rydw i'n dal fy ngwynt wrth i Moelyn Ŵy Melyn wingo at ymyl y gadar cyn ei ollwng ei hun i lawr yn ara deg a glanio ar ei draed, yn un darn.

Mae o'n edrych arnon ni dros ben ei sbectol ac yn deud, 'Gwyn eich byd chi, 'mhlant i.' Mi wn i be fydd yn dŵad nesa – y dylan ni sylweddoli pa mor lwcus ydan ni, a chyfri'n bendithion. Taswn i adra, mi fyddwn angan bysadd dwy law i'w cyfri nhw, ond yma yn yr ysgol mae un bys yn ddigon, gan nad oes gen i'm achos diolch i neb ond Mrs Davies. Hi ydy'r unig un sy'n gwbod 'mod i'n sgwennu penillion, yr unig un i 'nghanmol i a deud y dylwn i neud y defnydd gora o'r dalent sydd gen i. Wedi i mi gyrradd adra, mi a' i ati i sgwennu cerdd go iawn, tebyg i'r un am y pedwar brenin, fel fy mod i'n gallu ei dangos hi i Mrs Davies, yn brawf nad ydw i ddim am gladdu 'nhalent yn y ddaear na gadal iddi rydu.

Mae Miss Hughes yn diolch o galon iddo fo am ei eiriau doeth ac yn gofyn fydd o mor garedig â rhannu'r gwobrau. 'Fe fydd hynny'n bleser o'r mwya, Miss Hughes,' medda ynta. Y rhai lleia sy'n cael eu galw gynta – Megan ac Elsi'r dyfodol, os ydy hynny'n bosib. Pan ddaw eu tro nhw, mae'r ddwy'n sefyll yn ein hwynebu ni a golwg 'welwch chi fi' arnyn nhw, wrth i Miss Hughes eu cyflwyno i Mr Rees-Bowen fel y ddwy sydd wedi bod ar ben pob dosbarth ers eu tymor cynta. Rydw i'n clywad Eleanor yn gneud sŵn budur yn ei gwddw, ond mae hi'n ei droi'n beswch wrth weld Miss Hughes yn rhythu i'n cyfeiriad ni.

Dyna'r cwbwl drosodd am flwyddyn arall, a phawb yn cerddad allan yn dawal bach. Rydw i'n gollwng yr hosan hyll ar lawr heb i neb sylwi, ac yn sathru arni. Roedd Miss Hughes wedi'n siarsio ni i fynd ymlaen â'n gwaith, ond mae'r unig ddwy fydda'n debygol o neud hynny wedi cael y fraint o rannu te a bisgedi efo'r titsiars a'r siaradwr gwâdd. Does 'na neb yma i brepian arnon ni, na'r un Miss Hughes i sefyll rhyngon ni a'r tân. Wrth i mi deimlo'i wres ar fy wynab, rydw i'n diolch na fydd raid i mi ddiodda hynna byth eto, ac ma' hwn fydd y tro ola i mi orfod deud adra na ches i 'run wobr eto 'leni.

Pan ydan ni ar y ffordd adra, mae Ann yn gofyn,

'Lle mae dy hosan di?'

'Am 'y nhroed i.'

'Ddim i'w gwisgo mae hi'n da.'

'I be, 'ta?'

'Mi dw i am roi hon i hongian uwchben lle tân, i San . . . i Dad 'i llenwi hi noson cyn Dolig.'

'Fydd raid i ti dynnu'r papura ohoni gynta.'

'Neith rheini i lapio'r presanta. Gei di ddŵad acw i de os lici di.'

Cwilydd sydd ganddi ei bod hi wedi 'ngadal i ar ben fy hun noson Cwarfod Dirwast. Ond rydw i wedi diodda digon am un dwrnod heb orfod rhannu bwrdd efo Porci Pugh, ac yn enwedig efo un ddewisodd wisgo'i chôt ora er mwyn Megan Lloyd, a gwasgu'i thrwyn wrth fynd heibio i mi.

'Dw i 'di addo mynd i de i dŷ Nain.'

Fydd 'na mo'r fath beth i'w gael, mwy na fydda 'na yn nhŷ Ann, gan fod y Porci 'na'n bachu'r cwbwl, ond does gen i ddim dewis ond mynd rŵan, neu mi fydd be ddeudis i'n gelwydd. Wn i ddim pam rydw i'n boddran efo'r Ann 'ma. Mae'n gwilydd o beth fod hogan ei hoed hi yn dal i gredu yn Siôn Corn. Pan ofynnas i iddi Dolig dwytha sut oedd o'n gallu bod yn capal ni a'u capal nhw yr un amsar, deud ddaru hi ei fod o fel Duw, yn bresennol ym mhob man.

Mae Anti Kate wedi mynd draw i'r capal i drefnu'r parti Dolig. Mam a'r 'chwiorydd', fel mae'r Gwnidog yn eu galw nhw, fydd yn gneud y trefniada, ran hynny. Tasan ni'n dibynnu ar Anti Kate, fydda 'na ddim parti o fath yn y byd. Dim ond Nain ac Yncl John sydd 'ma, mewn dwy stafall ar wahân, a heb ddim i'w ddeud wrth ei gilydd.

'Dim gwobr eto heddiw, Yncl John.'

''Run rhai, ia?'

'Ia, 'run rhai. Mr Rees-Bowen, Plas, oedd yn rhannu'r gwobra. Rydan ni'n wyn ein byd, medda fo.'

'Os ydy rhywun yn wyn ei fyd, y Bowen 'na ydy hwnnw. 'Dydy'r diawl yn werth 'i filodd, ac wedi'u hetifeddu nhw heb orfod codi'i fys bach.'

'Roedd o'n edrych yn union fel Hympti Dympti.'

Mae'n braf clywad Yncl John yn chwerthin. Mi wn i pa mor ddigalon ydy o, o ddifri, a gymaint mae o isio bod yn ôl yn sir Drefaldwyn, lle mae'r tir yn wyrdd ac yn feddal, a digon o ddyfndar pridd i dyfu bloda. Dim rhyfadd ei fod o wedi rhegi Mr Rees-Bowen, Plas, a hwnnw wedi cael y cwbwl heb orfod gneud dim.

Rydw i'n clywad Nain yn galw,

'Chi sydd 'na, Helen?'

Fydd 'na ddim rhagor o chwerthin yma heddiw, ac mae Yncl John yn edrych yn fwy digalon nag erioed.

'Well i ti fynd i'w gweld hi,' medda fo.

'Ma'n bryd i mi fynd adra.'

'Dim ond chydig o funuda.'

Mi dw i'n difaru na fyddwn i wedi mynd adra ar f'union, er y bydda hynny'n golygu deud fod yn ddrwg gen i ar fy mhadar heno. Does gen i ddim tamad o awydd mynd drwodd i'r stafall lle mae hi'n nos drwy'r amsar, ond dydw i ddim am i Nain feio Yncl John taswn i'n gadal heb fynd i'w gweld hi.

Mi ddylwn i deimlo piti drosti. Does ganddi hi, mwy nag ynta, ddim dewis ond bod yma. Ond unwaith y bydda i wedi gofyn, 'Sut ydach chi, Nain?', mi fydda i'n rhydd i fynd yn ôl adra, lle rydw i isio bod, ac angan mwy nag un bys i gyfri 'mendithion.

Ro'n i'n meddwl y bydda Mam yn rhoi tafod i mi am fod yn hwyr, er nad oes 'na ddim golwg o de, ond mae hi'n rhy brysur yn deud y drefn am Anti Kate.

'A be mae Kate druan wedi'i neud tro yma?' medda Dad.

'Codi cwilydd arna i, fel arfar, 'te. Roeddan ni wedi trefnu'r cwbwl cyn iddi gyrradd.'

'Doedd dim ots ei bod hi'n hwyr, felly, nag oedd? Oes 'na ddiban gofyn sut ddwrnod gest ti heddiw, Helen?'

'Nag oes.'

'Hidia befo,' medda Mam. 'Mi wyddon ni be w't ti'n gallu'i neud. Fe ddaw dy dro ditha, 'sti.'

'"Y rhai olaf a fyddant flaenaf", 'te, Jen?'

'Ia, siŵr. Ond biti na fedra rhywun ddeud hynny am dy chwaer di.'

Mae Dad yn wincio arna i, a Mam yn mynd ati i baratoi te, yn fodlon rŵan ei bod hi wedi cael y gair ola.

9

Dydy hwn ddim ond trydydd dwrnod y gwylia, a wn i'm be i' neud efo fi'n hun. Mi fydd raid meddwl am rwbath rhag ofn i mi gael fy nhemtio i alw am Ann. Mi wn i rŵan pam y gofynnodd hi i mi fynd yno i de. Mae Megan Lloyd wedi cael digon arni'n barod, ac yn strytian o gwmpas y dre efo Elsi, sy'n cael y marcia ucha ond un ym mhob dim sy'n cyfri.

Rydw i'n estyn pêl a raced ac yn mynd allan i'r ffrynt. Mae'r mynyddoedd a'r tomennydd yn edrych fel tasa rhywun wedi tywallt siwgwr eisin drostyn nhw. Yma ro'n i'n ymarfar yr ha dwytha yn y gobaith y gallwn i ymuno â'r Clwb Tennis yn y parc. Wn i ddim i be, gan fod yn rhaid talu am berthyn, a does gen i byth geiniog i' sbario.

Wedi i mi lwyddo i daro'r bêl yn erbyn y wal isal o flaen tŷ ni ddeg gwaith heb fethu, rydw i'n cynhyrfu'n lân, ac yn rhoi swadan iawn iddi nes ei bod hi'n hedag dros wal drws nesa ac i mewn drwy ffenast y parlwr. Cyn i mi allu rhedag i guddio, mae'r drws yn agor a Miss Evans yn camu allan, yn biws o'i gwddw i fyny, ac yn sgrechian, 'Pwy . . . wnaeth . . . hyn?'

Cwestiwn gwirion, gan nad oes 'na neb arall o gwmpas.

'Fi, Miss Evans. Chwara tennis o'n i.'

'Ganol gaea? Ro'n i'n meddwl eich bod chi, hyd yn oed, yn gallach na hynny.'

Mae hi'n estyn am ffon ei thad – sy'n hongian ar fachyn tu mewn er mwyn i bobol ddiarth feddwl fod 'na ddyn yn byw yno – yn plygu dros y wal ac yn pledu drws tŷ ni efo'r ffon. Y munud nesa, mae'r drws yn agor a Mam yn sefyll yno, wedi dychryn am ei bywyd.

''Di brifo w't ti, Helen?' medda hi, heb gymyd unrhyw sylw o Miss Evans.

Ond dydy honno fawr o dro'n deud wrthi genath mor ddrwg ydw i, a bod rhieni'r dyddia yma'n gadal i'w plant neud be fynnan nhw. Rydw i'n trio egluro mai damwain oedd hi, ond fedra i ddim cael gair i mewn.

Mae Mam yn gofyn, mewn llais sy'n swnio fel tasa fo'n dŵad drwy geg potal,

'W't ti wedi deud fod yn ddrwg gen ti, Helen?'

'Naddo, dydy hi ddim.'

'Ma'n ddrwg gen i, Miss Evans.'

'A be sy'n mynd i ddigwydd i fy ffenast i?'

Rydw i'n sylwi fod Mam yn gwasgu'i dyrna'n dynn.

'Fe dalwn ni am y difrod, wrth gwrs.'

'Faswn i'n meddwl, wir.'

Mae hi'n diflannu i'r tŷ gan roi clep i'r drws. Dydy hynny ddim yn beth y dyla rhywun sy'n byw yn y rhan ora o'r dre ei neud. A be am 'câr dy gymydog' a 'maddau i ni ein dyledion'?

Yn Sgwâr Diffwys, yr ochor arall i'r afon, mae'r band yn chwara 'Draw yn Ninas Dafydd Frenin'.

'Fe fydda'r ddynas yna wedi codi tâl ar Mair a Joseff am aros yn y stabal,' medda Mam.

'A gneud i'r bugeiliaid a'r doethion dalu am ga'l mynd i mewn. Biti ein bod ni'n gorfod byw yn ei thŷ hi, 'te?'

'Falla mai hi bia'r tŷ, ond ein cartra ni ydy o.'

'Mae *yn* ddrwg gen i, Mam, o ddifri. Do'n i ddim yn trio malu'i hen ffenast hi.'

'Nag oeddat, siŵr. Hidia befo, awn ni i wrando ar y band, ia?'

Erbyn i ni gyrradd Diffwys, mae'r lle'n heidio o bobol

a phlant, yn canu ac yn chwerthin. Rydw i'n gweld Ann yn sefyll ar ei phen ei hun, ac yn croesi ati.

'Lle w't ti 'di bod tan rŵan?' medda hi.

Rydan ni'n gwthio'n ffordd yn ôl at Mam ac yn ymuno i ganu, 'O Deuwch, Ffyddloniaid'. Mi fydd yn Ddolig toc, a dydw i ddim am adal i ddim byd ei ddifetha fo. Fel mae Dad yn deud,

'Rhaid cymyd y drwg efo'r da.

Ond dydy'r drwg ei hun ddim mor ddrwg,

A'r da, pan ddaw o, mor dda!'

10

Mae'r chwiorydd wedi cael hwyl ar drimio'r festri. Chawson nhw fawr o help gan y Gwnidog, reit siŵr. Choelia i byth nad ydy o wedi tyfu gên arall yn ystod y pythefnos dwytha oherwydd yr holl fins peis mae o wedi'u byta wrth neud ei rownds. Wêl o byth mo'i draed eto. Rydw i'n cofio Miss Evans yn deud yr adag yma llynadd, pan aeth y stôl biano oedd hi wedi'i chyflwyno i'r capal er cof am ei mam yn shitrwns 'dano fo, ma' dyletswydd Gweinidog yr Efengyl ydy bwydo'r enaid yn hytrach na'r corff, a dilyn esiampl ei Feistar drwy ymprydio am ddeugain diwrnod a deugain nos. Mae hi, wrth gwrs, mor dena â choes brws, heb na bol na phen-ôl, ac yn gallu gneud i un cegiad bar'a pryd.

Cadar sydd wrth y piano heddiw, a Mrs Rees, Yr Emporium, yn ista arni. Mae Miss Evans wedi cymyd ati'n arw, ac fe gafodd Mam ei galw i'r drws nesa neithiwr. Roedd hi'n ôl cyn pen dim.

'Mi dw i wedi'i gneud hi tro yma,' medda hi. 'Fedrwn i ddim diodda rhagor, ac mi 'nes ei hatgoffa hi fod Madame Rees, fel mae hi'n ca'l ei nabod, yn LRAM.'

Dim ond chwerthin 'nath Dad.

Ond doedd o ddim yn chwerthin bora 'ma pan ddaeth nodyn drwy'r drws i ddeud fod y rhent yn cael ei godi hannar coron y mis.

Mae'r meincia wedi'u troi'n fyrdda a'u gorchuddio â llieinia gwyn wedi'u startsio, efo 'Maenofferen M.C.' ym mhob cornal. Dyna sydd ar bob cwpan a phlât a desgil hefyd. Maen nhw'n cael eu cadw dan glo mewn cwpwrdd yn y gegin fel arfar. Fydda rhywun ddim yn meddwl fod angan i bobol capal neud hynny. Does 'na neb i fynd yn agos i'r bwrdd nes bod Mr Edwards wedi gofyn bendith. Drwodd yn y gegin mae o rŵan, yn esgus helpu'r chwiorydd i rannu'r jeli a'r treiffl, er mwyn cael ei facha ar y brechdana cyn iddyn nhw ddiflannu.

Yn sydyn reit, mae'r drws yn agor led y pen ac Eleanor Parry yn martsio i mewn. Y munud nesa, mae hi wedi setlo wrth fy ochor i.

'Dw't ti ddim i fod yma,' medda fi.

'Mi ddois i i'r Magic Lantarn, yn do?'

Ydy hi'n meddwl, mewn difri, fod hynny'n rhoi hawl iddi rannu'r hyn rydan ni'n ei haeddu am fod yn bresennol yn yr Ysgol Sul a'r Band o' Hôp drwy'r flwyddyn? O, ydy, ac mae hi yma i aros.

Mae dwy o'r chwiorydd yn dŵad allan o'r gegin yn cario plateidia o frechdana, a'r Gwnidog yn eu dilyn, yn ysgwyd briwsion oddi ar ei ffrynt du.

'Bwyd!' medda Eleanor, a chythru am y bwrdd gan fy llusgo i i'w chanlyn. Dim ond gobeithio fod Mr Edwards wedi cau ei lygaid, yn barod i ofyn bendith, ac na welodd o mo Eleanor yn mystyn am frechdan ac yn ei stwffio hi i'w cheg. Ond mae o wedi sylwi, ac yn gofyn,

'A pwy ydy'ch ffrind bach chi, Helen?'

Dydy 'bach' mo'r gair i ddisgrifio Eleanor, ond falla, ac ynta'n mynd yn fwy bob dydd, fod pawb arall i' weld yn mynd yn llai. Ond cyn i mi orfod deud pwy ydy hi, mae Anti Kate yn camu allan o'r gegin efo dwy ddysgliad fawr o jeli, ac ynta'n gweiddi,

'Ddim rŵan, Mrs Lewis!'

Yn ei hôl â hi, a'r bugail ar ei sodla. Wedi mynd i ddeud wrth y chwiorydd fod angan cwpan a phlât arall mae o, reit siŵr, gan fod Helen Owen, bendith arni, wedi bod mor garedig â dod â ffrind efo hi, a'i bod yn ddyletswydd arnon ni rannu bendithion y tymor â rhai nad ydyn nhw'n ddigon ffodus i fod yn aeloda o'r eglwys.

'Dydan ni ddim yn cael jeli, 'lly?'

'Ma'n rhaid i ni fyta'r brechdana gynta, Eleanor, er mwyn leinio'r stumog.'

'Reit, lawr â nhw, 'ta.'

'Ond fedrwn ni ddim nes bydd Mr Edwards wedi gofyn bendith.'

Erbyn iddo gyrradd yn ei ôl, mae pawb wrth y bwrdd, a Robert John ac Eleanor yn sglaffio'r brechdana am y gora. Braidd yn hwyr ydy hi i fendithio'r bwyd, ond mae'r rhai ohonon ni sy'n gwbod sut i fyhafio yn plethu bysadd ac yn deud, 'Amen'.

Mae Madame Rees yn dechrau chwara 'Dawel Nos'. Pan fydd Miss Evans yn gneud hynny, noson stormus iawn ydy hi, fel tasa'r awyr yn llawn o fellt a thrana, ond mae hon yn noson dawal go iawn, ac mae hi'n anodd clywad y noda efo'r holl sŵn cnoi, ac Edwin yn snwffian am nad ydy ei fam o yma i dorri'r crystia i ffwrdd.

Does gen i 'run plât, gan fod Eleanor wedi'i gipio fo o dan fy nhrwyn. Ond dyna Mam yn cyrradd efo cwpan a phlât dros ben, ac yn gwenu i ddangos pa mor falch ydy hi ohona i. Mae un olwg ar Eleanor yn ddigon i droi'r balchdar yn gwilydd, ac mi alla i ei chlywad hi'n mwmian, 'Sut gallat ti, Helen?' cyn mynd yn ôl am y gegin.

Hwn ydy'r parti gwaetha rydw i wedi bod ynddo fo erioed. Roedd yn ddigon 'mod i wedi codi cwilydd ar Mam, heb orfod edrych ar Anti Kate yn llyfu'r llwy wrth iddi rannu'r treiffl a bod yr un gynta allan yn y *musical chairs*. Mr Wyn-Rowlands Banc ydy'r Siôn Corn 'leni, ac mae angan chwilio pen pwy bynnag ddaru'i ddewis o. Fedar y dyn ddim gwenu, heb sôn am chwerthin 'Ho, ho, ho', ac mae'n gas ganddo fo blant, er ei fod o'n dotio ar eu Llinos nhw. Gan fod Mrs Wyn-Rowlands wedi mynnu ei fod o'n tynnu'i sbectol, dydy o'n gweld nesa peth i ddim, ac yn cymysgu'r parseli i gyd i fyny. Mae Robert John yn cymyd un golwg ar y fodrwy a'r mwclis ac yn eu taflu nhw ar lawr, ac Edwin yn sgrechian ei ben i ffwrdd pan mae'r jac yn y bocs yn neidio allan a'i daro ar flaen ei drwyn.

'Yr hen gnafon bach anniolchgar,' medda'r Siôn Corn, a sathru ar rai o'r parseli wrth drio dŵad yn rhydd o'r clogyn. 'Cymerwch chi drosodd, Elizabeth, gan mai'ch syniad chi oedd hyn. Rydw i'n mynd adra.'

Ond yn lle troi i'r dde am y drws, mae o'n troi i'r chwith ac yn cerddad i mewn i'r piano.

'Ewch â'r sbectol 'ma i'ch tad, Llinos,' medda Mrs Wyn-Rowlands mewn llais bach, cyn diflannu i'r gegin, heb aros i weld ydy o wedi brifo. Pan mae honno'n holi, 'Ydach chi'n iawn, Dadi?', mi alla i glywad Robert John yn deud, 'Y piano sy 'di cha'l hi waetha.'

Wrth i Llinos ei arwain am y drws, er nad oes angan hynny rŵan, mae Mr Edwards yn gweiddi, 'Y farf, os gwelwch chi'n dda, Siôn Corn!', ac ynta'n rhoi plwc sydyn iddi nes bod y lastig sy'n ei dal yn torri. Tasa pobol yn gwbod fod ganddo fo'r fath dempar, go brin y byddan nhw'n ei drystio i edrych ar ôl eu pres.

Gan na fedar y Gwnidog blygu dim mwy na'i ben, does ganddon ni ddim dewis ond mynd ar ein penglinia i chwilio drwy'r parseli. Rydw i'n dod o hyd i f'un i, ond cyn i mi allu ei roi yn fy mhocad, mae Eleanor yn ei gipio oddi arna i ac yn rhwygo'r papur.

'Fydda i ddim yn ei agor o tan dwrnod Dolig,' medda fi.

'Bocs paent ydy o, yli. Mi dw i 'di bod isio un fel'ma.'

'Cym' di o, 'ta.'

A finna'n meddwl na fedra petha fynd dim gwaeth, maen nhw'n paratoi i chwara rhoi cynffon ar y mul. Dydw i ddim yn trystio Robert John a'r lleill yng ngola dydd, heb sôn am fod yn y twllwch a chadach dros fy llygaid. Fedra i ddim mynd adra, gan fod Dad yn gweithio a Mam yn gorfod aros yma tan y diwadd i neud yn siŵr, fel Arolygydd yr Ysgol Sul, fod y llestri Maenofferen M.C. yn cael eu rhoi'n ôl dan glo.

Ar fy ffordd i guddio yn y tŷ bach rydw i pan mae 'na andros o sŵn yn dŵad o'r gegin. Mae'r drws yn agor, a Mam yn sefyll yno, ei hwynab yn goch a'i gwallt wedi disgyn o'i binna. Does dim rhaid i mi ofyn be sydd wedi digwydd, gan fy mod i'n gallu gweld darna o'r llestri Maenofferen M.C. yn shitrwns hyd lawr a chriw o'r merchad yn rhythu ar Anti Kate.

'Mi dw i am i ti fynd â dy fodryb adra rŵan,' medda Mam.

Er fy mod i'n falch o gael gadal, fe fydda unrhyw esgus yn well na hwn. Rydw i'n gafal yn llaw Anti Kate ac yn deud yn uchal,

'Hidiwch befo nhw. Hen betha hyll ydyn nhw, p'un bynnag.'

Mae'n siŵr fod y chwiorydd yn meddwl ma' sôn amdanyn nhw rydw i, ond dydy o ddim tamad o ots gen i.

Wrth i ni gerddad law yn llaw drwy'r festri fawr, mi alla i glywad Mr Edwards yn gofyn,

'Oes 'na rywun wedi gweld cynffon y mul?'

Mae rhywun wedi'i phinio hi ar ei gôt a honno'n ysgwyd yn ôl a blaen wrth iddo fo drotian o gwmpas. Biti drosto fo, a dros Anti Kate, yn cael ei gyrru adra mewn cwilydd. Biti drosta inna, o ran hynny, yn gorfod gadal heb fath o bresant. Fe fydd yn rhaid i mi ddeud wrth Mam fy mod i wedi'i roi o i Eleanor, nad oedd ganddi hawl bod yno o gwbwl, ac egluro nad oedd gen i ddim byd i' neud â'r peth. Mi wn i y bydd hi'n barod i 'nghredu i, ond dydy hynny ddim yn mynd i'w rhwystro rhag poeni, gan fod pawb yn gwbod fod yr enath Parry 'na'n ddylanwad drwg.

Mae Anti Kate yn sefyll yn y lobi yn cnoi'i gwinadd tra ydw i'n chwilio am ei chôt.

'Ddylwn i ddim fod wedi dŵad yma,' medda hi.

Heddiw, pan fydda petha lawar haws tasa hi wedi mynd i ble bynnag bydd hi'n mynd, mae Anti Kate wedi gweld a chlywad bob dim.

'Damwain oedd hi.'

'Nid dyna maen nhw'n ei feddwl.'

O, na, mae'n well ganddyn nhw gredu ei bod hi wedi gollwng y llestri'n fwriadol. Does 'na neb gwaeth na pobol capal am weld bai ar bawb arall.

'Mi dw i wedi difetha dy barti di'n do?' medda hi, wrth i mi gau botyma'i chôt i fyny at ei gên rhag ofn iddi gael annwyd ar ôl chwysu.

'Roedd o wedi'i ddifetha o'r dechra.'

'Taw â deud. Gest ti bresant gen y Santa Clos 'na?'

'Do, bocs paent. Mi rhois i o i Eleanor.'

'On'd w't ti'n un ffeind. Mae'r beth fach amddifad yn lwcus fod ganddi ffrind mor dda. Dos yn ôl ati hi rŵan.'

Mae hi'n mynd â 'ngadal i. Ond a' i ddim yn agos i'r festri, reit siŵr.

Rydw i'n clywad sŵn traed yn dŵad am y lobi. Mr Edwards Gwnidog sydd 'na, ar ei ffordd adra, wedi cael llond ei fol a digon ar bawb.

'Nadolig llawen i chi . . . ym . . . ym,' medda fo.

A dyna hynna drosodd am flwyddyn arall.

11

Ro'n i wedi gobeithio na fydda 'na'r un ddrama Nadolig 'leni gan fod Miss Evans wedi mynd ar streic, a'r chwiorydd ormod o'i hofn hi i gynnig cymyd drosodd. Ond mae hi wedi penderfynu aberthu'r chwara piano er mwyn y plant sydd mewn peryg o gael eu harwain ar ddisberod gan fugail nad ydy o'n gweld ei draed, heb sôn am y llwybyr cul.

Fe gawson ni i gyd orchymyn i aros ar ôl un pnawn Sul, pawb ond y Gwnidog. Mi dw i'n siŵr ei fod o'n falch o glywad Miss Evans yn deud nad oedd ei angan o. Mae'r straen o orfod cerddad o dŷ i dŷ i ddymuno 'Heddwch yr Ŵyl' i bawb o'i aeloda, heb sôn am fyta'r holl fins peis, wedi deud yn arw arno fo. Ar ôl y Band o' Hôp dwytha roedd o wedi blino gormod i symud, ac oni bai i Mr Price ei glywad o'n chwyrnu pan aeth o yno i ddiffodd y gola, mi fydda wedi bod yn y festri drwy'r nos.

Roedd Mam wedi cytuno efo Miss Evans fod dathlu geni Crist yn haeddu gwell na jeli a sandwijis a chynffon ar ful, gan y bydda hyn yn gyfla i mi ddangos be ydw i'n gallu'i neud. Ond cael ei siomi ddaru hi. Fel gwraig y llety, dim ond un frawddeg oedd gen i i'w deud. 'Leni, mae'r bugeiliaid, Barbra a Beti, am gael bod yn ddoethion a gwisgo coron yn lle llian sychu llestri, er y bydd yn rhaid iddyn nhw blygu eu penna o flaen Llinos Wyn, Mair, mam yr Iesu. Gwrthod bod yn Joseff ddaru David John gan nad oedd o isio bod yn ŵr i Llinos Wyn.

'Rhag eich cwilydd chi,' medda Miss Evans, a'i hwynab yn biws. 'Mae'n fraint cael eich dewis i fod yn dad yr Iesu.'

Fe ddechreuodd Beti a Barbra bwffian chwerthin a deud fod pawb yn gwbod nad Joseff oedd y tad a bod Mair wedi cael babi heb briodi. A dyna'r Llinos Wyn wirion 'na'n gweiddi nad oedd hi ddim isio cael ei thorri allan o'r capal, ac yn rhedag allan.

Pan ddeudis i wrth Miss Evans na fydda ots gen i fod yn Mair, medda hi,

'Newch chi byth Fair, Helen Owen.'

Dial arna i am dorri'i ffenast oedd hi wrth ddeud hynny, yn ôl Mam. Tymor ewyllys da ydy hwn i fod, ond chydig iawn o hynny ydw i wedi'i weld.

Er fy mod i'n meddwl yn siŵr y bydda Miss Evans wedi digio'n bwt a phenderfynu canslo'r ddrama, y peth cynta ydw i'n ei weld Sul wedyn ydy Llinos Wyn yn sefyll wrth giât y festri efo Barbra a Beti, yn dal clamp o focs cardbord.

'Be sydd gen ti yn hwnna?' medda fi, ormod o isio gwbod i beidio gofyn.

'Y Baban Iesu. Fi ydy Mair ei fam o, 'te.'

'Dy dorri allan o'r capal gei di am fod yn hogan ddrwg a chael babi cyn priodi,' medda Barbra neu Beti. Falla fod eu mam yn gallu deud y gwahaniath rhyngddyn nhw, ond fedra i ddim.

'Mi dw i wedi priodi, 'dydw?'

'Efo pwy, 'lly?'

'Duw. Mae o'n deud yn y Beibil.'

I ffwrdd â ni am y festri, y ddau ŵr doeth yn cecian chwerthin, a finna'n helpu i gael y bocs i mewn drwy'r drws.

Mae Miss Evans yn codi'r caead yn ofalus ac yn tynnu dol fawr, hyll allan, ei cheg yn llydan gorad fel un

Bili Jones. Wrth iddi ei dal i fyny, mae honno'n rhoi sgrech, Miss Evans yn gollwng ei gafal arni yn ei dychryn, a David John yn rhuthro i'w dal cyn iddi daro'r llawr. Ond yn lle diolch iddo fo am achub bywyd y Baban Iesu, mae Llinos Wyn yn cipio'r ddol oddi arno fo ac yn stwffio potal blastig i'r geg fawr.

'On'd ydy hi'n fam fach dda?' medda Miss Evans.

Edwin ydy Joseff rŵan, y tad nad ydy o'n dad go iawn o ddifri, dim ond wedi cael ei ddewis gan Dduw a Miss Evans. Dydy Barbra a Beti isio dim i' neud efo Janet-'dwn-i'm, y trydydd gŵr doeth.

Mae Miss Evans yn cymyd arni na chlywodd hi mohonyn nhw'n deud y bydda hi'n gneud gwell dafad. Ama ydw i fod ganddi eu hofn nhw, gan fod y ddwy ddwbwl ei maint, sy'n bedair yn erbyn un.

Pan ddaw fy nhro i, rydw i'n newid fy llais ac yn siarad yn neis-neis fel bydd Mrs Bevan, sydd pia'r Queens Hotel.

'Be sy'n bod arnoch chi'r enath wirion?' medda Miss Evans. 'Cofiwch mai dim ond gwraig llety dlawd ydach chi.'

Peth ofnadwy ydy cael eich galw'n wirion o flaen pawb. Rydw i'n cadw 'mhen i lawr ac yn gwasgu fy llygaid yn dynn er mwyn dal y dagra'n ôl. Ond mae un o'r gwŷr doeth yn rhoi pwniad i mi, ac yn pwyntio at Llinos Wyn, sydd wedi cyrradd y stabal a'r babi yn ei breichia.

'Dydy'r Baban Iesu ddim wedi'i eni eto, Mair,' medda Miss Evans, a thrio cymyd y ddol oddi arni. Ond mae Llinos Wyn, wrth wrthod gollwng gafal, yn gwasgu'r ddol, a honno'n pi-pi dros Miss Evans.

Mae'r Baban Iesu wedi cael slap a'i alw'n hogyn drwg, a Llinos Wyn wedi mynd â fo adra i newid ei glwt. Gan fod Edwin isio mynd i'r tŷ bach, a'i fam ddim ar gael, fe aeth ynta adra. Pan ofynnodd Beti neu Barbra i Janet os ma' dyma lle roedd y brenin newydd wedi'i eni, dyna hi'n deud, wrth weld y stabal yn wag, 'Dwn-i'm', a nhwtha'u dwy'n ei galw'n 'stiwpid' ac yn gneud sŵn brefu. Dyna sut ces i fod yn un o'r doethion a Janet yn wraig y llety, ar yr amod ei bod hi i adal i David John, ei gŵr, siarad drosti.

Does 'na neb ym mhalas y brenin chwaith, gan fod yr Herod, Robert John, wedi'i heglu hi am goed Cwmbowydd yn lle dŵad i'r Ysgol Sul. Yn ôl David John, dydy hwnnw ddim yn cael cymyd rhan yn y ddrama am ei fod wedi gneud rwbath na ddyla fo. Rydan ni i gyd yn aros i Miss Evans ofyn be, er mwyn cael gwbod, ond dydy hi ddim.

'A be ydw i'n mynd i'w neud rŵan?' medda hi.

Mae David John yn wincio arna i ac yn deud. 'Mi neith Helen fod yn Herod, Miss Evans,' Barbra a Beti yn gweiddi, 'Gneith, siŵr', a phawb yn cytuno gan ei bod hi 'mhell wedi amsar te a'u stumoga nhw'n rymblan. Rydw i'n cael copi newydd a'r geiria 'Y Brenin Herod – Helen Owen' wedi'u sgwennu arno fo.

'Mi fyddi di'n edrych yn dda mewn coron a locsyn, Helen,' medda David John. Dydw i ddim mor siŵr o'r locsyn, ond gen i mae'r rhan ora rŵan, ac mi fydd Mam wrth ei bodd.

Falla y bydda'n well i mi beidio deud wrthi sut ces i'r rhan, dim ond gadal iddi feddwl fod Miss Evans wedi sylweddoli 'mod i'n haeddu gwell. Er nad ydy hynny'n wir, mi ddyla fod.

12

Rydw i wedi bod yn cerddad i fyny ac i lawr Woolworths ers hydodd, heb brynu dim. Fe fydda gweithio allan faint o amsar gymodd y trên 'na i deithio o A i B yn haws na gorfod rhannu tri swllt rhwng pump.

'Styria. Dim ond pum munud sy gen ti nes byddwn ni'n cau,' medda un o'r genod tu ôl i'r cowntar, gan wgu arna i. Mae Miss Davies, y manijar, yn hopian allan fel robin goch ar ei choesa pricia o'i stafall yng nghefn y siop, ei phen ar un ochor a'i llygaid bach mwclis yn gwibio i bob cyfeiriad. Mi alla i glywad yr hogan oedd am i mi styrio yn ochneidio ac yn deud,

'Dyma hi'n dŵad eto.'

Mae gan Miss Davies ffenast yn ei stafall, fel ei bod hi'n gallu gweld i'r siop. Wedi sylwi arna i'n prowla o gwmpas mae hi, debyg, ac ar ei ffordd i ddeud wrtha i mai trio rhedag busnas mae hi ac nad oes 'na groeso yma i rai nad ydyn nhw'n prynu.

Rydw i'n mynd nerth fy nhraed am y drws, ac yn sylweddoli, wrth ddod wynab yn wynab efo Anti Kate, ma' hi, nid Miss Davies, ydy'r un sy'n 'dŵad eto'.

'Maen nhw'n cau rŵan, Anti Kate.'

'Be 'nes i efo'r rhestr negas, d'wad?'

Mae hi'n chwalu drwy'i bag, ac yn estyn darn o bapur i mi ei ddal er mwyn gallu chwilio am ei phwrs. Ar y papur, mewn llythrenna bras wedi'u tanlinellu ddwywaith, mae'r geiria: 'Ymarfer carolau. Festri Maenofferen. Chwech o'r gloch nos Wener.'

'Fe fydd raid i'r siopa aros,' medda fi. 'Dim ond tri munud sydd ganddoch chi i gyrradd y festri.'

'Mi dw i yma rŵan.'

I ffwrdd â hi, a gwenu'n glên ar Miss Davies pan mae honno'n gofyn,

'Fedrwch chi ddim gneud ymdrach am unwaith, Mrs Lewis?'

Rydw i'n aros amdani y tu allan i'r siop am bron i ddeng munud. Mae Miss Davies yn cau'r drws ar ei sodla, a'i folltio. Fydd gen i ddim dewis ond siopa yn Peacocks o hyn allan.

Yn lle troi i lawr am Stryd Glynllifon, mae Anti Kate yn cerddad ymlaen gan ddeud y bydd Yncl John yn llwgu erbyn hyn, a hitha â'i swpar o yn ei bag. Waeth i mi heb â'i hatgoffa hi o'r ymarfar felly.

'Dim ond dau ddwrnod tan y Dolig, Helen,' medda hi, wrth i ni fynd heibio i'r postar yn ffenast siop J. G. Lloyd, sy'n addo mai hwn fydd y Dolig gora rioed ond i chi siopa yno. 'Fe fydda dy Dad a finna'n arfar mynd i'r Plas i ganu carola bob blwyddyn, ac yn cael afal ac oran bob un. Rydw i'n cofio'r ledi'n rhoi chwe-cheiniog i mi unwaith ac yn deud y gallwn i fod yn ail Edith Wynne.'

Mae hi'n dechra canu 'O Dawel Ddinas Bethlehem'. Dyna lle byddan nhw yn y festri rŵan, yn paratoi at y gwasanaeth carola, ond does ar Anti Kate ddim angan ymarfar. Wn i ar y ddaear pwy oedd yr Edith Wynne 'ma, ond fedra hi neud ddim gwell. Dydy o ddim ots gen i os na wela i'r tu mewn i Woolworths byth eto, cyn bellad â bod Anti Kate yn cael bod lle mae hi isio bod.

Ond pan ydan ni wrth dŷ Nain, mae hi'n rhoi'r gora i ganu ac yn sbecian i mewn i'w bag. Does 'na ddim byd ynddo fo ond pacad o fisgedi.

'O, diar,' medda hi, a diflannu i mewn heb gymaint â 'ta-ta'. Fe fydd raid i Yncl John neud heb ei swpar, ac mae arna i ofn fod Nadolig Anti Kate drosodd cyn iddo fo ddechra.

13

Dim ond jeli a sandwijis a chynffon ar y mul fydd hi
Dolig nesa. Mae Miss Evans wedi penderfynu nad oes
modd dad-neud y drwg. Rydan ni i gyd ar ein ffordd i
ddistryw, ac fe ŵyr pawb bai pwy ydy hynny.

Llanast oedd y ddrama o'i dechra i'w diwadd. Wrth
i Angel yr Arglwydd, oedd yn gwisgo ffrog briodas ei
mam a phâr o adenydd gymaint â hi ei hun, gamu i'r
llwyfan, fe aeth ei thraed yn sownd yn hem y ffrog ac i
lawr â hi.

'Nac ofnwch,' medda hi, a gneud y stumia rhyfedda
wrth drio dŵad yn rhydd. 'Wele yr wyf i yn mynegi i
chwi . . .'

Fe fu'n rhaid i Miss Evans orffan y negas tra oedd yr
angylion bach yn bustachu i godi Angel yr Arglwydd a'i
llusgo i ochor y llwyfan. Dal i sefyll yn eu hunfan
wnaeth y bugeiliaid, yn edrych mor hurt â'u defaid, nes
i Miss Evans weiddi,

'Ewch hyd Fethlehem, a gwelwch y peth hyn a
wnaethpwyd.'

Roedd yno ddau Joseff, un bach ac un mawr, gan fod
Edwin yn gwrthod mynd ar y llwyfan heb ei fam. Pan
ofynnodd yr un mawr oedd yna le yn y llety, dyna Janet,
oedd wedi cael siars i adael i'w gŵr siarad drosti, yn deud
'Dwn-i'm.'

'Cerwch chi i neud cinio,' medda David John, a rhoi
gwth iddi tu ôl i'r cyrtan. 'Mi ffeindia i le iddyn nhw.'

Roedd Llinos Wyn wedi cuddio'r Baban Iesu o dan ei
chlogyn, yn barod i gael ei eni. Y munud y cyrhaeddodd
hi'r stabal, dyna hi'n tynnu'r ddol allan i roi moetha
iddi. Fe sgrechiodd honno, a dychryn y Joseff lleia.

'Deud helô wrth dy frawd,' medda'r Joseff mwya, ac estyn da-da iddo fo'n slei bach.

Fy mherfformiad i, fel y Brenin Herod, oedd yr unig beth o werth yn y ddrama i gyd. Fel ro'n i'n brasgamu ar draws y llwyfan, 'wedi ffromi'n aruthr', fel mae o'n deud yn y Beibl, fe lithrodd y locsyn, a gorfod i mi roi'r gorchymyn i ladd a llond fy ngheg o flew. Roedd fy mod i wedi gallu dal ymlaen dan y fath amgylchiada yn brawf o 'ngallu i, medda Mam.

Erbyn i ni i gyd fynd ar y llwyfan i ganu 'Draw yn Ninas', roedd Miss Evans wedi mynd, gan fwmian, 'Byth eto', a rhythu ar Mr Edwards Gwnidog. Tasa golwg yn gallu lladd, fydda'r cradur ddim wedi gweld y Dolig. Fedra fo ddeud dim mwy na, 'Gras yr Arglwydd fyddo gyda chwi oll, Amen.' Mi dw i'n siŵr ei fod o gymaint o angan gras yr Arglwydd â ni.

'Dydach chi ddim yn disgwyl i mi glirio'r llanast 'ma, siawns?' medda Mr Price, a diflannu drwy'r drws sy'n arwain i'r tŷ capal.

Roedd Edwin yn crio am nad oedd o isio brawd bach, a'r ddau ŵr doeth wedi gwylltio'n gacwn am fod Mair yn gwrthod rhoi'r presanta'n ôl, gan ma'r Baban Iesu oedd pia nhw.

'Ydach chi am glirio, Mam?' medda fi, wedi iddyn nhw i gyd adal, yn snwffian ac yn gweiddi.

'Nag ydw, reit siŵr.'

Wrth i ni wisgo'n cotia yn y lobi, mae hi'n troi ata i ac yn deud,

'Dolig llawan i ti, Helen.'

'Ac i chitha, Mam.'

Ac adra â ni i ddathlu ein Dolig ein hunain.

14

Mae'n Dolig ni wedi para tan heddiw. Liciwn ni tasan ni'n cael aros fel roeddan ni am byth, yn gynnas ac yn saff. Ond mae'r cwpwrdd bwyd bron â bod yn wag, a does gan Dad ddim dewis ond mynd yn ôl i weithio, neu fe fydd y tri ohonon ni'n llwgu. Ddoe, roedd y parlwr y lle brafia'n y byd, ond lle digalon iawn ydy o heddiw, y grât yn wag, a mwy o nodwydda ar lawr nag sydd ar y goeden.

Roedd Mam a Dad wedi gwario'r pres oeddan nhw wedi bod yn ei roi yng Nghlwb yr Emporium ers wythnosa ar lyfra i mi, ond y cwbwl allwn i ei fforddio oedd sebon ogla da i Mam a brws llnau sgidia i Dad. Ro'n i wedi gorfod gofyn am ragor o bres er mwyn prynu *Girls' Crystal Annual* i Ann am ei bod hi wedi prynu *School Friend* i mi.

'Gyma i fenthyg o ar ôl i ti orffan,' medda hi.

Ond go brin y gwela i'r *Girls' Crystal* byth eto. Unwaith y ceith Porci Pugh ei facha arno fo, mi fydd yn ôl bodia ac yn staenia bwyd i gyd. Mi fyddwn i wedi gorffan f'un i oni bai i mi fynd ati i ddarllan *Nedw*, E. Tegla Davies er mwyn plesio Mam a Dad, gan fod hwnnw wedi'i sgwennu yn iaith y nefoedd.

Nos Nadolig, fe gawson ni be oedd Dad yn ei alw'n 'gyngerdd mawreddog' yn y parlwr. Roedd llond y grât o dân, ogla'r sebon rois i i Mam yn llenwi'r stafall a sgidia Dad yn sgleinio fel newydd. Roeddan ni'n tri wedi sgwennu rhesi o benillion am bob math o betha, ond fi gafodd y wobr gynta am y penillion i'r ffair sy'n dŵad i Ddôl Garrag Ddu, dros yr afon i'n tŷ ni, un waith y flwyddyn. Mi fydda i'n mynd draw yno i rowlio ceinioga bob tro y bydd gen i rai i'w sbario. Mae'r lle'n llawn dop o fama yn sgrechian ar eu plant i gau eu cega a rhoi'r gora i swnian, ac amball un o'r petha bach yn cael andros o gelpan. Dyna 'nath i mi sgwennu'r pennill ola:

> Pan a' y ffair i ffwrdd o'r dre,
> Bydd y mamau'n diolch a diolch i'r ne'.
> Ni fydd mwy o swnian gan y plant yn awr,
> Bydd y ffair ymhell cyn toriad y wawr.

Mi 'nes i stomp go iawn o'r darn heb ei atalnodi, ond fe aeth Dad drwy'r cwbwl heb yr un camgymeriad.

'Sut medrist ti neud hynna?' medda fi.

Chwerthin 'nath o, a deud,

'Am ma' fi sgwennodd y darn, 'te.'

Pan ddaethon ni at yr eitem 'adroddiad gan Richard Owen, Ysw', dyna Dad yn gofyn,

'Wel, be fydd hi tro yma?'

'"Mab y Bwthyn",' medda Mam a finna efo'n gilydd.

Y rhan lle mae'r hogyn sy'n deud y stori yn nôl dŵr o Ffynnon Felin Fach ac yn gorwadd ar y gwair yn breuddwydio drwy'r pnawn ydy'r un gora gen i. Ond mae'n gas gen i feddwl ei fod o wedi cael ei yrru i gwffio a'i neud yn 'beiriant lladd'. Roedd ei gariad o, Gwen Tŷ Nant, wedi mynd i Lundan i weithio mewn ffatri, ac wedi cael codwm yno. Mae'r stori'n darfod efo'r hogyn, sy'n ddyn erbyn hyn, yn gofyn iddi fynd yn ôl efo fo 'i'r seithfed nen'. Mi dw i'n ama fod y Gwen 'ma wedi bod yn hogan ddrwg, ond wn i'm be oedd ei phechod hi. Dim ond gobeithio ei bod hi'n gallach na'r eneth ga'dd ei gwrthod, oedd yn rhy styfnig i ofyn maddeuant, a bod y ddau wedi byw'n hapus byth wedyn yn y bwthyn bach to gwellt.

'Dy dro di rŵan, Jen,' medda Dad, oedd yn chwys doman ar ôl bod yn sefyll â'i gefn at y tân.

Fe fydda'r ddau'n cystadlu ar yr Her Adroddiad mewn steddfoda erstalwm, ac mae ganddyn nhw lond cwpwrdd gwydyr o gwpana a medala. Dad fydd yn llnau rheiny.

'Weli di hon, Helen,' medda fo, a dal un o'r cwpana mwya i fyny. 'Fi ddyla fod wedi'i hennill hi.'

'Ca'l cam 'nest ti?'

'Y beirniad oedd wedi gwirioni ar dy fam, 'te, fel o'n inna.'

'Ond chdi gafodd Mam.'

'O, ia, ac mae honno dipyn mwy o werth na chwpan. A does 'na ddim gwaith llnau arni chwaith.'

Ond dim ond herian oedd o. Mi dw i'n ei gofio fo'n deud y gallach chi glywad pìn yn disgyn pan fydda Mam ar y llwyfan, a pawb fel tasa ganddyn nhw ofn anadlu.

Ro'n inna'n dal fy ngwynt noson Dolig pan safodd hi yno o'n blaena ni, yn syth fel brwynan fel bydda hi ar lwyfan steddfod, a deud, mewn llais oedd yn mynnu sylw,

'Rhan o'r bryddest "Penyd" gan Caradog Prichard.'

Hanas hen wraig sydd wedi mynd yn dwlali a'i gyrru i'r seilam ydy 'Penyd'. Mae hi wedi bod yn disgwyl i'w gŵr, sydd wedi marw ers blynyddodd, ddŵad yno i'w nôl, ac yn meddwl ei bod hi'n ei weld o'n sefyll yn nrws y stafall. Er fy mod i'n gwbod yn iawn be oedd yn digwydd nesa, roedd chwys oer yn rhedag i lawr fy nghefn wrth i mi glywad y geiria:

Darfu. A gwn pe trown fy mhen
I geisio fy rheibiwr croch
Y gwelwn o'm hôl ar obennydd wen
Wallgofrwydd dau lygad coch.

Does 'na neb yn y byd yn gallu adrodd y llinall ola 'na fel mae Mam. Ro'n i'n dal i grynu pan ddaeth Dad drwodd o'r lobi, cyrtan llofft ffrynt wedi'i lapio amdano fo a het big fain yn llanast o sêr bob lliw ar ei ben.

Ma'n siŵr ei bod hi wedi cymyd oria iddo fo ddysgu'r holl dricia 'na. Fedra Mam a finna ddim credu'n llygaid pan estynnodd o gannwyll odd'ar y goedan, ei gwthio hi i'w geg, a'i byta hi.

'*Yum, yum*,' medda fo ac estyn am un arall. 'Does 'na ddim byd gwell na channwyll i roi tân yn eich bol chi.'

'Sâl fyddi di, Richard,' medda Mam.

Ond doedd o ddim gwaeth. Mi wn i rŵan ma' Dad oedd wedi gneud y canhwylla, ac mi fyddwn inna'n rhoi cynnig ar y tric oni bai fod yn gas gen i flas marsipán.

Fedrwn i'm diodda meddwl fod y cwbwl drosodd, a doedd 'na fawr o hwyl arna i pan ofynnodd Mam amsar brecwast,

'W't ti wedi gneud dy adduneda blwyddyn newydd, Helen?'

'I be?' medda fi. 'Dydw i rioed wedi medru cadw'r un ohonyn nhw.'

Mae Dad yn edrych yn gam arna i, ac yn deud fod Mam ac ynta'n rhy hen i neud adduneda bellach, diolch am hynny.

'Does 'na neb rhy hen i drio gwella'i hun, Richard,' medda hitha.

'A be ddylwn i addo'i neud felly?'

'Rhoi'r gora i smocio'r hen getyn 'na, falla?'

'W't ti am ddwyn yr unig blesar ydw i'n 'i gael odd'arna i?'

Mae Dad yn aros nes bod Mam wedi mynd drwodd i'r gegin gefn a chau'r drws arni'i hun cyn deud,

'Doedd hi ddim yn meddwl hynna o ddifri, 'sti.'

'Nag oedd, siŵr,' medda fi, er 'mod i'n credu ei bod hi.

'Gwastraff amsar ydy gneud adduneda, p'un bynnag. Fedrwn ni ddim newid yr hyn ydan ni.'

'Mae Miss Evans yn deud 'i bod hi'n amhosib tynnu cast o hen geffyl.'

'Ac fe ddyla hi wbod, yn well na neb.'

Wedi i Dad fynd i'w waith, a Mam i siopa i'r Co-op, rydw i'n penderfynu mynd ati i neud adduneda, wedi'r cwbwl. Er na alla i fod ond yr hyn ydw i, falla y dylwn i drio bod yn debycach i Anti Lisi, a chael sbario deud 'ma'n ddrwg gen i' mor amal.

Mi ddechreua i efo'r Deg Gorchymyn, gan fod hynny'n mynd i gael gwarad â'r pechoda mawr i gyd. Fedrwn i ddim lladd pry, hyd yn oed, a fyddwn i byth yn rhoi 'mhump ar eiddo neb arall. Rydw i'n mynd i'r capal i addoli Duw bob Sul, ac yn barchus o Mam a 'Nhad. Fydda i ddim yn rhegi, a wn i ddim be ydy godinebu, heb sôn am ei neud o. Wedi i mi roi'r cwbwl i lawr, a tic ar gyfar bob un, mae fy llaw i wedi cyffio, a does 'na ddim ond digon o le ar y dudalan i sgwennu – 'Cyfri 'mendithion' a 'Peidio ypsetio Miss Evans'.

15

Fel ro'n i'n cerddad i lawr stryd ni bora 'ma ar fy ffordd i'r ysgol, mi fedrwn i glywad Miss Evans yn galw arna i. Anwybyddu hynny 'nes i, gan fod cadw mor bell â medra i rhag ei ypsetio hi yn un o'r ddau adduned blwyddyn newydd. Ond roedd hi wedi 'nal i i fyny ymhell cyn i mi allu cyrradd y stryd fawr. Sawl gwaith mae hi wedi rhoi tafod i mi am rusio o gwmpas, a deud pa mor bwysig ydy hi ein bod ni, fel y dosbarth gora o bobol, yn cadw urddas?

'On'd ydy o'n fora hyfryd, Helen?' medda hi, a gwên hurt ar ei hwynab.

Hwn oedd y bora hylla, mwya ych-a-fi welas i rioed, pob dim yr un lliw, fel tasa hi wedi bod yn bwrw paent llwyd dros nos. Ond doedd fiw i mi ddeud hynny, neu fe fydda'r adduned wedi'i dorri cyn bod y flwyddyn prin wedi dechra. Sylwodd hi ddim nad o'n i wedi atab ei chwestiwn hi, dim ond dal i wenu'n wirion a deud petha hollol dwp, fel bod y gwanwyn ar ei ffordd, Duw yn ei nefoedd, a phob dim yn iawn efo'r byd.

Roedd hi'n gwisgo'i chôt Sul, wedi'i thrimio efo ffwr, a chameo ei mam, sydd mor werthfawr na fedar neb roi pris arno fo, wedi'i binio ar y golar. Ac yn lle bod ei gwallt wedi'i blethu'n fynsan, roedd o'n hongian yn rhydd fel y darna gwlân fydd Mam yn eu defnyddio i frodio sana Dad. Ofn oedd gen i ei bod hi'n dechra mynd yn dwlali ac yn meddwl ei bod hi ar ei ffordd i'r capal, ond dyna hi'n deud pan gyrhaeddon ni'r stryd fawr,

'Pob hwyl i chi yn yr ysgol, Helen.'

Ond fydd 'na fawr o hwyl yma heddiw, gan fod Eleanor Parry wedi dwyn gwarth ar Ysgol y Merched, Maenofferen. Fe gafodd ei dal yn ymddwyn yn anweddus efo Bili Jones yng nghefna Stryd Glynllifon.

'Rydan ni i gyd yn cywilyddio drosti, on'd ydan, ferched?' medda Miss Hughes, nad ydy hi rioed wedi gneud y fath beth, mwy nag ydw inna.

'Ydan, Miss Hughes.'

Maen nhw wedi penderfynu cadw Eleanor i mewn bob amser chwara nes y bydd hi wedi dysgu ymddwyn yn weddus, ond dydy hynny ddim yn mynd i neud mymryn o wahaniath. Gyntad â bod cloch diwadd pnawn wedi canu, fe fydd yn rhydd i neud beth bynnag fyn hi.

Fe alwodd Megan Lloyd ni i gyd at ein gilydd ar ôl cinio a chynnig fod Eleanor yn cael ei gyrru i Coventry.

'Lle mae fan'no?' medda Ann, sy'n rhy dwp i sylweddoli ei bod hi'n dwp.

Dim ond edrych i lawr ei thrwyn arni 'nath Megan, a deud,

'Dyna hynna wedi'i setlo, 'lly.'

Rydw i'n egluro i Ann ar y ffordd adra fod gyrru Eleanor i Coventry yn golygu nad oes neb i siarad efo hi, a bod yr un peth yn digwydd i bwy bynnag sy'n gneud hynny.

'Wn i,' medda hi.

'I be oeddat ti'n gofyn lle mae fan'no, 'ta?'

'Am 'y mod i isio gwbod, 'te. Ddeuda i 'run gair wrthi hi, beth bynnag.'

'Na finna. Fe ddaru hi ddifetha'r parti Dolig yn capal.'

'Arnat ti oedd y bai yn gofyn iddi ddŵad yno.'

''Nes i'm ffasiwn beth. Pwy ddeudodd hynny?'

'Mrs Pritchard. Mae Mam yn deud y dyla fod gen ti gwilydd ac y bydda'n well ganddi hi tasat ti'n peidio galw yn tŷ ni eto.'

A dyna pam mae Ann wedi bod yn dŵad i 'nghwarfod i bob bora ers y gwylia. Wrth feddwl am yr holl fu'n rhaid i mi ei ddiodda yn y parti, rydw i'n gwasgu 'nyrna rhag ofn i mi gael fy nhemtio i'w hysgwyd nes bod ei dannadd hi'n rhincian, ac yn gweiddi nerth esgyrn 'y mhen,

'Mi gei di a dy fam fynd i uffarn!'

Fy nychryn fy hun, dyna'r cwbwl ydw i wedi'i neud. Mae Ann yn sefyll yno heb droi blewyn, ac yn edrych fel bydd hi pan mae hi'n gallu cyrradd at y bwyd cyn i Porci Pugh allu poeri arno fo.

'Well i ti fod yn ofalus,' medda hi, 'neu mi gei ditha dy yrru i Lundan.'

I ffwrdd â hi i roi'r negas i'w mam. Fe fydd honno, o'i cho o orfod torri ar ei rwtîn, yn mynd ar ei hunion i tŷ ni i ddeud 'mod i wedi'i rhegi hi a'i merch a rhoi melltith arnyn nhw. Dydw i ddim am aros o gwmpas i wrando arni'n rhestru 'mhechoda i. Mi wn i'n iawn be ydyn nhw, ac wedi cael llond bol ar ddeud 'ma'n ddrwg gen i' ar fy mhadar bob nos.

Tŷ Nain amdani, felly. Siawns na fydd Yncl John wedi darllan bob papur sydd yn y llyfrgell erbyn rŵan, ac yn ôl yn ei gornal wrth y tân. Mi fydd o'n deall pam y collas i 'nhymar efo Ann, ac yn cytuno ma' peth ofnadwy ydy cael bai ar gam.

Rydw i'n loetran y tu allan i'r Institiwt, yn gwrando ar ferchad y WI yn canu am eu *arrows* a'u *chariots of fire*, ac yn dychmygu eu gweld nhw'n cychwyn i ryfal gan chwifio'u gweill a'u llwya pren.

'Tartan jam heddiw,' medda llais y tu ôl i mi.

Mae Eleanor Parry, sydd wedi achosi hyn i gyd, yn camu allan o'r cysgodion.

'Be w't ti'n neud yn fan'ma?' medda fi, wedi anghofio na ddylwn i ddim siarad efo hi.

'Aros am Nan, os oes raid i ti ga'l gwbod. A be w't ti isio?'

'Dim byd. Gwrando ar y canu o'n i.'

''Di bod yn sbecian arna i w't ti, 'te? Meddwl y byddat ti'n 'y nal i efo Bili Jones fel dy fod ti'n gallu deud wrth y lleill.'

'Fyddwn i byth yn gneud hynny. A do'n i'm yn sbecian arnat ti, Eleanor, wir yr.'

'Ond mi w't ti isio gwbod be o'n i'n neud efo Bili, 'does?'

Mi ddylwn ddeud, 'nag ydw', ond alla i ddim.

'Tyd i 'nghwarfod i dan bont rêl heno, a falla deuda i wrthat ti.'

Mae'n rhaid fod y 'na' wedi mynd yn sownd yn fy nghorn gwddw i fel y pils y bydd Nain yn methu eu llyncu efo llwyad o jam. Dim ond esgus ydy hynny i gael ail a thrydydd llwyad, medda Yncl John. Ond pam dyla hi neud ar un pan mae 'na rwbath gwell i'w gael?

Mae'r cyfarfod drosodd. Mrs Lloyd, mam Megan, ydy'r un gynta allan. Gan mai hi ydy llywydd y WI, does dim disgwyl iddi helpu i glirio'r llanast. Nain Eleanor ydy'r un nesa i ddŵad i'r golwg. Dydy hi ddim yn credu mewn glanhau ei thŷ ei hun heb sôn am un neb arall. Mae Eleanor yn gwthio heibio i Mrs Lloyd ac yn plannu'i llaw i fasgiad ei nain.

'Wela i di hannar awr 'di pump, Helen,' medda hi drwy lond ceg o dartan, yn ddigon uchal i Mrs Lloyd ei chlywad. Cael fy ngyrru i Coventry fydd fy hanas inna fory. Ond cyn hynny mi fydda i wedi cymyd cam arall ar y ffordd lydan sy'n arwain i ddistryw yng nghwmni Eleanor Parry.

Yn lle bod dan bont rêl, rydw i yn y festri yn paratoi ar gyfar y cyfarfod plant sy'n cael ei gynnal bob yn ail fis fel bod y Gwnidog yn cael sbario pregethu. Ond mi dw i'n siŵr y bydda'n llawar gwell ganddo fo fod adra yn sgwennu'i bregath. Mae 'na bapur ar gyfar pawb, efo'r hyn rydan ni i fod i'w ddysgu arno fo, ond wrth i Mr Edwards rannu'r papura mae o'n baglu dros gria'i sgidia, yn trio'i arbad 'i hun, ac yn gollwng y cwbwl ar lawr. Y munud nesa, dyna'r hogia'n rhuthro i'w helpu, yn sathru ar rai o'r papura, ac yn rhwygo'r lleill wrth gwffio amdanyn nhw. Mae Robert John yn gneud awyren allan o un. Toc, mae 'na fflyd ohonyn nhw'n hedag o gwmpas y lle a'r Gwnidog, sy'n edrych fel tasa fo wedi dychryn am ei fywyd, er mai dim ond darna o bapur ydyn nhw, yn gweiddi,

'Fydd 'na 'run gwasanaeth. Mi allwch chi i gyd fynd adra!'

Dydy o'm tamad o ots gen i am y gwasanaeth. Llanast fydda hwnnw p'un bynnag, efo Edwin yn gwrthod agor ei geg heb i'w fam adrodd y geiria efo fo, Llinos Wyn a'i llais brân yn canu allan o diwn, a Robert John yn anghofio'i eiria ac yn deud beth bynnag ddaw i'w feddwl o.

Gan fy mod i'n ôl mor gynnar, does gen i ddim dewis ond deud yr hanas wrth Mam. Mae hi'n pitïo 'mod i wedi colli'r cyfla i ddangos i bawb be ydw i'n gallu'i neud, ac yn poeni y bydd Mr Edwards druan, na all gymyd llawar rhagor o hyn, yn gadal y Weinidogaeth a mynd yn glarc. Hogyn anwybodus ydy Robert John, medda hi. Ond os ydy o'n anwybodus, be amdana i? Mi fydd Eleanor yn meddwl 'mod i wedi cadw draw yn fwriadol, a cha' i byth wbod be oedd hi a Bili Jones yn ei neud yng nghefna Glynllifon.

16

Fu mam Megan Lloyd fawr o dro'n ailadrodd yr hyn glywodd hi tu allan i'r Institiwt. Mi ddyla fod gan ddynas fel hi, sy'n llywydd y WI, betha gwell i' neud na chario straeon. Y peth cynta ydw i'n ei weld ar ôl cyrradd yr ysgol ydy genod *Standard Five* yn sefyll yn dwr yn yr iard, a'u cefna ata i. Er i mi gymyd arna nad ydw i wedi sylwi arnyn nhw, fedra i ddim osgoi Miss Hughes, sy'n hofran wrth y drws. Mae ei bod hi wedi aberthu'i phum munud o heddwch efo'i phen-ôl at y tân yn arwydd drwg iawn.

'A be sydd ganddoch chi i'w ddeud drosoch eich hun, Helen Owen?' medda hi.

Yr unig atab mae hi am ei glywad ydy, 'Ma'n ddrwg gen i, Miss Hughes', ond celwydd fydda hynny.

'Fe fydd raid i chi ymddiheuro i Mrs Pugh, wrth gwrs.'

Does 'nelo hyn ddim byd â 'mod i wedi siarad efo Eleanor Parry, sydd wedi dwyn gwarth ar Ysgol y Merched. Mam fy-ffrind-gora-i-fod sydd wedi ffeindio amsar, ar waetha'i rwtîn, i ddeud wrth Miss Hughes fy mod i am ei gyrru hi a'i merch i uffarn.

'Gobeithio fod ganddoch chi gywilydd ohonoch eich hun.'

Nagoes, dim cwilydd o gwbwl, ac mi fyddwn i'n gyrru Miss Hughes i uffarn efo nhw, lle na fydda 'na'r un giard i'w rhwystro rhag syrthio i'r fflama.

Rydw i ar fy ffordd i dŷ Mrs Pugh i orfod deud fod yn ddrwg gen i pan mae mam Edwin yn rhuthro allan o siop T. E. Davies *Chemist and Dispenser*, ac yn cerddad reit i mewn i mi. Mae hi'n gollwng ei bag papur brown, a hwnnw'n tywallt ei gynnwys ar y palmant – Vic i'w rwbio ar frest Edwin, tabledi *cod-liver oil* i'w gadw rhag annwyd, a ffisig annwyd rhag ofn na fydd y Vic a'r tabledi'n gneud eu gwaith. 'O, diar,' medda hi, gan blygu i godi'r poteli. Wedi iddi eu dal i'r gola i neud yn siŵr nad oes 'na 'run crac ynddyn nhw, mae hi'n edrych yn bryderus arna i ac yn gofyn,

'Be sy'n bod arnoch chi, Helen?'

Ofn sydd ganddi fy mod i'n diodda o ryw salwch. Mae'n syndod ei bod hi'n mentro allan heb wisgo masg a menig ryber.

'Dim byd,' medda fi.

Fe fydda unrhyw un arall isio gwbod pam 'mod i yma ar y stryd fawr pan ddylwn i fod yn yr ysgol, ond dydy o ddim tamad o ots gan fam Edwin, cyn bellad â 'mod i'n rhydd o *germs*.

Dwrnod golchi ydy hwn yn nhŷ Mrs Pugh. Mae hi yn yr iard gefn yn manglo fel tasa 'na ddim munud i' sbario. A does 'na ddim, os ydy hi am gael ei dillad ar y lein o flaen pawb arall. *Combination* gwlân Mr Pugh sydd ar ei ffordd drwodd rŵan. Mae hynny'n cymyd hydodd, gan ei fod o'n glamp o ddyn a hwn yn gorchuddio'r cwbwl ohono fo ar wahân i'w ben a'i draed.

Mae Mrs Pugh yn sbecian arna i drwy gymyla o stêm.

'Ddylach chi ddim bod yn yr ysgol, Helen?' medda hi.

'Miss Hughes sydd wedi 'ngyrru i yma i ymddiheuro.'

Dydy hi ddim fel tasa hi'n gwbod am be ydw i'n sôn. Mae hi'n tuchan dros y lle wrth droi'r handlan haearn, ac yn deud,

'Well i chi fynd yn ôl.'

Rydw i'n cerddad dow-dow am yr ysgol, yn meddwl

81

be sy'n fy aros pan gyrhaedda i. Does 'na fawr fedar Miss Hughes ei neud, gan nad ydy merchad yn cael y gansan, er y bydda hynny'n rhoi plesar mawr iddi. Siawns na fydd hi'n fodlon, rŵan 'mod i wedi ymddiheuro i Mrs Pugh.

Ond dydy hi ddim yn fodlon, o bell ffordd. Mae hi am fy nghadw i mewn bob amsar chwara i sgwennu 'Drwg anllywodraethus yw'r tafod', gant o weithia. Mi fydda i yma tan Sul pys. Rydw i'n cael y stafall i mi fy hun gan nad ydy Eleanor wedi troi i fyny heddiw. Gormod o gwilydd dangos ei hwynab, yn ôl Miss Hughes a'r lleill, ond poen yn ei bol sydd ganddi, mae'n siŵr, ar ôl byta gormod o dartia jam, a dydy hynny ddim ond be mae hi'n ei haeddu.

Does 'na neb yn cymyd sylw ohona i am weddill y dwrnod. Peth ofnadwy ydy bod heb ffrind yn y byd. Rydw i'n gweld Ann yn cewcian arna i, ac yn tynnu 'nhafod allan. Dydy ffrind fel honna ddim gwerth ei chael.

Mi fydda i'n tyfu i fyny i fod fel Miss Evans, wedi'i gadal ar ei phen ei hun oherwydd ei thafod anllywodraethus, a dim ond yn gallu gwenu a deud fod pob dim yn iawn efo'r byd pan fydda i'n dechra mynd yn dwlali.

'Ro'n i'n meddwl dy fod ti wedi fy anghofio i,' meddai'r llais y pen arall i'r ffôn.

'Wedi bod yn brysur ydw i.'

'Yn gneud be?'

'Sgwennu.'

'Y straeon 'ma am bobol fel maen nhw?'

'Ia, ond nofel ydy hon, am blant a phobol y Blaena pan oeddan ni'n dwy yn tyfu i fyny yno.'

Wn i ddim be wnaeth i mi ffonio. Cofio'r addunedau hynny na fedrais i erioed eu cadw, efallai, a meddwl y dylwn i wneud ymdrech am unwaith, gan ei bod hi'n ddechrau blwyddyn.

'Be ydy'r newydd da, felly?'

'Mae pob dim wedi'i setlo. Mi fydda i'n symud i'r Blaena gyntad y galla i. Chredi di ddim lle ma'r tŷ.'

Er fy mod i wedi ufuddhau i'r gorchymyn ar y cerdyn, does gen i na'r amser na'r awydd i geisio dyfalu.

'Glynllifon.'

'Yno'n y cefna y cafodd Eleanor Parry ei dal.'

'Pwy?'

Rydw i'n brathu 'nhafod ac yn brysio i ddweud, cyn iddi holi rhagor,

'Mi w't ti 'di dy blesio, felly?'

'Faswn i'n meddwl, wir! Fedrwn i'm bod ddim nes at Stryd Capal Wesla.'

'Gobeithio y byddi di'n hapus yno.'

'O, mi fydda.'

Rŵan fy mod i wedi gwneud fy nyletswydd, mi ga' i fynd ymlaen â 'ngwaith. Ond cyn i mi allu dweud 'Pob lwc', mae hi'n gofyn,

'W't ti 'di gorffan y stori 'na?'

'Nofel.'

'Nofel, 'ta.'

'Go brin y galla Catherine Cookson hyd yn oed neud hynny mewn cyn lleiad o amsar.'

'Liciwn i 'i gweld hi.'

'Ond ro'n i'n meddwl i ti ddeud na fyddi di byth yn darllan llyfra Cymraeg.'

'Falla y galla i dy helpu di.'

'I neud be?'

'Cofio, 'te. Maen nhw'n deud fod dau ben yn well nag un. A chdi ddeudodd ma' co gwael sydd gen ti.'

Waeth i mi heb â cheisio egluro. Yn groes i'r graen, ac er mwyn cael llonydd yn fwy na dim, rydw i'n addo anfon copi ati, gyntad y bydd hi wedi cael cyfla i setlo i lawr yn Stryd Glynllifon.

Mae'n siŵr fy mod i wedi cerddad y stryd honno gannoedd o weithiau, ar fy ffordd i'n capal ni, pan oedd o. Ond er mai dim ond lle gwag sydd yno bellach, does 'na ddim i'm rhwystro i rhag ailgodi'r muriau, a rhoi benthyg ein sêt ni i Helen.

17

Fydd 'na ddim gwarchod Nain na chymyd arna 'mod i'n sâl heno, gan fod Dad wedi cael ei neud yn flaenor. Mae o wedi gorfod aros yn hir, ond doedd 'na ddim lle yn y sêt fawr tan rŵan. Roedd Mam yn meddwl ei bod hi'n bryd i amball un o'r blaenoriaid ymddeol, er mwyn rhoi cyfla i rywun arall. Ond pan glywodd hi fod Mr Ellis y Co-op, oedd wedi bod yn ista yno am dri deg o flynyddoedd, wedi marw, roedd hi'n teimlo reit euog, ac fe aeth draw ar ei hunion i gydymdeimlo efo Mrs Ellis a'r teulu.

Ar ôl be oeddan nhw'n ei alw'n 'gyfnod gweddus', fe gafodd pawb oedd wedi'u derbyn yn gyflawn aeloda bapur pleidleisio, a'r hawl i roi tri enw arno fo. Mi ges i gip ar bapur Mam. Dim ond enw Dad oedd ar hwnnw. Roedd y pleidleisia i gael eu cyfri gan bregethwr diarth fel na fydda gan neb achos cwyno.

'Paid â bod yn rhy siomedig, Richard,' medda Mam, pan oeddan ni'n cerddad am y capal noson y cyfri. 'Does 'na ddim coel ar bobol.'

Ro'n i'n teimlo'n sâl go iawn. Pregethwr oedd Dad am fod pan oedd o'n ifanc. Mi fydda wedi gneud un llawar gwell na'r Parchedig Edwards a'r Parchedig Griffiths. Fydda fo byth wedi codi ofn ar bobol drwy sôn am farw a bygwth diwadd y byd a thân uffern, dim ond gneud iddyn nhw deimlo'n well, a diolch eu bod nhw'n fyw. Ond doedd 'na ddim pres i'w yrru o i'r coleg. Er ma' peth ail ora oedd cael bod yn flaenor, tasa Dad yn methu cael digon o bleidleisia dyna freuddwyd arall yn dipia.

Roedd y siwrna adra'r noson honno yn gneud i mi feddwl am Iesu Grist yn marchogaeth i Jerwsalem. Doedd 'na ddim canghenna'n cael eu chwifio na'u taenu o gwmpas, wrth gwrs, ond roedd pawb yn tyrru o gwmpas Dad i'w longyfarch o, ac mi dw i'n siŵr y byddan nhw wedi gweiddi 'Hip, hip, hwrê' oni bai ei bod hi'n nos Sul.

Fe ddaeth Mrs Ellis, mewn du i gyd, i ysgwyd ei law, a deud na fedra hi ddim meddwl am olynydd mwy teilwng i'w diweddar ŵr.

Fe gawson ni gig a thatws wedi'u ffrio i swpar, a'r tun mefus, oedd yn cael ei gadw ar gyfar achlysur arbennig, yn bwdin. Pan ddeudodd Dad mor dda oedd pobol, a gobeithio ei fod o'n deilwng o'r swydd, medda Mam, 'Wrth gwrs dy fod ti. A does dim angan bod mor ddiolchgar. Dydy o ond be w't ti'n ei haeddu.'

Mae Dad yn gorfod mynd i gyfarfod y blaenoriaid yn y stafall fach nad oes gan neb arall hawl i fynd iddi. Fe fydda wedi gadal ymhell cyn hyn oni bai i Mam ddeud na ddyla fo ymddangos yn rhy awyddus, ac nad ydy o'n gweddu i flaenor loetran y tu allan, fel cath strae. Ond rŵan mae hi'n deud ei bod hi'n bryd iddo gychwyn, ac yn ei siarsio i beidio loetran i siarad efo pobol ar y ffordd. Gas gen i ei weld o'n edrych mor boenus, ac os ma' dyma mae cael ei ddewis yn flaenor yn ei neud i ddyn, choelia i byth na fydda'n well tasa fo wedi methu.

Pan mae o ar ei ffordd allan, rydw i'n sylwi ar y pacad ar y bwrdd, ac yn gweiddi,

'Mi w't ti 'di anghofio'r Polos, Dad.'

Mae Mam yn gwgu arna i. Dydy'r capal ddim yn lle i gnoi, medda hi. Ond mae Dad yn torri'r pacad yn ei hannar, yn rhoi un yn ei bocad a'r llall i mi. Wrth i'r drws gau ar ei ôl, rydw i'n cael hen deimlad annifyr na fydd petha byth yr un fath eto.

Does dim rhaid i ni drio cadw i fyny â chama mawr Dad heno, ac mae hynny'n rhoi mwy o amsar i mi edrych o gwmpas, er nad oes 'na ddim byd gwerth ei weld o ddifri. Tre ddigon hyll ydy hon ar y gora, a'r creigia'n hofran uwchben, fel bwystfilod yn barod i ymosod arnon ni. Mae pobol yn mynd heibio, ar eu ffordd i'w capeli eu hunain, ond dim ond siapia duon ydyn nhw, a'u lleisia, wrth ddeud 'nos da' yn swnio'n od ac yn ddiarth.

Mae Mr Price, Tŷ Capal, wedi bod wrthi drwy'r dydd yn bwydo'r boilar, ac ogla côc yn llenwi fy ffroena i wrth i ni gerddad i'r sêt yr ydan ni'n talu amdani bob mis. Ond heb Dad i swatio'n ei erbyn, fydda waeth i mi fod yn ista tu allan ddim. Rydw i'n hoelio fy llygaid ar y drws sy'n arwain i stafall y blaenoriaid. Am bum munud i chwech ar y dot, mae hwnnw'n agor a'r Parchedig Edwards yn ymddangos, yn cael ei ddilyn gan Mr Morgan twrna, sydd rŵan yn ben blaenor, a'r lleill. Gwaith Dad, fel yr un ola yn y rhes, ydy cau'r drws. Maen nhw'n aros amdano fo am eiliad neu ddwy, cyn gneud eu ffordd yn ara am y sêt fawr. Ofn sydd gen i y bydd Dad yn ei chael hi'n anodd cymyd cama mor fach, gan ei fod o wedi arfar symud yn ei amsar ei hun, ond mae o'n gneud hynny gystal â'r un ohonyn nhw. Mr Morgan sy'n cael cadar Mr Jenkins, yr un fawr efo clustog coch sy'n wynebu'r gynulleidfa. Mae'r lleill â'u cefna aton ni, ond mi fedra i weld Dad yn y gornal bella.

Mae'r Gwnidog yn dringo i'r pulpud, yn aros hannar y ffordd i gael ei wynt, ac yn disgyn ar y sêt ar ôl cyrradd. Gan fod rhif yr emyn ar y bwrdd uwchben y pulpud, rydan ni i gyd ar ein traed a Miss Evans wedi taro'r nodyn cynta cyn iddo godi. Prin ein bod ni wedi gorffan canu'r pennill cynta nad ydy o'n ôl ar ei sêt, er mwyn cael cyfla i lenwi'i sgyfaint yn barod at y weddi.

Falla fod y Parchedig Edwards yn sobor o hir yn bwrw ati, ond does 'na ddim taw arno fo unwaith bydd o wedi dechra. Rŵan fod y penna i lawr a'r llygaid wedi'u cau, mae hi'n amsar Polo. Dim ond i rywun sipian yn ara deg, mae'n bosib gneud i un bara drwy'r weddi. Rydw i'n sbecian ar Dad drwy 'mysadd. Mae o'n dal hances bocad wrth ei geg. I mewn â'r Polo; yn ôl i'r bocad â'r hancas. Rydan ni'n dau'n sipian yn ofalus tra mae'r Gwnidog yn deud yr un hen betha wrth Dduw, petha mae O'n eu gwbod yn barod ac yn siŵr o fod wedi cael llond bol ar eu clywad. Er bod 'na lot fawr o disian a thagu erbyn hyn, mae'r Parchedig yn gofyn i'r Arglwydd fendithio'r aeloda na allan nhw fod efo ni heno. Gobeithio nad ydy o'n mynd i enwi neb, gan fod hynny'n beth peryg iawn i'w neud.

Ydy, mae o, ac yn anghofio sôn am Miss Francis, sydd wedi diodda o bob salwch dan haul yn ei dro, o fodia'i thraed i'w chorun. Fory, fe fydd ei chwaer wrth ei ddrws yn bygwth mynd â'u cardia aelodaeth i gapal arall.

Mae o'n penderfynu, o'r diwadd, na fedar yr Arglwydd, hyd yn oed, gymyd rhagor o gyfrifoldab. Rydw i'n dal y Polo ar flaen fy nhafod, yn un darn, ac yn sbecian ar Dad. Mae ynta'n rhoi nòd bach ac yn wincio arna i.

Wedi i'r gwasanaeth ddŵad i ben, fe gawn ni'n tri gerddad adra efo'n gilydd. Cha' i ddim amsar i syllu o gwmpas wrth drio cadw i fyny efo'r cama mawr, a hyd yn oed taswn i'n digwydd edrych fydd 'na ddim golwg o'r un bwystfil, dim ond creigia a thomennydd, hollol ddiniwad. Ar ôl swpar, falla bydd Dad yn barod i adrodd un o'i straeon digri. Mi fydd Mam yn clecian ei thafod ac yn deud nad ydy straeon o'r fath yn gweddu i flaenor. A be fydd atab Dad? 'Fe fydd raid iddyn nhw 'nghymyd i fel rydw i. Mae'n rhy hwyr i mi newid rŵan.' Ia, dyna fydd o, gobeithio. Mi fydda i'n gwbod wedyn fod pob dim yn dal 'run fath.

Yn y stafall fach gynnas, lle nad ydy'r byd y tu allan i'w weld na'i glywad, mae Dad, er nad ydy o wedi deud ei bod hi'n rhy hwyr iddo fo newid, wedi dod ato'i hun yn ddigon da i mi allu gofyn, ''Nei di ddeud y pennill eto, Dad. Dim ond un waith eto.' Mae ynta, yr un mor barod ag arfer i 'mhlesio, yn ailadrodd y pennill am y dyn fydda'n gweddïo bob nos:

> Cofia fi a'r Mrs hitha,
> John y mab a'i gymar ynta;
> Ni'n dau,
> Hwy'u dwy
> Dim mwy, Amen.

Yn y llofft ar ben y grisia, mae pob dim yn damp ac yn oer, a'r rhew sy'n caenu'r tomennydd fel tasa fo'n glynu wrth fy mysadd wrth i mi drio datod botyma ryber y bodis.

Wrth i mi swatio yn y nyth braf o dan y blancedi a chau fy llygaid, rydw i'n teimlo'n anniddig ac yn sobor o ddigalon, ond wn i ddim pam, a finna'n gneud fy ngora i feddwl am bobol er'ill, yn wahanol i'r dyn nad oedd ots ganddo fo am neb ond 'ni'n dau a hwy'u dwy'. Falla y dylwn i ymddiheuro am beidio mynd ar fy nglinia wrth y gwely, ac erfyn maddeuant os ydw i wedi pechu, ond y cwbwl ydw i'n ei neud, fel bob nos arall, ydy gofyn i Dduw fy nghofio i a Mam a Dad, Amen.

18

Mi dw i wedi meddwl am ffordd dda o allu osgoi Miss
Evans. Fydd hi byth yn agor y drws sy'n arwain i'r stryd
gefn, gan nad ydy'r dosbarth gora o bobol ond yn
defnyddio'r drws ffrynt. Y cwbwl sydd raid i mi ei neud
ydy sleifio efo'r wal, rhag ofn iddi ddigwydd bod yn yr
iard, codi cliciad drws cefn ni yn ara bach, a dyna fi'n
saff. Fuo ond y dim i mi gael fy nal ddoe. Do'n i ddim
ond wedi cyrradd hannar y ffordd pan glywas i sŵn
traed y tu allan, a llais yn gweiddi, 'Glo, misus.' Y
munud nesa, roedd Miss Evans yn croesi'r iard, yn agor
y bollt, ac yn gofyn yn biwis,

'Nid yr hen lo du 'na sydd ganddoch chi heddiw,
gobeithio?'

'Diawl, du ydy o i gyd, misus,' medda ynta.

Doedd 'na ddim byd fedrwn i neud ond swatio yno
tra oedd o'n gwagio'r bag i'r cwt, a gwrando arni'n
cwyno ma' llwch oedd y rhan fwya ohono fo. Erbyn i'r
dyn glo adal gan chwibanu, ac i'r drws gael ei folltio,
ro'n i wedi cyffio'n lân. Ond o leia roedd un o'r
adduneda'n dal heb ei dorri.

Does gen i ddim gobaith gallu cadw'r llall, gan fod
Miss Hughes yn pigo arna i'n waeth nag erioed. Mae hi
wedi symud Eleanor Parry i'r ddesg agosa ata i, fel ei bod
hi'n gallu cadw llygad ar y ddwy ohonon ni ar unwaith.
Mi fedrwn i glywad Megan Lloyd yn deud, 'Adar o'r
unlliw', a phawb yn cecian chwerthin, er nad oes gan y
rhan fwya ohonyn nhw syniad be mae hynny'n ei
feddwl.

Fydd neb yn deud gair wrthan ni, dim ond sibrwd tu
ôl i'n cefna. Mae 'na fwy fyth o sibrwd yn mynd ymlaen

heddiw. Rydw i'n ama fod 'nelo hynny rwbath ag Elsi, sydd wedi bod yn gwenu'n wirion drwy'r dydd. Gan fy mod i mor brysur yn trio clywad be maen nhw'n ei ddeud, mae'r gloch yn canu cyn i mi allu gorffan y symia. Erbyn i mi neud hynny, mae pawb wedi diflannu.

Y cwbwl ydw i isio ydy cael cyrradd adra gyntad medra i, ond dydw i ddim am gael gneud hynny hyd yn oed. Mae'r un sydd wedi dwyn gwarth ar Ysgol y Merched a 'ngorfodi inna i rannu'r cwilydd yn pwyso ar y wal fach tu allan i dŷ ei nain.

'Ddaru'r Elsi 'na ddim gofyn i ti fynd i'w pharti pen blwydd, 'lly,' medda hi.

A dyna be oedd wedi achosi'r wên hurt a'r holl sibrwd. Rydw i'n croesi 'mysadd tu ôl i 'nghefn ac yn deud,

'Do, siŵr.'

'Pam w't ti yn fan'ma, 'ta?'

'Doedd gen i'm awydd mynd.'

'Paid â phalu clwydda.'

Dydw i ddim am aros yma i gael fy ngalw'n glwyddog gan Eleanor, o bawb. Ond cyn i mi allu symud, mae hi wedi gafal yn fy mraich ac yn ei gwasgu mor egar nes tynnu dagra i'm llygaid i.

'Dydyn nhw'm isio dim i' neud efo chdi, nag'dyn?'

'Ddylwn i ddim fod wedi siarad efo chdi a nhwtha 'di dy yrru di i Coventry.'

'Gyrru'r Ann 'na a'i mam i'r diawl 'nest ti, 'te?'

'I uffarn ddeudis i.'

''Run lle ydy o.'

Mae hi'n sefyll mor agos ata i fel 'mod i'n gallu gweld i mewn i'w chlustia hi. Mi fydda Mam yn deud fod ynddyn nhw ddigon o faw i dyfu tatws.

'Dydw inna ddim isio 'run ohonyn nhw chwaith. Falla gallwn ni'n dwy fod yn ffrindia.'

Fedra i'm meddwl am ddim byd gwaeth na bod yn ffrind i Eleanor, a gorfod gneud petha budur mewn corneli tywyll. Rydw i'n rhoi hergwd iddi nes ei gorfodi i ollwng ei gafal, ac yn deud,

'Mi dw i'n iawn fel rydw i.'

'Dy gollad di fydd hi. Wn i'm pam o'n i'n ponshian efo chdi o gwbwl.'

Rŵan 'mod i'n rhydd i adal, does gen i ddim tamad o awydd mynd adra ar f'union. Mi fydd Mam yn sylwi fod 'na rwbath o'i le ac yn fy holi i'n dwll. Mi a' i heibio i dŷ Elsi i neud yn siŵr fod yr Eleanor 'na'n deud y gwir, am unwaith. Os ydy hi, mae hynny'n golygu gofyn maddeuant eto heno.

Rydw i'n sylwi fod 'na ola yn y parlwr, ac yn sleifio efo'r wal er mwyn gallu sbecian drwy'r ffenast. A dyna lle maen nhw'n ista o gwmpas y bwrdd – Elsi yn y pen pella yn gwisgo coron bapur a'r un hen wên wirion, Megan Lloyd yn cymyd brathiad cwningan o frechdan ac yn sychu'i cheg efo serfiét, ac Ann fy-ffrind-gora-i-fod yn ei dynwarad hi. Mi dw i'n cofio'r Gwnidog yn sôn am y gwahanglwyfion oedd yn gorfod hongian clycha am eu gyddfa er mwyn rhybuddio pawb i beidio dod yn agos atyn nhw. Dydw inna ddim gwell na nhw, yma fy hun bach heb ffrind yn y byd, fel Eleanor Parry, nad oes raid iddi wisgo cloch i gadw pobol draw.

Yn sydyn, mae'r drws ffrynt yn agor, a mam Elsi yn sefyll yno, yn edrych fel tasa hi'n cario holl boena'r byd ar ei sgwydda.

'O diar,' medda hi, gan ollwng clamp o ochenaid.

'Mae arna i ofn eich bod chi braidd yn hwyr, ond mi driwn ni neud lle i chi.'

Mae hi'n fy arwain i i'r tŷ ac yn mynd am y gegin. Mi alla i ei chlywad hi'n deud wrth dad Elsi,

'Be arall fedrwn i ei neud, 'te?'

Maen nhw'n dod â bwrdd bach a chadar o'r gegin ac yn bustachu i'w cael i ffitio i un gornal o'r parlwr. Wrth fy ngweld i'n cerddad i mewn, mae pawb yn rhoi'r gora i gnoi ac yn syllu arna i, pawb ond Elsi, sydd a'i chefn ata i. Ac felly mae o'n aros nes bod y deisan wedi'i thorri a'r presanta wedi'u hagor. Rydw i'n byta un o'r brechdana mae mam Elsi wedi'u rhoi ar y bwrdd, ac yn aros fy nghyfla i ddeud wrthi fod yn rhaid i mi fynd. 'Biti,' medda hi. Ond mi wn i nad ydy hi ond yn rhy falch o weld cefn un oedd yn ddigon digwilydd i ddod i barti pen blwydd heb bwt o bresant.

Wrth i mi fynd heibio i Elsi, mae hi'n troi ata i am y tro cynta ac yn hisian,

'Paid *byth* â gneud hynna eto.'

Does gen i'm dewis ond mynd adra rŵan. Mae Mam wedi paratoi te, ond dydw i ddim o'i isio fo.

'W't ti'n teimlo'n sâl?' medda hi, a rhoi ei llaw ar fy nhalcan i.

'Mi ges i de pen blwydd yn nhŷ Elsi.'

'Wyddwn i ddim eich bod chi gymaint o ffrindia.'

'Dydan ni ddim. Ei mam ddaru 'ngweld i a mynnu 'mod i'n mynd i mewn.'

'Be roist ti'n bresant iddi hi?'

Cic a chlustan, dyna liciwn i fod wedi'u rhoi.

'Doedd gen i ddim byd i'w roi. Do'n i ddim i fod yno, yn nag o'n.'

'Mi gei fynd â rwbath draw yno fory.'

Dim ffiars o beryg. A' i ddim yn agos i'r lle byth eto. Rydw i isio deud peth mor ofnadwy oedd gorfod ista yn y gornal a neb yn cymyd unrhyw sylw ohona i, ond mae'r geiria'n mynd yn sownd yn fy ngwddw efo'r hyn sydd ar ôl o'r frechdan. Falla ma' cosb am ddeud celwydd ydy hyn, ac y ca' i sbario gofyn maddeuant am fy mod i wedi diodda digon. Rydw i'n llyncu gweddill y frechdan efo dŵr, sydd, meddan nhw, yn cael gwarad â phob pechod.

Ond dydy Mam ddim yn un am roi'r gora i holi.

'Pam oeddat ti'n stelcian wrth dŷ Elsi?' medda hi.

'Digwydd pasio o'n i.'

'Ers pryd w't ti'n dŵad adra'r ffordd yna?'

'Awydd newid oedd gen i.'

'A dyna pam w't ti'n mynd allan drwy'r cefn hefyd, ia?'

'Chi ddeudodd y dylwn i gadw allan o ffordd Miss Evans, 'te?'

'Peidio'i chynhyrfu hi ddeudis i. Ond falla ma' hynny sydd ora fel mae petha ar hyn o bryd.'

'Pa betha?'

'Hidia di befo.'

'Roedd hi'n deud dechra'r flwyddyn fod pob dim yn iawn efo'r byd.'

'Ddim am lawar rhagor.'

Dyna'r cwbwl mae hi am ei ddeud, ond dydy o ddim ots gen i, am unwaith. Mae gen i hen ddigon i boeni yn ei gylch heb orfod meddwl am Miss Evans, nad ydy hi'n malio am neb ond hi'i hun.

19

Fydd 'na byth smic yn dŵad o'r drws nesa, ond amsar te heddiw mi fedrwn i glywad lleisia yr ochor arall i'r parad. Ofn oedd gen i fod Miss Evans wedi mynd yn dwlali o ddifri ac yn paldaruo siarad efo hi'i hun, ac ma' dyna oedd Mam yn ei feddwl wrth ddeud na fydd petha'n iawn am lawar rhagor. Ond mae Dad yn rhoi'r gora i gnoi am funud, yn ysgwyd ei ben, ac yn deud,

'Mae o wedi'i gneud hi rŵan.'

'Pwy 'di gneud be?' medda fi.

Ddoe, fydda ddim ots gen i, ond rŵan 'mod i'n teimlo'n well ro'n i isio gwbod. Dyma'r dwrnod gora ydw i wedi'i gael yn yr ysgol ers dwn i ddim pryd. Roedd Miss Hughes wedi gorfod aros adra i edrych ar ôl ei mam, sydd, mae'n rhaid, mor hen â Methusla, a Miss Jones, *Standard Four,* wedi cymyd ei lle. Fydd Miss Hughes byth yn mentro cerddad rhwng y desgia, rhag ofn iddi fynd yn sownd, ond does gan Miss Jones, mwy na Miss Evans, na bol na phen-ôl, ac mae hi'n gallu llithro wysg ei hochor o un pen i'r llall heb draffarth yn y byd. A dyna mae hi'n ei neud drwy'r dydd, bob dydd. Wrth feddwl amdani'n cerddad felly ar hyd stryd fawr ac yn taro'n glats yn erbyn pobol, mi sgwennas i'r pennill yma:

> Medda Miss Jones, 'Sgiwsiwch fi
> am fod lle na ddylwn i,
>> achos fedra i ddim rhagor
>> ond mynd wysg fy ochor
> yn ôl a blaen, welwch chi.'

Do'n i'n hidio fawr amdani llynadd, na hitha amdana i, ond y peth cynta 'nath hi bora 'ma oedd fy newis i'n fonitor. Piti drosta i oedd ganddi, mae'n siŵr, am fod gorfod ista wrth ochor Eleanor Parry yn ddigon i ddifetha dyfodol unrhyw un.

Erbyn i mi neud y cwbwl oedd ei angan, roedd y wers symia drosodd a doedd 'na fawr o bwrpas rhoi'r poteli llefrith wrth y tân gan ei bod hi bron yn amsar chwara.

Ches i ddim tafod am fod yn hir, er 'mod i wedi loetran am sbel yn *Standard Two*. Mrs Davies oedd isio gwbod ydw i'n dal i sgwennu penillion.

'Ydw, Miss,' medda fi, a difaru deud pan ofynnodd hi am gael eu gweld nhw. Fiw i mi ddangos y penillion am Miss Hughes a Miss Jones iddi, na'r rhai am y sgidia aill-law a'r staes tyn chwaith. Mi fydd raid i mi fynd ati i sgwennu rwbath o werth, neu mi fydd be ddeudis i'n gelwydd a Mrs Davies yn meddwl 'mod i wedi gadal i 'nhalent rydu.

Wn i'm pryd y deudodd neb 'Da iawn, Helen' wrtha i ddwytha, ar wahân i Mam a Dad, ond dyna'r geiria cynta glywas i ddechra'r pnawn. Roedd Miss Jones wedi bod yn marcio'r Darllen a Deall dros amsar cinio. 'Da iawn, Helen,' medda hi. 'Yr unig un heb gamgymeriad.'

Os ydw i'n ddigon cyfrifol i fod yn fonitor, ac yn ddigon clyfar i allu gneud yn well na Megan Lloyd, siawns nad ydw i'n haeddu cael gwbod be sy'n digwydd drws nesa. Dydy o ddim o 'musnas i, medda Mam, ond mi dw i am ei neud o'n fusnas i mi.

Gan fod Mrs Morris, tŷ pen, yn byw yn y ffrynt er mwyn gallu gweld bob dim sy'n mynd ymlaen, does 'na ddim diban mynd drwy'r cefn. Fi fydda'n cael y bai tasa hi'n digwydd colli rwbath wrth orfod gadal y ffenast. Rydw i'n dal fy ngwynt ac yn mynd ar ras, drwy giât ni ac i mewn drwy giât tŷ pen. Mae'r drws yn agor cyn i mi orfod curo.

'A be w't ti'n 'i neud yma, 'mach i?' medda hi.

Dydy pobol stryd ni ddim yn galw yn nhai ei gilydd heb reswm.

'Dŵad i weld sut ydach chi.'

'Chwara teg i ti, wir.'

Mae'n siŵr ei bod hi'n arw arni heb neb i rannu'i straeon. Fydda waeth iddi siarad efo'r wal mwy nag efo Mr Morris, gan ei fod o mor fyddar â phostyn. Mi fedar y creadur ddiolch am hynny, medda Dad. Ond mi dw i yma rŵan, yn glustia i gyd, ac mae hi wrth ei bodd.

Cyn pen dim, rydw i wedi cael gwbod pob dim sydd i'w wbod am yr un-sydd-wedi-'i-gneud-hi drws nesa. Edgar James ydy'i enw fo, titsiar yn y Cownti, parchus iawn, yn werth ceiniog neu ddwy, ac yn lojio efo Jane, ei chneithar.

'Be mae o'n 'i neud yn drws nesa?' medda fi.

'Y Miss Evans 'na sydd wedi cymyd ffansi ato fo. Ac mi w't ti'n gwbod be mae hynny'n 'i olygu.'

'Nag'dw.'

Fe fydda'r rhan fwya o bobol yn gadal petha ar hynna, ond nid Mrs Morris.

'On'd ydy hi'n mynd heibio i dŷ Jane 'y nghneithar dwn i'm faint o weithia yn y gobaith o'i weld o, ac yn sefyll wrth gornal Post am bedwar bob pnawn Gwenar. Dyna pryd bydd o'n postio llythyr i'w fam. Yn ôl Elen, merch Jane 'y nghneithar, sy'n gweithio yn siop Briggs, mae hyn wedi bod yn mynd ymlaen ers mis. Dydy ei wahodd o i de heddiw ddim ond un cam yn nes at glymu'r cwlwm, gei di weld.'

'Pa gwlwm?'

'Priodi, 'te.'

'Ond fydda neb isio priodi Miss Evans.'

'Isio neu beidio, fydd gan y creadur fawr o ddewis.'

Dim ond un rheswm sydd 'na dros orfod priodi. Rydw i'n cofio Emily Roberts, cneithar Ann, oedd yn aelod yn capal ni, yn dŵad i weld Mam ac ôl crio mawr arni hi. Er i mi gael fy ngyrru allan o'r stafall, es i ddim pellach na'r lobi. Dydy gwrando tu ôl i ddrysa ddim yn beth y dyla un o blant yr ysgol Sul a'r Band o' Hôp ei neud, ond gan nad oes neb yn fodlon deud dim wrtha i, dyna'r unig ffordd o gael gwbod.

Mi allwn i glywad Mam yn deud,

'Waeth i chi heb â chrio rŵan, Emily. Fedrwch chi ddim troi'r cloc yn ôl.'

Ond ailddechra sobian ddaru Emily a deud, rhwng sbeidia o snwffian a chwythu'i thrwyn, ei bod hi wedi breuddwydio am gael cerddad i'r sêt fawr ar fraich ei thad, mewn gwyn i gyd.

'Mae arna i ofn na fedrwch chi obeithio am ddim mwy na'r Swyddfa Gofrestru a chostiwm fach reit neis, a hynny mor fuan ag sydd bosib,' medda Mam. 'Gyda lwc, fe allwch chi ddeud fod y babi wedi cyrradd cyn ei amsar, a fydd neb ddim callach.'

Ond roedd pawb wedi dŵad i wbod, wrth gwrs. Fedrwch chi ddim cuddio peth fel'na mewn lle fel hwn. Gan fod ei mam a'i thad wedi digio gormod i ddangos eu trwyna, fe aeth Ann a finna i sefyll y tu allan i'r Swyddfa, fel bod ganddi rywun i ddeud 'Lwc dda' wrthi. Roeddan ni wedi prynu pacad o gonffeti rhyngon, ond pan ddaeth hi allan, yn gwisgo'i chostiwm ddydd Sul, roedd golwg mor ddigalon arni fel nad oedd 'na unrhyw bwrpas ei wastraffu o.

Mae Mrs Morris yn cynnig panad o de i mi, ond rydw i wedi cael bob dim o'n i ei angan. Wrth i mi adal, mae hi'n deud,

'Dim ond gobeithio y gwêl Edgar James druan y gola mewn da bryd, fel y gnath dy dad.'

Mae o'n deud yn y Beibil fod Saul, cyn iddi fo droi'n Paul, wedi gweld rhyw ola ar ffordd Damascus, ac fe welodd Hannah-molwch-yr-Arglwydd yr un gola, medda hi, ar ei ffordd o'r Meirion. Ond pa ola welodd Dad, tybad? Doedd o ddim angan be maen nhw'n ei alw'n dröedigaeth, gan nad ydy o erioed wedi gneud drwg i neb. Dyma un peth arall nad ydw i'n ei wbod, a wn i ddim sut i gael gwbod chwaith.

20

Ond bora heddiw, doedd dim tamad o ots gen i am neb na dim. Chysgas i 'run winc drwy'r nos. Ista wrth y tân o'n i, yn dal cadach tamp yn erbyn fy moch, pan ofynnodd Dad,

'W't ti am ddeud wrtha i be ddigwyddodd?'

'Mi dw i wedi deud. Miss Hughes ddaru 'ngwthio i yn erbyn y peg.'

'Pam 'nath hi hynny? 'Nest ti rwbath i'w gwylltio hi?'

'Dim ond deud y gwir 'nes i.'

'A be'n union ydy'r gwir?'

''I bod hi'n pigo arna i drwy'r amsar. Ond dydw i ddim yn gwbod pam, yn nag'dw.'

'Un go ryfadd ydy hi wedi bod rioed, 'te, Jen?'

'Chdi sy'n 'i nabod hi, nid fi,' medda Mam. Roedd ei llais hi'n swnio'n od, fel tasa hi wedi cael dos o annwyd. 'Ma'n bryd i ti gychwyn am yr ysgol, Helen.'

'Mi dw i'n sâl, 'dydw?'

'Falla y bydda'n well iddi aros adra am heddiw.'

'A falla y bydda'n well i titha gael gair efo'r Edna Hughes 'na, Richard.'

'Fi?'

'Dy gyfrifoldab di ydy o.'

'Ia, ma'n debyg. Mi a' i draw yno heddiw.'

Mae o'n estyn am ei gôt, yn rhoi sws i Mam ar ei boch, ac yn deud,

'Mi ges i waredigaeth, yn do, diolch i ti?'

Gan nad oedd ar neb fy isio i na finna isio neb, ro'n i wedi penderfynu cuddio yn y clocrwm amsar chwara pnawn ddoe. Ond mae'n rhaid fod Miss Hughes, sydd, fel Duw, yn llond pob lle ac yn bresennol ym mhob man, wedi 'ngweld i'n sleifio yno.

'A be ydach chi'n 'i neud yn fan'ma, Helen Owen?' medda hi.

''Sgen i'm awydd mynd allan, Miss.'

'Nagoes, wir! A be sy'n gwneud i chi feddwl fod ganddoch chi hawl i dorri pob rheol ac ymddwyn fel y mynnoch chi?'

Dyna pryd y deudis i wrthi ei bod hi'n pigo arna i drwy'r amser.

'Ewch o 'ngolwg i,' medda hi, a rhoi hergwd i mi nes 'mod i'n taro ochor fy wynab yn un o'r pegia haearn.

Fe ddaeth Eleanor ata i yn yr iard, a deud rwbath, ond fedrwn i glywad 'run gair. Ofn oedd gen i 'mod i wedi colli 'nghlyw ac y bydda'n rhaid i mi gael *hearing aid* fel un Anti Lisi, sy'n gneud cymaint o sŵn pan mae o 'mlaen fel na fedar neb arall glywad dim chwaith.

Mae Mam yn dŵad â phanad o Bovril i mi ac yn gofyn ydw i'n teimlo'n well.

'Nag'dw,' medda fi, er fy mod i. 'A does 'na ddim diban i Dad fynd draw i'r ysgol. Cheith o ddim mynd yn bellach na'r giât.'

'A pwy sy'n mynd i'w rwystro fo?'

'Miss Hughes, 'te.'

'Go brin. Dydy dy Dad ddim yn un i osgoi 'i gyfrifoldab. Ond mi ddylat fod wedi deud wrthan ni fod y ddynas 'na'n gas efo chdi.'

Fi sy'n cael y bai, fel bob amser. Y bai am ddeud, pan ddylwn i ddim, ac am beidio deud, pan ddylwn i. Ond sut mae rhywun i wbod pryd i ddeud a phryd i beidio? Wn i ddim, mae hynny'n siŵr.

Rŵan 'mod i yn teimlo'n well o ddifri, fedra i ddim aros tan ddiwadd y pnawn i gael gwbod gafodd Dad fynd i mewn i'r ysgol a be ddeudodd o, os cyrhaeddodd o yno.

'Mi dw i am fynd am dro bach, Mam,' medda fi.

'Waeth i ti hynny ddim,' medda hitha. Ma'n siŵr ei bod wedi cael digon ar 'y ngweld i â 'mhen yn fy mhlu yn fan'ma. 'Ond tria gadw allan o olwg pobol.'

Rydw i'n cuddio cymaint ag sydd bosib o fy wynab efo sgarff gwlân ac yn cerddad efo'r walia rhwng tŷ ni a gweithdy Dad. Ond mae'r drws wedi'i gau a does 'na ddim golwg ohono fo. Falla ei fod o wedi picio i weld Nain. Mi a' i draw yno, rhag ofn.

Mae Anti Kate yn sefyll ar ganol llawr, yn cnoi'i gwinadd, ac Yncl John yn ei gornal wrth y tân. Er nad oes 'na'r un smic i'w glywad o stafall Nain, rydw i'n gofyn,

'Ydach chi wedi gweld Dad?'

'Ddim ers neithiwr. A be w't ti'n 'i neud o gwmpas 'radag yma?'

'Es i ddim i'r ysgol heddiw.'

Rydw i'n aros iddyn nhw ofyn pam, ond dydyn nhw ddim.

'Roedd dy dad yn deud nad oeddat ti ddim yn rhy dda. Rhyw helynt efo Miss Hughes, ia?'

'Pigo arna i mae hi.'

Mae Anti Kate yn rhoi'r gora i gnoi'i gwinadd.

'Ac mi 'dan ni i gyd yn gwbod pam, 'dydan.'

'Dydw i ddim. 'Newch chi ddeud wrtha i, Yncl John?'

'Wn i ddim ddylwn i, 'sti.'

'Dydy o ddim ond yn deg i Helen gael gwbod, John. Yr hen gnawas ddrwg iddi, yn dial ar hogan fach ddiniwad.'

Mae Yncl John yn nodio ac yn deud,

'Pan oedd dy dad yn byw yma, cyn iddo fo briodi, roedd o wedi cymyd ffansi at Miss Hughes.'

'Nag oedd ddim,' medda Anti Kate. 'Hi oedd yn gwrthod gadal llonydd i'r hogyn.'

Rydw i'n meddwl am Miss Evans yn cerddad yn ôl a blaen heibio i dŷ Jane, cneithar Mrs Morris, ac yn sefyll wrth gornal Post am bedwar bob pnawn Gwenar. Er bod gen i ofn clywad yr atab, mae'n rhaid i mi gael gwbod.

'Oedd Dad yn mynd i briodi Miss Hughes?'

'Dyna oedd hi'n 'i obeithio. Ond fe ddaru o gyfarfod dy fam, diolch am hynny.'

'Neu mi fydda Miss Hughes yn fam i mi.'

Mae hyd yn oed meddwl am ei chael hi'n fam yn gneud i mi deimlo'n swp sâl.

'Dynas wedi'i siomi ydy hi, 'sti,' medda Yncl John.

'Roedd Mr Lloyd, tad Megan Lloyd, yn deud ei bod hi'n Gristion o ddynas ac wedi cysegru'i bywyd i roi'r addysg ora i ni.'

'Hy!' medda Anti Kate. 'Dydy hi ddim ffit i ddysgu plant. Lwcus fod Richard wedi gweld y . . . y . . .'

'Y gola, Kate. Ydy hi ddim yn amsar i dy fam ga'l ei the?'

Mae hi'n syllu arno fo fel tasa ganddi mo'r syniad lleia am bwy mae o'n sôn, ac yn gofyn,

'Faint o'r gloch ydy hi, John?'

'Pum munud i bedwar.'

'Pam na fasat ti wedi deud wrtha i? Mi fydd Mam yn aros am 'i the.'

Ac i ffwrdd â hi am y gegin gefn.

'W't ti'n dallt rŵan pam fod Miss Hughes yn dial arnat ti?'

'Mi dw i'n meddwl 'y mod i.'

Rydw i'n cofio gofyn i Mrs Pritchard yn 'rysgol Sul be oedd 'grawnwin surion' a 'dincod ar ddannadd' yn ei feddwl. Plant Israel oedd yn cael eu cosbi, medda hi, am fod eu tada wedi gneud drwg. Roedd Llinos Wyn wedi ypsetio'n arw, gan ei bod hi wedi byta rhai o'r grawnwin oedd wedi'u bwriadu ar gyfar ei nain, sy yn yr Ysbyty Goffa. Er i Mrs Pritchard egluro mai dim ond ffordd o ddeud fod pobol wedi pechu oedd hynny, ac nad oedd 'nelo fo ddim â grawnwin, fe ddechreuodd Llinos Wyn igian crio, ofn y bydda'i dannadd yn syrthio allan a hitha'n gorfod gwisgo dannadd gosod a'u rhoi nhw mewn dŵr dros nos rhag ofn iddi eu llyncu.

Er fy mod i dipyn callach na Llinos Wyn, diolch byth, fedrwn i'n fy myw ddeall pam oedd y plant yn gorfod diodda a nhwtha heb neud dim o'i le. Dydy hynny'n gneud dim synnwyr rŵan chwaith.

'Roedd Dad yn mynd i gael gair efo Miss Hughes bora 'ma.'

'Oedd o, wir.'

''I gyfrifoldab o ydy hynny, medda Mam.'

'Ia, falla. Ond paid ti â gweld gormod o fai ar dy dad.'

'Mae o'n deud 'i fod o wedi cael gwaredigaeth, diolch i Mam. Mi dw i am fynd adra rŵan, Yncl John, a diolch i chitha am ddeud wrtha i.'

'Ydy gwbod yn gneud petha rywfaint haws?'

Rydw i'n deud ei fod o, rhag ofn i Yncl John boeni, ond dydw i ddim yn meddwl y byddan nhw.

Mae Anti Kate wrthi'n tywallt dŵr i'r tebot. Gobeithio ei bod hi wedi rhoi te ynddo fo.

'Helô, Helen,' medda hi, fel taswn i ond newydd gyrradd. Mae hi'n siŵr o fod wedi anghofio pam y dois i yma. Ond wrth i mi agor giât y cefn, mi alla i ei chlywad hi'n deud,

'Peth ofnadwy ydy dial, ia wir.'

Mae ysgrifennu hynna wedi gadael blas drwg yn fy ngheg i. Efallai fy mod i, oherwydd fy niffyg fy hun, wedi rhoi gormod o raff i Helen. Ond mae hi'n swnio mor siŵr o'i phethau nes fy ngwneud i'n fwy ansicr fyth.

O'r ychydig wn i amdani, mi ddylwn fod wedi sylweddoli na fyddai Nesta'n debygol o anghofio. Fe ddaeth 'na gerdyn oddi wrthi ddoe, un Saesneg wedi'i brintio'n barod i'w lenwi, a'r 'our' yn 'our new home' wedi cael ei newid i 'my'. Yr un ydy'r cyfenw â hwnnw oedd ar y gofrestr yn Ysgol Maenofferen, a gyferbyn â'r rhif ffôn mae'r geiriau, 'Not yet connected'.

'Fydd gen i ddim esgus dros beidio anfon copi o'r nofel iddi, a finna wedi addo,' meddwn i wrth Elwyn.

Hwn fydd y tro cynta erioed i mi adael i rywun ddarllen fy ngwaith cyn fy mod i hanner ffordd trwyddo. Ar wahân i Elwyn, wrth gwrs. Gweld y bliws fydda i pan fydd o'n gofyn, 'Pam wyt ti'n deud hynna?' neu gynnig gwelliant, er fy mod i wedi gorfod cyfaddef fwy nag unwaith, mewn gwaed oer, mai fo oedd yn iawn.

'Pam nad anfoni di bennod neu ddwy dros y we iddi, i'w chadw hi'n dawal?'

'Petha afiach ydy compiwtars, medda hi. A fydda hynny ddim yn rhoi cyfla iddi ddefnyddio'i beiro goch.'

'Hi ydy'r golygydd i fod, ia?'

'Dyna mae hi'n ei feddwl. Fi ddeudodd fod gen i gof gwael, 'te.'

'Mi fydd 'na ddigon o waith i'r feiro goch felly.'

'Gwrthod, dyna be ddylwn i fod wedi'i neud. Be ddaeth drosta i, d'wad?'

'Munud gwan?'

'Uffernol o wan. Ond un fel'na oedd hi erstalwm, o ran hynny . . . yn mynnu'i ffordd ei hun.'

'Ti'n siŵr nad Ann oedd honno?'

'Doedd 'na 'run Ann.'

'Falla bydd Nesta'n meddwl mai hi ydy Ann, gan eich bod chi'n ffrindia.'

'Dydy o ddim tamad o ots gen i be fydd hi'n ei feddwl.'

'Ond mae 'na rywfaint o Nesta ynddi hi, 'does, fel sydd 'na ohonat ti yn Helen?'

'Oes, am wn i.'

'Helen a fi . . . fi a Helen . . . pa un sy'n dod gynta?'

'Helen, bob tro.'

'Ac Ann a Nesta?'

'Dydw i'n hidio fawr am y naill na'r llall.'

'O, diar. A chdi ydy'r un sy'n deud y dyla fod gan bob awdur gonsýrn am ei gymeriada.'

'Falla y bydda'n well i mi roi'r gora iddi, a thaflu'r blwmin lot i'r tân.'

Mae o'n gafael yn dynn amdana i ac yn plannu cusan ar fy moch.

'Dim ond herian o'n i. Fedri di ddim peidio malio, mi wn i hynny. Na rhoi'r gora iddi chwaith.'

Rydw i'n swatio yn ei gesail, ac yn meddwl am Nesta, sy'n gorfod chwilio am gysur yn y gorffennol. Wedi i mi fagu gwres, mi ga' i ailafael yn y doe, gan wybod mai rhywbeth dros dro fydd hynny, ac mai yma yn y presennol yr ydw i eisiau bod. Ond y peth cyntaf sydd raid i mi ei wneud ydy cael gwared â'r blas drwg.

21

Roedd Dad yn pwyso ar y giât a'i getyn yn ei geg pan gyrhaeddas i'n ôl o dŷ Nain. Ofn oedd gen i ei fod o wedi cael ei yrru allan, fel Mr Pritchard, ac yn gorfod rhynnu yn fan'no er mwyn gallu mwynhau ei unig blesar. Ond fydda Mam byth yn gneud peth felly. A doedd 'na ddim mwg yn dŵad o'r cetyn, p'un bynnag.

'Lle w't ti 'di bod mor hir?' medda fo.

'Tŷ Nain. Mi dw i'n meddwl 'mod i'n dallt rŵan pam fod Miss Hughes yn pigo arna i.'

'Dy Yncl John ddeudodd wrthat ti?'

'Dim ond am 'y mod i wedi mynnu ca'l gwbod.'

'Fi ddyla fod wedi deud.'

'Fasat ti wedi'i phriodi hi?'

'Bosib iawn, a difaru f'enaid wedyn.'

'Ond dw't ti'm yn difaru priodi Mam?'

'Argian fawr, nag'dw. 'I chyfarfod hi oedd y peth gora ddigwyddodd i mi rioed. 'Nei di un peth i mi?'

'Os medra i.'

'Ddylwn i ddim gofyn, a finna wedi gadal i ti ddiodda fel'na.'

'Talu da am ddrwg ydan ni fod i' neud, 'te?'

'Ia, er mor anodd ydy hynny weithia. Mi fydda'n dda gen i tasat ti'n peidio sôn gormod am Miss Hughes yng nghlyw dy fam.'

'Dydw i ddim isio sôn amdani. Gas gen i'r hen gnawas.'

'Mi dw i'n addo i chdi y bydd petha'n gwella o hyn allan. Mi es i draw i'r ysgol diwadd pnawn, ar ôl i bawb adal.'

Er fy mod i'n dal i fethu credu y galla petha fod yn

wahanol, ro'n i'n falch na welodd y genod mo Dad yn galw yno.

'Gest ti fynd i mewn?'

'O, do. A deud be ddylwn i fod wedi'i ddeud ymhell cyn hyn.'

'Dynas wedi'i siomi ydy Miss Hughes, medda Yncl John.'

'Ia, mae arna i ofn. Dos di i'r tŷ at dy fam. Mi dw i am gael smôc fach.'

'Annwyd gei di'n loetran allan yn fan'ma heb gôt.'

'Does 'na ddim byd gwell i gadw'r annwyd draw na llond sgyfaint o awyr iach a mwg,' medda fo, a trio gwenu arna i, er bod y gwynt oer yn gneud i'w lygaid o ddyfrio.

Fi oedd yn iawn, gwaetha'r modd. Roedd Dad yn tisian ac yn tagu ac yn teimlo piti mawr drosto'i hun drannoeth.

'Dim ond dipyn o annwyd ydy o,' medda Mam yn fyr ei hamynadd, wedi gorfod diodda gwrando arno fo'n tuchan ac yn cwyno ers oria.

'Ond mae hwnnw'n gallu lladd.'

'Gwely ydy'r lle gora i ti.'

'Be wna i yn fan'no?'

''I chwysu o allan. Dw't ti ddim yn teimlo fel byta, ma'n siŵr?'

'Mi wyddost be maen nhw'n ei ddeud am fwydo annwyd a starfio twymyn. Dydy o ddim wedi cyrradd fy stumog i eto p'un bynnag, ac mi fydda'n well i mi fagu nerth cyn i hynny ddigwydd.'

Er bod ei wddw fel papur tywod, medda fo, fe lwyddodd Dad i glirio'r plât.

'W't ti'n teimlo'n well rŵan?' medda fi.

'Biti na faswn i.'

Roedd amynadd Mam wedi gwisgo'n ddim erbyn hynny. Dyna hi'n estyn ei gôt a'i het ac yn deud y bydda fo mewn pryd i'r syrjeri nos ond iddo frysio.

'Alla i ddim,' cwynodd ynta. 'Dydw i rioed wedi bod yn agos i'r lle, nac yn bwriadu mynd, byth.'

'Doctor neu wely,' medda Mam, a thaflu'r het a'r gôt ar gefn cadar.

Ac i ffwrdd â Dad, gan ochneidio a llusgo'i draed, yn cario bocs o hancesi papur a phacad o Polos. Wedi gneud yn siŵr ei fod o wedi cyrradd pen y grisia, dyna Mam yn setlo o flaen y tân gan ddeud,

'Heddwch, o'r diwadd.'

Rydw i ar fy ffordd i'r syrjeri i nôl potal o ffisig brown fydd yn gwella Dad cyn pen dim, yn ôl Mam.

Er nad ydy hi ond chwartar i, a'r syrjeri ddim yn dechra tan bump, mae'r lle'n llawn dop o bobol sy'n gwbod yn well na'r doctor be sy'n bod arnyn nhw, ac wrth eu bodda'n cael deud hynny wrth bawb arall.

'Dos i adal i Miss Jenkins wbod dy fod ti yma,' medda Annie Price, Tŷ Capal.

Dyma'r tro cynta i mi fod yma, a wn i ddim lle i ddŵad o hyd i Miss Jenkins. Mae rhywun yn gwthio heibio i mi, yn curo ar ddrws bach yn y wal, a hwnnw'n llithro'n gorad.

Mi alla i weld Miss Jenkins yn sbecian allan drwy'r twll fel tasa hi mewn sioe Pwnsh a Jiwdi.

'*Number twelve*,' medda hi, a chau'r drws.

'Mi dach chi 'di dwyn twrn yr hogan fach 'ma, Dafydd Morris,' medda Annie Price.

'Y cyntaf i'r felin gaiff falu, Annie.'

Dydy Miss Jenkins ddim rhy bles o gael ei styrbio eto. Cyn i mi allu egluro pam dw i yma, mae hi wedi deud *'Number thirteen'*, a'r drws wedi llithro'n ôl.

Hwn ydy'r lle mwya afiach yn y dre. Mi fedra i weld y *germs* yn hedag o gwmpas fel haid o bryfad. Mae Annie Price yn gneud lle i mi wrth ei hochor ac yn gofyn,

'Ydach chi'n sâl, Helen fach?'

Do'n i ddim pan gyrhaeddas i yma, ond mi fydda cyn gadal.

''Di dŵad i nôl ffisig i Dad ydw i.'

Mae hi'n troi at Madge Williams, ei ffrind, sydd yma i gael trin ei chyrn a'i chlustia, ac yn gweiddi,

'Glywist ti hynna, Madge? Dydy Richard Owen cerrig beddi ddim hannar da.'

'Y llwch, ia?'

'Na, dim ond annwyd,' medda fi, ond ymlaen â nhw i drafod peth mor beryg ydy treulio oria mewn mynwentydd, ac anadlu llwch sy'n clogio'r gwythienna ac yn cau am y galon.

Yn sydyn, dyna Annie Price yn rhoi bloedd sy'n ddigon i ddychryn pawb ond ei ffrind.

'Chdi sy nesa, Madge. Cofia ddeud wrtho fo am dy glustia.'

'Mi gaiff warad â nhw cyn pen dim,' medda hitha, a hercian am stafall y doctor.

Pan ddaw fy nhro i, rydw i'n rhoi cnoc fach ar y drws yn y wal a Miss Jenkins yn estyn cerdyn i mi.

'Dydach chi ddim yn edrych yn sâl i mi,' medda hi.

Mae Doctor Jones, sy'n siŵr o fod wedi 'laru ar weld yr un hen wyneba, yn deud peth mor braf ydy gweld wynab ifanc, ac yn dechra fy holi i'n dwll.

'Faint ydy dy oed di rŵan, Helen?'

'Deg. Mi fydda i'n mynd i'r Cownti ar ôl yr ha.'

'Bobol annnwyl. On'd ydy plant yn tyfu i fyny gymaint cynt dyddia yma.'

'Mi fydda'n well gen i aros fel rydw i.'

'Felly ro'n inna'n teimlo pan fu'n rhaid i mi wisgo trowsus llaes oedd yn cuddio 'mhenglinia.'

'Petha hyll ydy penglinia, 'te,' medda fi, a thynnu fy sgert i lawr dros fy rhai i.

'Roedd gen i feddwl mawr ohonyn nhw. Mi w't ti'n ddigon hapus felly, dim byd yn dy boeni di?'

'Oes, lot fawr o betha.'

'Fel be, 'mechan i?'

Gan ei fod o wedi gofyn, rydw i'n deud y cwbwl . . . am Anti Kate a'r chwiorydd, Miss Evans a'r ffenast, a Miss Hughes oedd yn arfar pigo arna i drwy'r amsar, ond nad ydy hi'n cymyd unrhyw sylw ohona i ers i Dad alw yn yr ysgol.

Mae o'n cytuno fod beio rhywun arall yn gneud i bobol deimlo'n well. Roedd ganddo ynta athrawas fydda'n gas efo fo. Gan ei bod hi rŵan yn un o'i gleifion, mi fedra neud iddi ddiodda am hynny oni bai ei fod o wedi cymyd llw i wella pobol.

Mae Miss Jenkins yn curo ar y drws ac yn galw,

'Pump arall i fynd, Doctor.'

'Wedi anghofio rhoi olew yn eu lampa oeddan nhw, ia, Miss Jenkins?'

'Pa lampa, 'dwch? A well i chi frysio, neu mi fyddwn yma tan bora fory.'

Mae Doctor Jones yn rhoi clamp o winc arna i, a finna'n wincio'n ôl i ddangos 'mod i wedi dallt am be _ oedd o'n sôn.

'Gad i mi gael golwg arnat ti,' medda fo. 'Agor dy geg yn llydan a deud A.'

Does gen i ddim dewis ond gneud hynny ac ynta wedi stwffio darn o bren calad i 'ngheg i.

'Pob dim i' weld yn iawn. Lle mae'r boen gen ti?'

''Sgen i ddim. Mam sydd wedi 'ngyrru i i nôl ffisig i Dad, at yr annwyd.'

'Ddeudodd hi pa ffisig?'

'Yr un brown.'

'Mae dy fam yn ddynas ddoeth. Yn 'i wely mae o?'

'Ia. Roedd hi'n hynny neu ddŵad i'ch gweld chi. Dydy o rioed wedi bod yma, a ddaw o byth medda fo.'

'Dos di â'r papur 'ma i siop Davies Chemist ar d'union, a chofia ddeud wrth dy dad fod yn rhaid iddo fo aros yn 'i wely nes bydd o wedi gorffan y botal, neu gymyd y canlyniada.'

Mae o'n rhoi darn o bapur i mi, yn deud wrtha i am beidio bod ar ormod o frys i dyfu i fyny, ac nad oes raid i neb fod cwilydd o'i benglinia.

Er ma' enw 'T. E. Davies MPS, *Chemist and Dispenser*' sydd uwchben y siop, rhyw ddyn diarth o'r Sowth sydd pia hi rŵan. Does na 'na ddim golwg ohono fo er bod y lle'n llawn dop.

Mae Madge yn pwyso yn erbyn y cowntar ac yn deud mewn llais uchal ei bod hi'n gobeithio fod yr Hwntw 'ma'n gwbod be mae o'n ei neud gan nad ydyn nhw 'run fath â ni i lawr yn fan'no.

'Dos i nôl cadar o'r cefn i mi,' medda hi. 'Does dim disgwl i mi orfod sefyll yn fan'ma a finna newydd ga'l trin 'y nghyrn.'

Mae'r dyn o'r Sowth yn y stafall gefn, wrthi'n cyfri tabledi.

'Damo!' medda fo, a gollwng y rheiny hyd bob man. 'Be chi moyn?'

Gofyn be ydw i isio mae o, mae'n debyg.

''Di dŵad i nôl cadar i Mrs Williams dw i,' medda fi.

Mae o'n deud rwbath sy'n swnio fel 'nage siop gelfi yw hon'. Dim rhyfadd fod Madge yn poeni. Dydy dyn nad ydy o'n gallu siarad Cymraeg iawn ac yn dychryn mor hawdd ddim i'w drystio.

Rydw i'n mynd yn ôl i'r siop, heb yr un gadar, yn barod i ddeud 'Ma'n ddrwg gen i' wrth Madge. Ond mae hi ar ei ffordd allan, wedi penderfynu diodda tan bora fory pan fydd Boots yn gorad.

'Mi ddo i efo chdi, Madge,' medda Annie Price. 'Ma'n well bod yn saff nag yn sori. Deudwch wrth 'ych tad fod yn biti garw gen i, Helen, a fynta newydd gael 'i neud yn flaenor, 'te.'

Mi alla i glywad Madge yn gofyn, wrth iddyn nhw adal,

'Pwy gawn ni'n 'i le fo, d'wad?'

Mae'r dyn ddaru wthio heibio i mi yn y syrjeri yn rhoi ei law ar fy ysgwydd.

'Mi gewch chi fy nhwrn i,' medda fo. 'Mae angan eich tad yn fwy na f'un i.'

'A finna,' medda rhyw ddynas fach o'r topia, oedd yn gwichian dros y lle.

Dyna pam rydw i ar fy ffordd adra mewn llai na chwartar awr, yn cerddad yn ara bach rhag ofn i mi ddigwydd baglu a gollwng y ffisig y mae ar Dad ei angan yn fwy na neb.

Cyn i mi allu cyrradd y tro am stryd ni, mae Mam yn dŵad i 'nghwarfod i a desgil wedi'i lapio mewn papur newydd dan ei braich.

'Mi w't ti wedi'i gael o, 'lly,' medda hi.

'Sut ma Dad?'

''Run fath. Ond fydd petha fawr o dro'n newid.'

'Roedd Doctor Jones yn deud ei fod o i orffan y botal.'

'Gna di'n siŵr dy fod ti'n deud hynny wrtho fo.'

Ac i ffwrdd â hi am siop chips Now yn wên i gyd, fel tasa pob dim yn iawn a Dad wrthi'n torri brechdana'n barod at swpar yn lle bod yn swp sâl yn ei wely.

Mae o'n swatio o dan y dillad a dim ond top ei ben i'w weld, yn sgleinio o chwys.

'Cysgu w't ti?'

'Sut medra i gysgu?'

'Fe ddeudodd Doctor Jones fod yn rhaid i ti gymyd bob dafn o'r ffisig 'ma.'

Mae o'n agor cil un llygad ac yn sbecian ar y botal.

'Dydw i ddim angan hwnna. Dim ond annwyd ydy o.'

'Ond mae hwnnw'n gallu lladd.'

Rydw i'n datod y caead ac yn ei lenwi efo'r ffisig, sy'n ogleuo fel toman dail.

'Agor dy geg,' medda fi, a gwasgu 'ngwefusa'n dynn.

Ond mae'r rhan fwya o'r ffisig yn llifo i lawr ei ên, ac ynta'n estyn am Polo i gael gwarad â'r blas drwg, er nad ydy o ond wedi llyncu dafn neu ddau.

'Lle mae dy fam? Dydw i ddim wedi'i gweld hi ers oria.'

'Wedi mynd i siop Now.'

Mae o'n taflu'r dillad gwely i ffwrdd ac yn codi'i goesa dros yr erchwyn.

'Rw't ti i aros yn dy wely nes dy fod ti wedi gorffan y botal, neu gymyd y canlyniada, medda Doctor Jones.'

'Mi gyma i'r canlyniada. Fedra i gysgu 'run winc heno os arhosa i yn fan'ma funud yn rhagor.'

Rydan ni wedi gorffan ein swpar, yr un gora flasodd Dad erioed, medda fo. Mae Mam yn deud wrtha i am fynd i nôl y botal ffisig o'r llofft, gan ei bod hi'n bryd cymyd dos arall.

'Dydw i ddim o'i angan o,' medda Dad. 'Rydw i'n teimlo'n llawar gwell. Mae'r hyn maen nhw'n ei ddeud am fwydo'r annwyd yn ddigon gwir.'

Mae stryd fawr y Blaena fel hen wraig sydd wedi colli'r rhan fwya o'i dannadd ac yn methu fforddio rhai gosod. Be ydw i'n ei wneud yma, mewn difri? Fe gynigiodd Elwyn ddod efo fi, yn gwmpeini, ond gwrthod wnes i a dweud y byddai'n gweld ni'n dau efo'n gilydd yn rhwbio halan i'r briw.

'A dwyt ti ddim am darfu ar Nesta?'

'Mi fydda'n well gen i beidio mentro hynny, nes 'y mod i wedi cael cyfla i egluro mai stori Helen ydy hon.'

'Cyn iddi fynd ati efo'i beiro goch. Mae hi yn gwbod fod gen ti ŵr a theulu?'

'Ydy, am wn i.'

'A be wyddost ti am y gŵr 'na oedd ganddi hi?'

'Dim.'

'Falla ei bod hi'n falch o'i weld o'n gadal.'

'Bosib, ond nid efo dynas hannar ei oed. Mi ddylwn i fod wedi dangos ryw gymaint o biti drosti, rhoi mwy o groeso iddi.'

'Ac mi w't ti am drio gneud iawn am hynny heddiw?'

'Os galla i.'

Ond rŵan fy mod i yma, mae meddwl am orfod wynebu Nesta yn gwneud i fy stumog gorddi. Yr holl edrych yn ôl sydd wedi effeithio arna i, mae'n rhaid. Caniatáu i Helen fy arwain i; dibynnu arni hi i siarad drosta i.

Rydw i'n fy ngorfodi fy hun i adael y car ym maes parcio Diffwys a cherddad dow-dow am Stryd Glynllifon heb edrych i na de na chwith. Mi fyddwn yn cau fy llygaid petai hynny'n bosib. Ond waeth i mi heb, a minnau'n gallu gweld heb edrych. Mae arogleuon ddoe yn cosi fy ffroenau i, arogl lledr newydd sbon danlli siop Briggs ar gornel Stryd Capal Wesla, 'ice and port' Paganuzzi, chips Now, surni poteli'r Meirion, a chymysgfa ryfeddol Woolworths.

Yn hytrach na throi am Glynllifon, rydw i'n dilyn y stryd

fawr, heibio i'r lle roedd Woolworths. Siop ddodrefn ydy honno ers blynyddoedd bellach, ond mae'r Meirion a Jerusalem, y danadl poethion a'r dail tafol, wedi aros fel roeddan nhw. Mi alla i fy ngweld fy hun yn sythu y tu ôl i'r cownter yn ystod gwyliau'r ha, fel petai dyfodol y busnes yn dibynnu arna i, ac yn ceisio perswadio hen wraig o Dangrisia i brynu pâr o sanau gwlân i'w mab. 'Fiw i mi, 'mach i,' meddai hi, 'neu mi grafith ei hun yn dipia.' Mae Ann a Megan Lloyd (os mai dyna pwy oeddan nhw) yn mynd heibio a'u trwynau yn yr awyr, ond dydy hynny'n mennu dim arna i. A hwythau'n cael pres heb godi bys bach, ŵyr yr un o'r ddwy ystyr 'drwy chwys dy wyneb', ond mi wn i. Yr unig beth sy'n fy mhoeni i ydy y bydd Miss Davies yn cael digon ar Anti Kate, yr un sy'n 'dŵad eto' bob nos Wenar, ac yn dial arna i drwy roi'r sac i mi.

Wrth i mi nesu at Jerusalem, mi alla i glywed Miss Evans yn dyrnu'r piano, a theimlo'r llawenydd o wybod fod y cant namyn un eto'n gant. Ond doedd yno 'run Hannah-molwch-yr-Arglwydd yn morio canu wrth fy ochor i, na'r un Parchedig i'n rhybuddio ni sut i gael y gorau ar y diafol. Hyd y gwn i.

'Chwith i ni heb Woolworths, 'dydi?'

'Mm?'

Wn i ddim ers faint mae pwy bynnag ydy o wedi bod yn cewcian arna i.

'Fuo'r lle byth 'run fath ar ôl iddi gau. Lle arall gallat ti fynd i fochal glaw a cherddad rownd a rownd am hydodd heb orfod prynu dim?'

'Nes tynnu gwg Miss Davies.'

'Miss Jones. Un ddigon clên oedd hi, 'te. A sut w't ti?'

'Iawn. A chditha?'

'Dal i fynd, 'sti. Be sy wedi dŵad â chdi'n ôl, pwl o hirath, ia?'

'Na. Hen ffrind i mi sydd wedi symud yma i fyw.'

'Pwy, 'lly?'

'Nesta, Stryd Capal Wesla. Ar fy ffordd i'w gweld hi rydw i.'

'Cofia fi ati.'

'Mi wna i.'

Ond sut y galla i, a minnau heb unrhyw syniad pwy oedd o? Ta waeth, o ran hynny. Sbel yn ôl ar y newyddion, roedd pobol ar y stryd yn eu dagrau oherwydd fod Woolworths wedi cael y farwol. Chollais i 'run deigryn pan ddiflannodd hon dros nos flynyddoedd yn ôl, a chipio bywyd y dref i'w chanlyn. A does gen i ddim tamaid o hiraeth amdani, mwy nag am ddim arall. Mae hwnnw'n rhywbeth i'w gadw hyd braich, gan ei fod o'n ormod o faich i'w gario ac yn gofyn llathen am bob modfedd. Camgymeriad oedd loetran yn fan'ma.

Erbyn i mi gyrraedd Glynllifon, mae pob arogl a blas wedi diflannu. Does yna neb o gwmpas ond hogyn ar feic tair olwyn. Cyn i mi allu symud o'r ffordd, mae o'n anelu'n syth amdana i ac olwyn flaen y beic yn mynd dros fy nhroed.

'Tomos John! Rho'r gora iddi'r munud 'ma neu mi ro i dy feic di yn y sgip.'

'No way,' meddai yntau, a gyrru fel Jehu heibio i'r wraig ifanc sy'n brasgamu tuag ata i.

'Sori am hynna. Ddaru o'ch brifo chi? Mi ddarnladda i'r cythral bach pan ga' i afal arno fo.'

'Dydw i ddim gwaeth.'

'Fiw i mi 'i adal o o 'ngolwg am eiliad. Tynnu ar ôl 'i Yncl Robert John Tanrallt mae o, gwaetha'r modd.'

'Roedd 'na Robert John Tanrallt yn yr ysgol yr un amsar â fi. Un garw am chwara tricia oedd o.'

'Duwcs annwyl, hwnnw ydy o, 'te. Ac mae o'n waeth na buo fo rioed, yn enwedig ar ôl noson yn y Meirion. Mi fedra i *ddiolch nad ydy 'Nhad ddim byd tebyg i'w frawd. Un o'r Blaena 'ma ydach chi, 'lly?'*

Mae hi'n amlwg yn ysu am gael gwybod rhagor, ond rydw i eisoes wedi dweud gormod.

'*Dydy Miss Morgan ddim yna,*' meddai hi, wrth i mi groesi at ddrws y cartref newydd a phwyso fy mys ar y gloch.

Morgan – dyna'r cyfenw ar y cerdyn, yr un oedd ar y gofrestr yn Ysgol Maenofferen. Ac os mai felly mae Nesta am gael ei hadnabod, dyna gaiff hi fod o'm rhan i.

'*Wedi mynd i'r WI mae hi heddiw. Yn y festri 'cw maen nhw'n cwarfod, yr ochor arall i'r lle parcio o flaen tai'r hen bobol. Capal oedd yn arfar bod yno, medda Dad.*'

'*Ydy hi wedi setlo yma?*'

'*Fel tasa hi rioed wedi gadal, medda hi. Mae isio mynadd Job efo hi, yn moedro drwy'r amsar am ryw siop Brymar a Capal Wesla, a llefydd nad ydyn nhw ddim yn bod.*'

'*Roeddan nhw yn bod, ar un adag.*'

'*Ond fedar hi ddim disgwyl i betha aros 'run fath, yn na fedar?*'

'*Os byddwch chi gystal â rhoi'r parsal 'ma iddi.*'

'*Pwy ddeuda i sydd wedi galw?*'

'*Hen ffrind iddi.*'

Os arhosa i yma funud yn hwy, mi ga' i fy nhemtio i'w holi am ei thad. A pha well fyddwn i o wneud hynny? Dydy rhywun byth yn anghofio'i gariad cynta, meddan nhw, ac felly rydw i am i bethau aros.

Wrth i mi gerdded yn ôl am y stryd fawr, heb fod eisiau edrych na gweld, mi alla i glywed David John yn gofyn,

'*Fasat ti'n lladd dy hun fath â'r ddynas Juliet 'na taswn i'n marw?*'

'*Na, ond mi faswn i'n ddigalon iawn.*'

'*A finna. Wela i di fory.*'

119

22

Noson Arholiad Sirol ydy hi heno, ac rydan ni, blant yr
Ysgol Sul a'r Band o' Hôp, yma yn y festri yn aros i Mr
Edwards Gwnidog agor yr amlen fawr lle mae'r
cwestiyna'n cael eu cadw. Mae o'n nerfa i gyd, ac yn cael
traffarth i anadlu am fod ei golar yn gwasgu yn erbyn ei
ên drebal. Ofn sydd ganddo fo y byddwn ni i gyd yn
methu, ac ynta'n cael y bai am beidio gneud ei waith.

Mae o'n pwyntio at David John yn y rhes gefn, ac yn
gofyn,

'Be oedd Ioan yn ei wneud yn afon Iorddonen?'

'Sgota efo rhwydi, Mr Edwards.'

'Sawl gwaith sydd raid i mi ddeud wrthach chi?
Bedyddio, yntê.'

'Hidiwch befo hynny rŵan, Mr Edwards,' medda
Mam, sydd yno fel Arolygydd yr Ysgol Sul i neud yn siŵr
fod petha fel dylan nhw fod. 'Mi dach chi wedi gneud
eich gora.'

'A heb fod ddim elwach,' medda ynta, a'i ollwng ei
hun ar fainc, wedi ymlâdd cyn dechra.

Mam sy'n gorfod mynd ati i rannu papura a phensila
a rybers. Does ar David John ddim angan pensal gan ei
fod o wedi cael benthyg ffownten pen gan Robert John ei
frawd, a photyn o inc du, rhag ofn i honno fynd yn sych.

Mae Barbra a Beti'n ista efo'i gilydd, er na ddylan
nhw ddim. Mr Edwards sydd wedi penderfynu ei bod
hi'n haws torri un o'r rheola na thrio'u gwahanu nhw. A
fiw iddo fo ddeud y drefn wrth Edwin, sy'n codi ar ei
draed bob yn ail funud i neud yn siŵr fod ei fam yn dal
yn y lobi, gan fod honno'n gweld y cwbwl sy'n digwydd
drwy'r gwydyr yn y drws.

Pan mae Beti neu Barbra'n gofyn i Janet, 'Be w't ti'n neud 'ma?' a hitha'n atab, 'Dwn i'm', mae pawb yn chwerthin ond Llinos Wyn, sydd wedi dechra sgwennu, er nad ydan ni wedi gweld y cwestiyna eto. Wrth i mi edrych dros ei hysgwydd, mi alla i weld ei bod hi wedi llenwi'r dudalan efo'i henw a'i chyfeiriad a 'Cymru, Gret Briten, The World'.

Am chwech o'r gloch, mae Mr Edwards yn rhoi'r amlen i Mam ac yn deud,

'Croeswch eich bysadd, Mrs Owen.'

Fe ddyla fod ganddo fo fwy o ffydd ynon ni ac ynta'n Weinidog yr Efengyl.

Mae Mam, sy'n gwbod 'mod i ddigon abal i atab unrhyw gwestiwn, beth bynnag fydd o, yn gwenu'n glên arna i.

Prin ein bod ni wedi cael cyfla i ddarllan y cwestiyna nad ydy mam Edwin yn cerddad i mewn i'r festri, yn cario clamp o botal ffisig. Dydy hi'n cymyd dim sylw o Mr Edwards pan mae hwnnw'n deud, 'Nid dyma'r amsar, Mrs Williams', dim ond croesi at Edwin, clymu hancas bocad o dan ei ên, ac estyn llwy wedi'i lapio mewn papur sidan o'i phocad.

'Ceg fawr rŵan,' medda hi.

Dyna'r ddau yn agor eu cega ac yn llyncu efo'i gilydd, a hitha'n sbecian ar y papur cwestiyna wrth iddi blygu'r hancas bocad a rhoi da-da iddo fo'i sipian. Cyn iddi fynd yn ei hôl am y lobi, rydw i'n ei chlywad hi'n sibrwd, 'Locustiaid a mêl gwyllt'. Mi fydd Edwin wedi cael un atab yn iawn, o leia. A Barbra a Beti, oedd wedi sgwennu 'pysgod a bara', ac wrthi'n rhwbio'r geiria allan.

'Dwn i'm,' medda Janet, pan ofynnodd Mam iddi

oedd hi angan rhagor o bapur, gan ei bod hi wedi llenwi un dudalan. Rŵan mae hi'n prysur lenwi'r ail, a Barbra a Beti'n sbio'n gas arni. Fyddan nhw byth yn deud nad ydyn nhw'n gwbod, er bod y ddwy'n barod iawn i ddeud eu bod pan nad ydyn nhw.

Rydw i wedi enwi'r disgyblion i gyd, er ma' chwech oedd ei angan, ond dim ond Iago ac Ioan ecsetra sydd gan Llinos Wyn ar ei phapur hi.

'Dim copïo, Helen,' medda Mr Edwards.

Tro Mam ydy sbio'n gas rŵan. Ond cyn iddi allu deud wrtho fo nad oes angan i mi gopïo neb, mae hi'n gorfod galw ar fam Edwin i fynd â fo i'r lle chwech. A dyna Edwin wedi gneud yn siŵr o farc arall. Be oedd o'r tro yma, tybad, troi cerrig yn fara ynta dŵr yn win?

Mae'r Gwnidog yn galw fod yr amsar ar ben ac yn deud,

'Os byddwch chi cystal â chasglu'r papurau, Mrs Owen.'

Wrth iddi estyn ei dwy dudalan i Mam – un ohonyn nhw'n da i ddim a'r llall fawr gwell – mae Llinos Wyn yn rhoi andros o sgrech ac yn pwyntio i'r cefn. Y cwbwl alla i ei weld ydy pâr o ddwylo duon.

'Be sy 'di digwydd, David John?' medda Mam, yn swnio fel tasa hitha isio sgrechian.

'Mi ladda i'r Robert John 'na.'

'Cofiwch y Deg Gorchymyn,' medda'r Parchedig, gan drio codi, a methu.

Fe ddyla David John wbod yn well na thrystio'i frawd. Mae gen ei nain – sy'n byw efo nhw – ofn symud pan fydd Robert John o gwmpas, fel sydd gen inna. Ei syniad o o jôc oedd rhoi benthyg ffownten pen sy'n gollwng i David John. Mae wynab hwnnw 'run mor ddu â'i ddwylo, a ffosydd bach gwynion yn rhedag i lawr ei focha. Mi fedra i glywad Beti a Barbra'n pwffian chwerthin, ac un ohonyn nhw'n deud,

'Mae ganddon ni ddau fabi mam rŵan.'

Y munud nesa, wrth i'r babi mam go iawn ddechra crio o ddifri, dyna'i fam yn rhuthro i mewn gan weiddi,

'Be ydach chi wedi'i neud iddo fo?'

'Mi lladda i o,' medda David John, a neidio ar ei draed.

Mae mam Edwin yn deud ei bod hi am fynd ar ei hunion i'r Polîs Stesion i riportio David John am fygwth bywyd ei mab, a Mam yn gneud ei gora i drio'i thawelu hi. Ond fydda waeth iddi daro'i phen yn erbyn y parad ddim.

'Gadewch chi'r cwbwl i mi, Mrs Owen,' medda'r Gwnidog, sydd wedi llwyddo i godi o'r diwadd. 'Dowch, Mrs Williams, mi gawn ni drafod hyn uwch panad o de.'

Ac mae o'n arwain y ddau allan o'r festri, fel bugail efo'i ddefaid. Ond dyna ydy o i fod, o ran hynny.

Ar ôl rhybuddio David John i beidio cyffwrdd mewn dim, mae Mam yn rhoi'r papura atebion yn yr amlen fawr, ac yn ei selio. Does 'na fawr o hwyl arni, a dydy hi fawr o dro'n rhoi taw ar Llinos Wyn pan mae honno'n gofyn ydyn nhw'n mynd i roi David John yn y jêl.

'Nag ydyn, siŵr. Fydda fo byth yn gneud niwad i neb.'

'Mi fedrwn i taswn i isio,' medda ynta.

Mi wn i sut mae o'n teimlo. Oni bai am y Robert John 'na, fe fyddan ni ar ein ffordd adra a Mam yn methu aros i gael deud wrth Dad mor dda ydw i wedi gneud.

Wrth iddyn nhw adal, mae Barbra a Beti'n gweiddi,

'Ddown ni â cnau i ti, David John, a dy fwydo di drwy'r baria.'

'Chewch chi ddim. Bara a dŵr maen nhw'n ga'l yn jêl.'

'Paid â siarad yn wirion, Llinos Wyn,' medda fi. 'Dydy David John 'di gneud dim byd. Ac os dyla rhywun fod yn jêl, y Robert John 'na ydy hwnnw.'

Ar y ffordd adra, rydan ni'n cyfarfod y Gwnidog, sy'n cario tun o fisgedi, ac yn edrych yn fodlon iawn arno'i hun.

'Mae pob dim wedi'i setlo, Mrs Owen,' medda fo. 'A sut daethoch chi i ben hebdda i?'

Gan nad ydy Mam yn credu fod hwnnw'n gwestiwn gwerth ei atab, mae hi'n gofyn,

'Ddaru chi fwynhau'ch te, Mr Edwards?'

'Do, wir. Yr union beth oedd ei angan ar ôl noson fel heno.'

'Byth eto,' medda Mam, yn yr un llais â Miss Evans drws nesa.

'Fe ddaethon ni i ben â hi, drwy ras Duw. Gymerwch chi fisged, Helen?'

'Ddim diolch.'

Fe fydd mam Edwin yn gneud ei bisgedi ei hun am fod rhai siop yn codi camdreuliad ar Edwin, a dydw i ddim isio cardod gan ddynas sy'n barod i dwyllo a riportio hogia diniwad i'r plismyn.

'Mi dw i'n meddwl y cymera i un, i 'nghynnal.'

Ac ymlaen â fo, gan gnoi. Pan ddaw'r canlyniada, a finna'n derbyn fy ngwobr, mi fydd wedi anghofio'r ofn o gael ei feio am beidio gneud ei waith, ac yn hawlio'r clod i gyd.

23

Rydan ni, enethod *Standard Five*, wedi cael copi bwcs yn lle llechi, fel nad ydy hi'n bosib rhwbio camgymeriada allan efo poer a llawas, ac anghofio amdanyn nhw. Pan ddeudodd Miss Hughes fod yn rhaid i ni gadw'n trwyna ar y maen am yr wythnosa nesa, gan ei bod hi'n flwyddyn Scholarship, dyna Eleanor, ar ôl deall ma' enw arall ar garrag fawr ydy maen, yn gofyn,

'Oes isio i ni ddŵad ag un efo ni i'r ysgol fory?'

'Dim ond ffordd o ddweud eich bod chi i gyd i weithio'n galed ydy *Keep your noses to the grindstone*, Eleanor Parry,' medda Miss Hughes.

Does gen i ddim syniad be ydy *grindstone*, ond mae o'n swnio'n beth poenus iawn.

Erbyn amsar cinio, rydw i wedi cael marcia llawn yn *Spelling* a *Comprehension* – a'r rheiny i gyd yn Saesnag. Well gen i sgwennu Cymraeg, am ma' honno ydy iaith y nefoedd, ond mae pawb yn gwbod na fedrwch chi ddim mynd ymlaen yn y byd heb allu darllan a deall Saesnag. Mi fyddwn i ar fy ffordd i ble bynnag rydan ni i fod i fynd oni bai fod symia yr un mor bwysig.

Ddoe, mi ges i 'ngadal efo un ddafad nad oedd hi'n perthyn i'r un o'r caea, a darn o gacan nad oedd ar neb ei isio. Fydda Maggie Pritchard fawr o dro'n mynd â'r ddafad yn ôl i'r lle roedd hi i fod, a Porci Pugh ddim chwinciad yn gneud i'r darn cacan ddiflannu, ond dydy rhifa ddim yn betha y gallwch chi eu hachub na'u byta.

Mae Eleanor yn aros amdana i wrth y drws.

'Ti'n gwbod y Miss Evans 'na sy'n byw drws nesa i chdi,' medda hi.

Rydw i'n gwasgu 'ngwefusa rhag gorfod ei hatab hi.

Rŵan fod Miss Hughes wedi rhoi'r gora i bigo arna i a byth yn deud fy enw i ond pan fydd hi'n galw'r *register* allan bob bora, mae Megan Lloyd a'r lleill yn gneud ati i fod yn glên. Piti drosta i sydd ganddyn nhw, mae'n debyg, fel oedd gan Miss Jones.

Er nad ydy cael eich pitïo, fel tasa chi ddim cweit 'run fath â phawb arall, yn beth braf, mae hynny'n llawar gwell na gorfod bod yn Coventry efo Eleanor Parry, a dydw i ddim isio mynd yn ôl i fan'no, reit siŵr.

'Honno ddaru drio bachu'r titsiar 'na o'r Cownti,' medda hi wedyn.

Rydw i'n mentro nodio, gan fod pawb arall wedi gadal.

'Mae o wedi'i dympio hi, 'dydi?'

Er nad ydw i wedi deud gair, mae hi'n gwbod yn iawn fod hynny'n newydd i mi.

'Fel gnes i efo chdi, 'te. Pwy fydda isio bod yn ffrindia efo hogan dwp nad ydy hi'n gwbod dim am ddim?'

Ac i ffwrdd â hi, cyn i mi allu ei hatgoffa ma' fi ddaru'i gwrthod hi.

Mae Mam yn deud, amsar cinio, fod yn rhaid i mi fod yn fwy gofalus nag erioed rhag ypsetio Miss Evans.

'Am fod yr Edgar James 'na wedi'i dympio hi, ia?' medda fi, yn falch nad oes raid i mi ofyn pam.

'Mae hwnna'n air na ddyla genod neis byth ei ddefnyddio.'

'Dyna ddeudodd Eleanor Parry.'

'Sy'n profi 'mhwynt i. A sut w't ti'n gwbod 'i enw fo?'

'Mrs Morris tŷ pen oedd yn sôn amdano fo.'

'Be oeddat ti'n ei neud yn fan'no?'

'Galw i weld sut oedd hi, 'te. Mae Miss Evans wedi bod yn cerddad heibio i dŷ Jane ei chneithar, lle mae o'n lojio, wn i'm faint o weithia yn y gobaith o'i weld o, ac yn sefyll wrth gornal Post am bedwar o'r gloch bob dydd Gwenar, pan fydd o'n postio llythyr i'w fam. Fydda ganddo fo ddim dewis ond priodi Miss Evans, medda Mrs Morris. Ond mae'n rhaid ei fod o wedi gweld y gola fel gnath . . .'

Rydw i'n sylweddoli 'mod i wedi deud gormod pan mae Mam yn rhythu arna i, ac yn gofyn,

'Pwy, felly?'

'Saul ar ffordd Damascus a Hannah-molwch-yr-Arglwydd ar ei ffordd adra o'r Meirion.'

'Mynd i tŷ pen i holi ddaru ti, 'te? Mi ddylat wbod nad ydy hel straeon yn beth ddyla genod neis ei neud chwaith.'

Wrth gwrs fy mod i, ac yn gwbod hefyd nad ydw i'n un o'r genod neis. Does 'na 'run o'r rheiny'n cuddio potal o dan ei sgert ac yn tywallt y llefrith i lawr y pan, yn sgwennu penillion na fiw i neb eu gweld nhw, ac yn gyrru ei ffrind-gora-i-fod a'i mam i uffarn. Ond taswn i'n un ohonyn nhw, mi fyddwn i'n fwy dwl nag ydw i hyd yn oed, gan nad oes 'na neb neis yn gwrando tu ôl i ddrysa ac yn holi er mwyn cael gwbod.

'Os digwyddi di daro ar Miss Evans, paid â gofyn sut mae hi, beth bynnag 'nei di.'

'Be ydw i fod i'w neud, 'lly?'

'Dim ond gwrando, a chytuno efo pob dim mae hi'n ei ddeud.'

'Hyd yn oed os nad ydw i?'

'Yn enwedig os nad w't ti. Cadw at y ffordd gefn ydy'r peth gora.'

'Falla dylan ni ofyn iddi ddŵad yma i de.'

Mae Mam yn edrych arna i fel tasa hi'n meddwl fod collad arna i.

'I be, mewn difri?'

'Ma'n rhaid ei bod hi'n teimlo'n unig iawn.'

'A bai pwy ydy hynny? Mi alla fod wedi dinistrio bywyd y dyn bach 'na, yn rhedag ar 'i ôl o a gneud niwsans ohoni'i hun.'

Ond dydw i ddim am i Miss Evans feddwl ein bod ni wedi troi ein cefna arni hi. Dyna pam rydw i'n gadal drwy'r drws ffrynt. Wn i ddim pam fod gen i biti drosti chwaith, a hitha wedi bod mor gas efo fi am dorri'r ffenast, ac wedi codi'r rhent am fod Mam wedi'i hatgoffa hi fod Madame Rees yn LRAM.

Wrth i mi gerddad i lawr stryd ni, mi fedra i ei gweld hi fel roedd hi'r dwrnod hwnnw pan oedd Duw yn ei nefoedd a phob dim yn iawn efo'r byd. Fedar hi ddim credu hynny byth eto. Dyna lle bydd hi yn drws nesa ar ei phen ei hun bach, a ffon ei thad yn hongian wrth y drws ffrynt er mwyn gneud i bobol feddwl fod 'na ddyn yn y tŷ. Ond er fy mod i, fel un sydd wedi gorfod dioddda, yn gallu sbario chydig o biti, mi dw i'n meddwl fod yr Edgar James 'na wedi cael gwaredigaeth, fel gafodd Dad.

A' i ddim i alw am Ann. Ond mae'r drws yn agor wrth i mi fynd heibio, a hitha'n dŵad allan. Mi fedra i glywad Porci Pugh yn gwichian dros y tŷ.

'Fi ddaru'i binsio fo,' medda Ann, a rhoi clep i'r drws. 'Mi oedd o 'di byta'r brechdana i gyd cyn i mi gyrradd adra, y crystia a'r cwbwl. Chest titha ddim cinio chwaith?'

'Do, llond 'y mol.'

'Pam ti'n edrych mor flin, 'ta?'

'Digalon ydw i. Meddwl am Miss Evans drws nesa. 'I hun fydd hi am byth rŵan.'

'Braf arni'n cael gneud fel licith hi.'

Dydy Ann rioed wedi teimlo piti dros neb ond hi'i hun. Ond be sydd i'w ddisgwyl, a hitha efo brawd fel Porci? Fedrwn i'm diodda cael brawd, o unrhyw fath. Hen betha budron ydy hogia, eu trwyna nhw'n rhedag a'u traed yn drewi, yn cicio ac yn pwnio'u gilydd, ac yn gweiddi, 'T'isio ffeit?' drwy'r amsar.

Mae hi'n pwyntio at glamp o garrag ar ben wal ac yn gofyn,

'Ti'n meddwl y gneith hon y tro?'

'I be?'

'Dydw i'm yn ffansio rhoi 'nhrwyn arni chwaith. Ddim heb 'i golchi hi gynta.'

'Waeth i ti honna ddim,' medda fi, a dal fy nhafod rhag deud na fydda hi'm tamad gwell tasa hi'n cadw'i thrwyn ar y maen tan ddydd dot.

'Gesia be ydw i'n 'i gael am basio'r Scholarship.'

I be a' i i foddran dyfalu? Does ganddi fawr o obaith ei gael, beth bynnag ydy o.

'Beic newydd. Mae Mam yn deud nad ydw i i adal i neb 'i reidio fo, ond mi gei di'n helpu i i'w wthio fo i fyny'r gelltydd.'

Rydw i'n cael fy arbad rhag deud be gaiff hi ei neud efo'i beic gan ein bod ni wedi cyrradd giât yr ysgol. Mae Megan Lloyd yn codi'i llaw arna i, ac Ann yn gofyn,

'Pam mae hi'n gneud hynna?'

'Isio bod yn ffrindia mae hi, 'te.'

'Efo chdi?'

''Di sylweddoli ein bod ni'n dwy'n adar o'r unlliw mae hi.'

'Be mae hynny'n 'i feddwl?'

'Ei bod hi a finna 'run mor glyfar.'

'Ers pryd?'

'Bora 'ma.'

Mi ofynnas i Dad neithiwr be ydy *grindstone* a deud, pan oedd Mam yn y gegin gefn, fod Miss Hughes am i ni gadw'n trwyna arni.

'Peth peryg i' neud,' medda fo dan chwerthin. ''Sgen ti fawr o drwyn ar y gora.'

Tra mae pawb yn moedro'u penna efo rhifa sy'n rhaid wrthyn nhw i ddod ymlaen yn y byd, rydw i'n gneud y gora o'r dalent sydd gen i, er nad oes 'na 'run marc i'w gael yn y Scholarship am sgwennu penillion:

> Peth peryg ydy dal carrag hogi
> yn rhy glòs wrth dy drwyn di.
> Mi fedar wrth rwbio
> gael gwarad ohono
> a d'adal heb synnwyr arogli.

24

Mae hi'n be mae Mam yn ei alw'n *spring cleaning* yn tŷ ni. Fiw i Dad a finna roi rhwbath o'n dwylo am eiliad nad ydy hi wedi'i sgubo fo o'r golwg.

'Lle w't ti 'di rhoi'r *Rhedegydd*, Jen?' medda Dad. 'Mi dw i'n siŵr 'mod i wedi'i adal o ar y gadar 'ma.'

'Peth i ista arni ydy cadar.'

'Dyna o'n i'n neud nes i ti 'ngorfodi i i symud.'

'W't ti wedi clirio'r gwe pry copyn 'na oedd rhwng y distia?'

'Do, ond mi oedd yn biti calon gen i ddinistrio'i gartra bach o. Wn i'm i be w't ti'n trafferthu.'

'Trafferthu ydy cael gwarad â llwch a llanast, ia?'

'On'd oedd y lle'n iawn fel roedd o.'

'"Nid glân lle gellir gwell".'

'"Da" ydy hynny, Mam.'

''Run peth ydy'r ddau. "Glendid sydd nesaf at dduwioldeb".'

'Dyna i ti ddynas ydy dy fam,' medda Dad. 'Yn gallu glanhau a dyfynnu o'r Beibil 'run pryd.'

'Dydy honna ddim yn adnod, ond mi ddyla fod. A paid ag ista yn fan'na. Mi dw i newydd olchi'r clustoga.'

'Waeth i mi fynd am y gweithdy felly, ddim.'

'Ia, 'na chdi. Siawns nad oes 'na ddigon o lwch i dy fodloni di yn fan'no.'

'Mae o'n gneud y lle'n glyd iawn.'

Fel mae o'n plygu i roi cusan i Mam ar ei thalcan, rydan ni'n clywad curo ar y drws ffrynt.

'O, diar,' medda Mam, yn yr un llais yn union â mam Ann pan fydd rhywun yn torri ar ei rwtîn hi. 'Dos i'w atab o, Helen. A gofala gau'r drws canol ar d'ôl.'

Ann sydd 'na, a golwg fel tasa hi wedi codi'r ochor chwith i'r gwely arni. Fydda hi ddim wedi dŵad yn agos yma oni bai fod arni ofn i mi ei dympio hi am Megan Lloyd.

'Tyd 'laen, 'ta,' medda hi.

'I lle?'

'Be wn i?'

'Awn ni i lawr i Gwmbowydd i hel clycha'r gog, ia?'

'Be 'di rheiny?'

'Blw bells, 'te.'

'Pam na fasat ti'n rhoi'r enw iawn iddyn nhw? P'un bynnag, mi fydda'n well gen i fynd i'r parc.'

Y parc amdani, felly. Mae gofyn bod yn ddewr iawn i feiddio mynd yn groes i Ann pan mae hi yn un o'i hwylia drwg.

Rydan ni'n mynd heibio i Mr Pritchard, sy'n pwyso ar y giât ac yn mygu fel corn simdda, ac ynta'n gofyn,

'A sut hwyl sydd arnoch chi'ch dwy fach bora 'ma?'

'Dim,' medda Ann, a gwgu arno fo.

'Pwy sy wedi dwyn dy uwd di, 'lly?'

'*Bacon* oedd o, Mr Pritchard.'

Dydy hi'n gneud dim ond cwyno yr holl ffordd. Tra oedd hi yn y gegin yn rhoi menyn ar y bara i neud sandwij bacon, roedd Porci wedi sglaffio'r cwbwl. Mi fydda wedi rhoi celpan iawn iddo fo oni bai ei bod hi'n rhy wan o isio bwyd.

'Be ddeudodd dy fam?' medda fi.

'Fod ganddi hi ormod o waith smwddio i allu ffrio rhagor.'

Wedi i ni gyrradd y parc, mae hi'n cwyno na fedar hi gerddad ddim pellach, ac yn ista ar fainc gyferbyn â'r lle chwara bowls. Does gen i'm dewis ond aros yno efo hi, yn gwrando ar hen ddynion, eu penglinia'n clecian wrth iddyn nhw drio codi o'u cwrcwd, yn dadla ac yn cyhuddo'i gilydd o dwyllo.

Yn sydyn reit, mae hi'n neidio ar ei thraed ac yn deud,

'Mae gen i betha gwell i' neud ar ddydd Sadwrn nag edrych ar hen ddynion yn chwara efo peli.'

'Fel be?'

'Mi dw i ormod o isio bwyd i allu meddwl rŵan. Galw amdana i ar ôl cinio.'

Ac ar ôl 'y ngorfodi i i ddŵad yma, mae hi'n mynd â 'ngadal i.

Cyn i mi allu gneud hynny roedd hi wedi galw amdana i. Mam agorodd y drws. Rŵan ei bod hi wedi cael gwarad o bob tamad o lwch o'r gegin a'r lobi, doedd ganddi ddim ofn i neb weld i mewn. Dyna hi'n cymyd un golwg ar y goits gadar oedd wedi'i pharcio wrth y giât, ac yn gofyn,

'Ydach chi'ch dwy ddim braidd yn hen i fod yn chwara efo dolis?'

'Babi go iawn ydy hwn, Mrs Owen. Fi ydy 'i nani o am y pnawn.'

Does 'na 'run babi yn ein teulu ni, diolch am hynny. Petha bach hyll ydyn nhw i gyd, a do'n i ddim yn licio golwg hwn, o gwbwl. Roedd o'n llond y goits gadar, ac yn fy atgoffa i o Porci Pugh. Hogyn Emily, ei chneithar, oedd o, medda Ann, ac yn werth y byd i gyd yn ôl ei fam. Methu deall o'n i sut oedd honno wedi trysio Ann i edrych ar ei ôl o. Nid chwara efo dolis fydda hi, ond eu waldio nhw yn erbyn y wal os oeddan nhw'n camfyhafio.

'Be ydy enw'r hogyn bach?' medda Mam.

'Robert, ond Bobi fydd pawb yn 'i alw fo.'

Pan blygodd Mam dros y goits gadar a deud, 'Helô, Bobi', fe ddechreuodd hwnnw sgrechian, nes gneud ei hun yn hyllach fyth.

'Stopia hynna, neu mi ro i smacan i ti,' medda'r nani.

'Faswn i'm yn gneud hynny, Ann,' rhybuddiodd Mam. 'Dydach chi ddim isio ypsetio Emily.'

Ers i'r Gwnidog wrthod ei phriodi hi, ac i Mam ddeud y bydda'n rhaid i'r Swyddfa neud y tro, mae Emily wedi digio'n bwt wrth bobol capal.

'Ddeudoch chi wrthi eich bod chi'n galw am Helen?'

'Naddo, neu fydda hi'm wedi gadal i mi ddŵad â fo.'

'Falla y bydda'n well i chi fynd eich hun.'

Ond doedd dim posib iddi allu ei wthio fo i fyny'r rhiwia, medda Ann, ac ynta'n pwyso tunnall.

Dim ond ochneidio ddaru Mam, a deud,

'Gnewch yn siŵr eich bod chi'n cadw at y strydoedd cefn.'

A dyna 'naethon ni nes cyrradd Baron's Road, sy'n arwain am Gwmbowydd.

Mi fydda'n well gen Ann fynd i'r parc, medda hi, ond do'n i'm am adal iddi gael ei ffordd ei hun unwaith eto. Dyna hi'n rhoi sgŵd i'r goits gadar yn ei thempar, a'r Bobi 'na, nad oedd o'n werth y byd i neb ond ei fam, yn dechra cicio a nadu.

'Oes gen ti rwbath iddo fo'i fyta?' medda fi. Cwestiwn gwirion, gan nad oes 'na byth 'run tamad sbâr yn eu tŷ nhw.

'Tyn o allan a'i roi o i ista ar y gwair.'

'Tyn di o.'

Ond roedd angan dwy ohonon ni i'w godi. Fe

eisteddon ni ar garrag, wedi ymlâdd, yn edrych ar y babi'n stwffio llond dwrn o wair i'w geg.

'Be tasa fo'n llyncu hwnna?' medda fi.

'Mi geith neud, os ydy o ddigon gwirion.'

Gan fod pobol yn deud fod peryg i chi gael peils wrth aros yn rhy hir ar garrag oer, mi es i ista yn y goits gadar, oedd yn ogleuo o bowdwr talc ac yn teimlo braidd yn damp. Ond roedd Ann wedi anghofio rhoi'r brêc arni, ac i ffwrdd â fi i lawr y llechwadd fel cath i fan'no, a dros yr ymyl i ganol drain.

Mae'n rhaid fod Ann, oedd yn cogio cysgu, wedi 'nghlywad i'n gweiddi am help, ond y cwbwl 'nath hi, pan lwyddas i gael y goits a fi'n hun yn rhydd a dringo'n ôl, oedd agor cil un llygad a gofyn,

"Di bod yn chwilio am fwyar duon w't ti?'

Sylwodd hi ddim ar y crafiada ar y goits gadar, a doedd dim tamad o ots ganddi am fy rhai i. Roedd Bobi'n rhochian ac yn tynnu'r stumia rhyfedda.

'Mae'r babi 'na'n mygu, Ann,' medda fi, wedi dychryn am 'y mywyd.

'Gneud jobi mae o, 'te. Mi fydd raid i mi fynd â'r mochyn bach adra'r munud 'ma.'

Er nad o'n i rioed wedi clywad y gair, mi wyddwn yn iawn be oedd o'n ei feddwl wrth i mi ei helpu i'w godi a'i lwytho i'r goits. Pan ddeudis i y dyla hi sychu'i geg rhag ofn i Emily gael ffit, fe estynnodd hancas o'i phocad, poeri arni, a gwasgu'i thrwyn cyn mynd ati i rwbio. Erbyn iddi orffan, roedd gwefusa Bobi yn binc, a'r hancas 'run lliw â'r gwair.

'Ych-a-fi,' medda hi. 'Mae gen i betha gwell i' neud nag edrych ar ôl babis drewllyd. Awn ni am *ice and port* i siop Paganuzzi wedi i mi gael gwarad â hwn.'

'Oes gen ti bres?'

'Mi fydd gen i, ar ôl i mi ga'l 'y nghyflog gen Emily.'

Siawns nad o'n inna'n haeddu rhan o'r cyflog, ond wela i 'run geiniog ohono fo, na'r un *ice and port* chwaith, gan mai dim ond pishyn tair sydd gen i, a pres casgliad Cwarfod Dirwast ydy hwnnw i fod.

'Ti'n dŵad, 'ta?'

'Nag'dw.'

'Gna fel lici di.'

Ac i ffwrdd â hi nerth ei thraed am yr ail dro mewn dwrnod. Mi 'nes fy hun mor gyfforddus ag y medrwn i ar glwt o wair, yn ddigon pell o lle roedd babi wyth mis Emily wedi gneud ei fusnas, a meddwl sut ro'n i'n mynd i egluro'r sgriffiada ar fy nghoesa i Mam.

Efallai y dylwn i gadw ffrwyn dynnach ar Helen, ond fe fyddai
hynny'n biti a hithau'n cael y fath flas ar lunio un celwydd ar
ôl y llall. Mae gen i ryw gof o fynd â babi am dro unwaith, a
cheisio cuddio rhag Mam ar ôl cyrraedd adra. Gweld ei chyfla
wnaeth Helen, mae'n siŵr. Dydy'r hyn mae hi'n ei ddweud am
Ann yn poeni dim arna i, gan nad oes modd brifo rhywun nad
oedd hi'n bod. Ond dydw i ddim am iddi feddwl fod ganddi'r
hawl i ddweud be fyn hi am Mam a 'Nhad, a'u gwneud yr hyn
nad oeddan nhw. Er nad ydy hynny wedi digwydd hyd yma,
ofni rydw i y bydd iddi fanteisio gormod ar ei rhyddid a'i
droi'n benrhyddid. Rydw i'n cofio 'Nhad yn sôn fel y byddai'r
hen bregethwyr yn 'chwarae i'r galeri', ac yn defnyddio'u pŵer
i beri i bobol gredu fod pob gair yn efengyl. Ond efallai eu bod
nhw yn credu mai dyna'r gwir, a dim ond y gwir. Wedi'r cyfan,
does yna ond trwch blewyn rhwng gwirionedd a chelwydd, fel
sydd rhwng caru a chasáu, a pheth hawdd ydy camgymryd y
naill am y llall.

Pa hawl sydd gan rywun â chof rhidyll fel fi i weld bai ar
Helen am dynnu ar ei dychymyg, a'i chyhuddo o lunio
celwyddau? Dim ond llenwi'r bylchau y mae hi; gwneud iawn
am fy niffyg i. Ond mae meddwl amdanaf fy hun yn mynd fel
cath i gythral i lawr y llechwedd mewn goits gadair yn codi
cwilydd arna i, a fyddai'n ddim gen i ddileu'r bennod.

Rydw i'n diffodd y cyfrifiadur ac yn gadael y stydi.

'Dw't ti ddim yn cael hwyl arni heddiw?' meddai Elwyn,
yn synhwyro fod rhywbeth wedi tarfu arna i.

'Wedi cael llond bol ar Helen rydw i . . . yn mynnu cymyd
drosodd.'

'Ei stori hi ydy hon, 'te?'

'Ond fy enw i fydd ar glawr y nofel.'

Ia, fy enw i, mewn llythennau breision. Be fyddan nhw'n
ei feddwl ohona i, y rhai sy'n fy nghofio fel ro'n i, fel y dyn

hwnnw ar stryd y Blaena, oedd yn fy nabod yn ddigon da i alw 'ti' arna i?

Efallai y dylwn i roi nodyn ar y dechrau yn dweud, 'Dychmygol yw holl gymeriadau'r nofel hon'. Ond fyddwn i ddim tamaid gwell na Helen wedyn, a minnau'n gwybod mai celwydd fyddai hynny.

'Dydy'r Nesta 'na ddim wedi cydnabod ei derbyn hi hyd yn oed.'

'Rho gyfla iddi. Fydd hi byth yn darllan llyfra Cymraeg, meddat ti.'

'Nac yn siarad fawr o Gymraeg chwaith. Ond ei dewis hi oedd priodi Sais.'

'Be 'nath iddo fo'i gadal hi, tybad?'

'Fyddat ti ddim yn gofyn hynna tasat ti'n nabod Nesta.'

'A faint w't ti'n 'i wbod amdani?'

'Gymaint ag ydw i'n dymuno'i wbod. Doedd ei fod o wedi mynd yn mennu dim arni, mae'n rhaid, neu fydda hi ddim wedi gallu ei anghofio mor hawdd.'

'Cymyd arni mae hi, falla . . . cuddio'i theimlada.'

'Does ganddi ddim teimlada i'w cuddio. Mi dw i'n falch nad oedd hi yno pan alwas i.'

'Lle roedd hi, felly?'

'Yn hen festri Maenofferen efo'r criw Jam a Jerusalem.'

'Fel y Calendar Girls mae'r rheiny'n cael eu nabod bellach. Pa fis ydy Nesta, meddat ti?'

'Mis Mehefin.'

'Pam hwnnw?'

'"Onid yw'r wennol, fu c'yd ar ffo/ Yn ei chynefin, yn nhes Mehefin/ Wedi anghofio fod tecach bro?"'

'Mae hi yno i aros, ydy?'

'Ac yn teimlo fel tasa hi rioed wedi gadal y lle, medda hi. Ond dydy'r brodor byth yn dychwelyd, yn nag ydy?'

'Mynd yn ôl 'nath Thomas Hardy hefyd.'

'A dal i fyw yn y gorffennol.'

'Wyt ti'n cofio'r traffarth gawson i ni i ddod o hyd i'r tŷ? A hwnnw wedi cau pan gyrhaeddon ni.'

Ydw, ac yn cofio sefyll y tu allan i Max Gate, yn syllu ar y fynwent cŵn yn yr ardd, ac yn meddwl am y Florence ifanc gafodd ei gorfodi i rannu'i chartref efo ysbryd y wraig gyntaf.

'Mi fydda'n rheitiach iddo fo fod wedi rhoi sylw i Emma tra oedd hi byw na thrio lleddfu'i gydwybod drwy neud santas ohoni wedi iddi farw.'

Rydw i'n tewi'n sydyn. Wrth fy nesg y dylwn i fod, nid yn gwastraffu amsar yn gweld bai ar bawb ond fi fy hun. Mae Elwyn yn syllu'n bryderus arna i. Dydw i ond yn disgwyl iddo roi ei law ar fy nhalcan, fel byddai Mam, a gofyn, 'W't ti'n hel am rwbath, d'wad?'

'Be tasan ni'n mynd i Landudno am y pnawn.'

'A gneud be?'

'Ista ar y prom yn edrych ar y môr?'

'Efo hen bobol nad oes ganddyn nhw ddim byd gwell i' neud. Dydw i ddim wedi cyrradd y stad honno eto, diolch byth.'

'Meddwl o'n i bydda symud lle yn gneud lles i ti.'

'Yn lle bod â 'nhrwyn ar y maen yn fan'ma.'

'Dw't ti ddim am gael dy adal heb synnwyr arogli, w't ti?'

Mae hynny'n ddigon i wneud i mi wenu, o leia.

'Rydw i'n cofio byta platiad o benwaig noson cyn y Scholarship. Mrs Jones drws nesa oedd wedi deud wrth Mam nad oedd 'na ddim byd gwell i fagu brêns.'

'Coel gwrach.'

'Mi weithiodd i mi, beth bynnag. Ro'n i'n teimlo bora trannoeth y medrwn i atab unrhyw gwestiwn, datrys unrhyw sym. Be 'nest ti'r noson cynt?'

'Gweddïo am help, mae'n debyg.'

'Un â'i ffydd yn Nuw, a'r llall â'i ffydd mewn penwaig!'

Mae'r wên yn troi'n chwerthin, a hwnnw mor effeithiol ag arogl ffisig brown Doctor Jones.

'Mae isio mynadd Job efo fi, 'does?'

'Weithia, falla, ond fyddwn i'm yn dy newid di am y byd.'

'Hyd yn oed am Helen?'

''Run peth ydy ci a'i gynffon, 'te.'

'Ac mae ar y naill angan y llall. Awn ni i Landudno ryw ddiwrnod arall, ia?'

'Iawn. Mi dw i ddigon hapus lle rydw i.'

'A finna.'

Yn ôl yn y stydi, mi alla i glywed Helen yn dweud, yn llawn hyder, 'Reit 'ta, be am y Scholarship 'na?'

'Anghofia hwnnw,' medda finna, yr un mor bendant.

25

Er bod y Scholarship drosodd a finna'n rhydd i neud be fynna i, does gen i ddim mymryn o awydd symud. Ond os arhosa i yma wrth y bwrdd lawar hirach, mi fydd Mam yn meddwl fy mod i'n sâl. Falla yr a' i ati i sgwennu stori am yr enath yn y llun sydd ar wal y llofft ffrynt. Mae 'na dŷ yn y pelltar, a hitha'n sefyll ar y bont a'i chefn ato fo, yn syllu ar y dŵr. Fel 'yr eneth ga'dd ei gwrthod' y bydda i'n meddwl amdani, wedi cael ei throi allan o'i chartra am neud rwbath na ddyla hi, a heb ffrind yn y byd. Mi fydd raid i mi fynd i'w gweld hi cyn dechra sgwennu, er mwyn trio deall pam y deudodd Nain, 'Druan â hi', a pam oedd Dad yn mynnu mai dim ond wedi'i gau oedd y drws.

Erbyn i mi gyrradd y llofft, rydw i'n teimlo fel taswn i wedi dringo'r Moelwyn, a fedra i neud dim am sbel ond ista ar y gwely. Hon ydy'r llofft ora, yn cael ei chadw ar gyfar pobol ddiarth, pwy bynnag ydy'r rheiny, ac mae hi bob amsar yn oer. Ond mi dw i'n falch o hynny heddiw, gan fod fy mhen i fel tasa fo ar dân. Wrth i mi droi i edrych ar y llun, mi alla i 'ngweld fy hun yn rhythu arna i o wydyr y bwrdd gwisgo. Dyna'r peth hylla welas i rioed.

Mae Mam yn dŵad ar ras i fyny'r grisia wrth fy nghlywad i'n sgrechian, yn cymyd un golwg arna i, ac yn deud,

'Ro'n i'n ama dy fod ti'n hel am rwbath.'

Dim ond ar Ddolig y byddwn ni'n cynna tân yn y parlwr, ond yma rydw i rŵan. Y peth cynta 'nath Mam oedd cau'r cyrtan, ofn i'r gola neud drwg i fy llygaid i, medda hi, ond mi dw i'n meddwl fod ganddi fwy o ofn i rywun fy ngweld i. Pan mae Dad yn cyrradd adra i'w ginio, dydy o ddim yn mentro ymhellach na'r drws.

'Fydd y sbotia 'na fawr o dro'n clirio, 'sti,' medda fo, a'i heglu hi am y gegin.

Ond be tasan nhw ddim, a finna'n gorfod aros, fel Nain, yn y twllwch am byth? A p'un bynnag, be ŵyr Dad, nad ydy o rioed wedi diodda dim byd gwaeth nag annwyd, am salwch?

Rydw i'n ei glywad o'n gofyn i Mam,

'Ydy pobol yn cael y frech goch, d'wad?'

Dyna'r cwestiwn rydw inna'i ei ofyn pan mae hi'n picio i'r parlwr i roi rhagor o lo ar y tân.

'Nag ydyn, gobeithio,' medda hi. 'Fyddi di'n iawn dy hun am chydig? Mi dw i am fynd draw i'r syrjeri i nôl ffisig i ti. Paid â gadal i'r tân 'ma fynd allan.'

Mi fydd yno am oria. A finna ar fy mhen fy hun yn fan'ma, yn chwys doman ac yn cosi drosta. Druan ohona i.

Mae rhywun yn tapio ar y ffenast, a llais gwichlyd yn galw f'enw i. Ann sydd 'na, mae'n siŵr, er nad ydy hi'n swnio'n ddim byd tebyg i arfar. Fedra i ddim gadal iddi 'ngweld i fel hyn. Rydw i'n gweiddi, 'Dos o'ma', ond dydy hi'n cymyd dim sylw ohona i, a does gen i'm dewis ond llusgo fy hun at y ffenast a sbecian allan heibio i gil y cyrtan.

'Mi dw i'n mynd i joinio'r *Tennis Club*,' medda hi, yn yr un llais gwichlyd.

Mae hi mewn gwyn i gyd, ac yn gwisgo'i *divided skirt* rhag ofn i'w nicers ddangos pan fydd hi'n plygu.

Fedrwn i ddim fforddio perthyn i'r Clwb, hyd yn oed tasan nhw'n fodlon fy nerbyn i. Go brin y galla i chwara tennis byth eto, ran hynny, a finna wedi difetha 'ngolwg drwy adal y gola i mewn.

Mae hi'n deud rwbath sy'n swnio fel 'ti'n well'. Rydw i'n ysgwyd fy mhen, a hitha'n gwgu arna i drwy'r gwydyr.

'Mi dw i 'di bod yn practeisio bob nos, 'dydw,' medda hi. 'Ac os nad w't ti'n 'y nghredu i, edrych ar hyn, 'ta.'

Mae hi'n dal ei raced i fyny, yn cymyd arni serfio, ac yn gweiddi *'Fifteen love'* cyn mynd â'i phen yn gynta am y ffens fach sydd rhwng y cerrig glas a'r ardd. Fydd Dad ddim yn hapus os ydy hi wedi torri honno ac ynta wedi bod wrthi am ddyddia'n ei gosod hi.

Erbyn i Mam gyrradd, rydw i'n ôl yn fy nghadar.

'Mi dw i newydd weld Ann,' medda hi. ''Di bod yma oedd hi, ia, wedi clywad dy fod ti wedi cael y frech goch?'

'Ddaeth hi ddim pellach na'r ffenast.'

'Naddo, siawns. Roedd hi'n crio gormod i allu fy atab i pan ofynnas i be oedd yn bod. Fuost ti ddim yn gas efo hi, gobeithio, a hitha wedi dŵad i edrych amdanat ti?'

'Dangos 'i hun oedd hi.'

'Yn gneud be?'

'Cogio chwara tennis. A mynd yn glats yn erbyn y ffens fach. Ydy honno wedi torri?'

'Ddim i mi sylwi, ond roedd 'na olwg mawr ar y bat.'

'Raced ydy hi, Mam.'

'Dyna oedd hi, falla.'

'Wedi dŵad i ddeud ei bod hi'n mynd i berthyn i'r Clwb Tennis pnawn 'ma oedd hi.'

'Pam na roi di fenthyg dy fat di iddi?'

'Mi fydda'n well gen i ei daflu o i'r tân 'na.'

'Pa dân?' medda hi. 'Mi ofynnas i i ti beidio gadal iddo fo ddiffodd, yn do?'

'Mi dw i'n teimlo'n swp sâl, 'dydw, yn rhy wan i allu symud.'

'Gora po gynta i ti ddechra cymyd y ffisig 'ma, felly. A paid â phoeni am y tân. Fydda i fawr o dro'n 'i ailgynna fo.'

Er ei bod hi'n gneud ati i fod yn glên, mi wn i 'mod i wedi'i siomi drwy ddeud y bydda'n well gen i losgi'r raced yn ulw gols na rhoi ei benthyg i Ann. Ond mae Mr Pugh, sy'n stiward yn y chwaral, yn siŵr o brynu un newydd sbon iddi, ac mi fydd yn ei hôl yn y parc cyn pen dim, yn neidio o gwmpas fel sboncyn gwair, ac yn rhoi'r bai ar y raced bob tro y bydd hi'n methu hitio'r bêl.

A lle bydda i? Yn dal i guddio yn fan'ma, rhag ofn i mi godi ofn ar bobol, a heb obaith gweld unrhyw bêl, heb sôn am ei hitio hi. Sut galla i deimlo piti dros Ann a finna gymaint o'i angan o fy hun?

Fu ddim rhaid i mi aros yn y twllwch, fel fy nain ddall, wedi'r cwbwl. A rŵan fod y sbotia wedi diflannu, ro'n i'n ffit i fynd i olwg pobol, er nad oedd mam Edwin yn meddwl fy mod i. Pan welodd hi fi, dyna hi'n gafal yn Edwin a'i lusgo fo am y tŷ.

Do'n i ddim wedi bwriadu galw am Ann, ond roedd yn gas gen i feddwl am orfod cerddad y stryd ar fy mhen fy hun, a phawb yn cadw'n ddigon pell oddi wrtha i, rhag ofn.

'Be wt ti'n 'i neud yma?' medda hi. 'Ro'n i'n meddwl dy fod ti'n sâl.'

'Mi dw i'n iawn rŵan.'

'Pwy sydd 'na?' galwodd Mrs Pugh, o'r gegin.

'Helen. Mae hi'n deud ei bod hi'n iawn rŵan.'

'Does 'na ddim rhy ofalus i fod.'

Tasa Ann yn cael y frech goch, fe fydda hynny'n chwara hafoc efo rwtîn Mrs Pugh. A fi fydda'n cael y bai.

'Mi wisga i 'nghloch tro nesa,' medda fi.

Ond roedd hi wedi cau'r drws cyn i mi gael cyfla i sôn am y gwahanglwyfion oedd yn gorfod canu'u clycha a gweiddi 'Aflan, aflan'. Fe fydda hynny wedi'i dychryn hi go iawn.

'Mi w't ti'n ôl yn gynnar,' medda Mam.

'Wedi blino dw i.'

'Mi fydd yn wylia toc, ac mi gei ddigon amsar i ddŵad atat dy hun.'

Ond sut medra i edrych ymlaen at y gwylia, a chanlyniada'r Scholarship yn cyrradd wythnos nesa?

Mae hi'n estyn ei chôt. Ydy o ddim yn ddigon fod mam Edwin wedi sgrialu o 'ngolwg i ac Ann wedi cau'r drws arna i, heb i Mam fynd â 'ngadal i eto a finna ond newydd gyrradd adra?

'Fydda i fawr o dro,' medda hi. 'Dim ond picio i'r Co-op i ordro dillad Cownti i ti.'

'Mae hi ddigon buan i hynny.'

'Ydy, ran hynny.'

Fydda hi ddim wedi deud y fath beth oni bai fod ganddi ofn i mi fethu, a hitha'n gorfod talu am y dillad, heb fod ddim o'u hangan. Ac os ydy Mam, sydd â bob ffydd yn'a i, yn meddwl hynny, a' i ddim i wastraffu rhagor o amsar ar fy nglinia yn gofyn i Dduw neud yn siŵr 'mod i'n pasio. Mae hi'n rhy hwyr rŵan, p'un bynnag. Dwrnod y Scholarship o'n i ei angan O.

26

Mae'r Diwrnod Mawr wedi cyrradd, a Miss Hughes a Miss Jones yn galw ein henwa ni allan a'n gosod i sefyll yn erbyn wal gefn y stafall, 'yn nhrefn teilyngdod'. Enw Megan Lloyd na-all-neud-dim-drwg ydy'r un cynta, wrth gwrs. Rydan ni'n cael ein cadw i aros ar biga drain tra bod y ddwy, yn wên o glust i glust fel y gath yn stori Alice, yn ei chanmol hi i'r cymyla am ddod yn gynta drwy'r sir ac ennill clod i Ysgol y Merched, Maenofferen.

'Sut ydan ni'n teimlo, ferched?'

'Yn browd iawn, Miss Hughes.'

Does 'na ddim gwobr am ddyfalu pwy fydd yn dŵad nesa – Elsi, sy'n cael y marcia ucha ond un ym mhob dim sy'n cyfri.

Rydw i'n croesi 'mysadd, a 'nghoesa. Fiw i mi ofyn am gael mynd i'r lle chwech, neu fe fyddan yn meddwl ma' mynd yno i guddio rydw i, o gwilydd. Ond hwrê cap sgowt, mi fedra i glywad Miss Jones yn galw fy enw i ac yn deud, 'Da iawn chi, Helen.' Mae Miss Hughes yn dal i wenu wrth i mi gymyd fy lle yn y rhes, ond nid am fy mod i wedi pasio. Dim ond chydig o ddyddia eto, a fydda i ddim yma i'w hatgoffa hi o Dad a'r hyn alla fod wedi digwydd oni bai am Mam. A fydd ddim rhaid i minna orfod edrych arni hi'n rhostio'i phen-ôl o flaen y tân chwaith.

Erbyn iddyn nhw gyrradd Ann ac Eleanor Parry, does 'na ddim golwg rhy hapus ar y ddwy. Mi fydda rhywun yn meddwl, wrth weld Ann yn strytian am y cefn, mai hi sydd wedi dŵad yn ucha drwy'r sir. Does ganddi ddim syniad be ydy ystyr 'trefn teilyngdod', mae'n siŵr.

Mae Miss Hughes yn gneud i ni glosio at ein gilydd

fel bod bwlch rhyngon ni a Margaret, yr unig un sydd wedi methu. Rydw i'n teimlo fy stumog yn corddi. Fydda'n ddim gen i fynd ati, rhoi 'mraich amdani, a deud, 'Dydy o'm ots, 'sti.' Ac os clywa i Miss Hughes yn gofyn, 'Sut ydan ni'n teimlo, ferched?' a nhwtha'n atab, 'Siomedig, Miss Hughes', dyna wna i hefyd.

Ond mae'r cwbwl drosodd, a ninna'n ôl wrth ein desgia. Fyddwn i ddim gwell o fod wedi deud, p'un bynnag. Mae bod un wedi methu o ots mawr i rai sydd wedi cysegru eu bywyda i roi'r addysg ora i ni ferched. A'u ffordd nhw o ddial arni oedd ei rhoi i sefyll ar wahân i bawb, fel tasa hi wedi gneud hynny'n fwriadol.

Rydw i'n taflu i fyny i gwtar ar y ffordd adra.

'Ych-a-fi,' medda Ann. 'Mae hynna'n beth budur i' neud.'

'Roedd be ddigwyddodd yn yr ysgol heddiw'n llawar gwaeth.'

Mae hi'n fy nghyhuddo i o fod yn ben bach, ac o weld bai ar Margaret am fethu.

'Sôn am be 'naethon nhw iddi ydw i,' medda fi.

'Pwy? Megan a'r lleill, ia? Welas i mo'nyn nhw'n gneud dim.'

'Miss Hughes a Miss Jones, 'te. Dial arni drwy neud iddi sefyll fel'na ar ei phen ei hun.'

'Dial am be?'

Sut medar neb fod mor dwp? Mae gan Margaret fwy o synnwyr yn ei bys bach nag sydd Ann yn ei holl gorff.

'Fasat ti wedi licio cael dy roi yno?'

'Ond mi 'nes i basio'n do.'

Lwc mul oedd hynny hefyd, ond well i mi beidio deud, rhag ofn i mi orfod ymddiheuro i Mrs Pugh eto.

'Ma'r beic 'di cyrradd. Ddo i â fo i ddangos i ti heno.'

Mae'n rhaid fod gan rieni Ann fwy o ffydd ynddi nag oedd gan Mam yn'a i. Mi fydd yn difaru rŵan iddi gytuno ei bod hi'n rhy fuan i ordro'r dillad o'r Co-op.

Does gen i ddim awydd gweiddi 'Helô' o'r drws, fel bydda i'n arfar ei neud. Mae Mam yn cymyd un golwg ar fy wynab i, sy'n siŵr o fod cyn wynnad â'r galchan, yn gafal mewn cadar i'w sadio ei hun, ac yn deud,

'Hidia befo, mi 'nest ti dy ora.'

Wedi iddi gael gwbod 'mod i wedi pasio, mae hi'n nelu'n syth am y gegin ac yn gofyn pa un fydda ora gen i ar y gacan, eisin gwyn 'ta pinc.

Falla fod mam Margaret wedi paratoi cacan hefyd. Be 'neith hi rŵan? Fedar hi ddim fforddio'i thaflu hi i'r bin, a does yno'r un Porci Pugh i neud iddi ddiflannu. Fydd ganddyn nhw ddim dewis ond ei byta hi.

Y peth cynta mae Dad yn ei weld ar ôl cyrradd adra'n laddar o chwys wedi bod yn gosod carrag ym mynwant Bethesda, ydy'r gacan ar ganol y bwrdd.

'Mi 'dan ni'n dathlu, ydan?' medda fo.

'Dydw i ddim,' medda fi, yn gneud fy ngora i beidio crio.

Nath Margaret ddim crio, dim ond sefyll yno'n edrych ar goll, fel tasa hi'n methu deall be oedd yn digwydd. Dydy Dad ddim yn deall chwaith. Mae o'n sibrwd yng nghlust Mam a hitha'n deud,

'Ydy, siŵr. Wedi cynhyrfu mae hi.'

'Fyddach chi wedi gneud cacan taswn i heb basio?'

'Dyna be ydy cwestiwn gwirion.'

'Fyddach chi?'

'Roedd hi'n barod pan ddoist ti adra, 'doedd?'

Oedd mam Margaret wedi bod yn aros cyn rhoi'r

eisin ar y gacan? Fydda Mam wedi taflu hon i'r bin, heb falio am y costa? Ond cha' i byth wbod hynny, gan fy mod i wedi pasio.

'Sut hwyl gafodd y lleill?' medda Dad, yn fwy na pharod am ei fwyd, rhwng yr holl awyr iach a'r newydd da.

'Dim ond Margaret ddaru fethu.'

'Y gryduras fach. Hi ydy'r un sy'n dda am dynnu llunia, ia?

'Dydy hynny ddim yn cyfri.'

Rydw i'n cymyd tamad o'r gacan i blesio Mam, ac yn ei lapio yn fy hancas bocad yn slei bach. Mi ga' i gyfla heno i'w malu hi'n ddarna mân a'u taflu nhw allan i'r adar. Fydd 'na ddim ohoni ar ôl erbyn y bora. Ond mi fydda i'n cofio heddiw, am byth.

'Be am fynd i Landudno heddiw?' medda fi wrth Elwyn amsar brecwast. 'Mi fedra i neud efo newid bach.'

'Ydy Helen wedi bod yn dy fwlio di eto?'

'Na, fi ddaru fynnu cael deud. Meddwl y bydda hynny'n help i gael gwarad â'r blas drwg.'

'Ond 'nath o ddim?'

'Naddo, mwy na'r taflu i fyny i'r gwtar.'

'Y Scholarship, dyna sy'n dy boeni di, ia?'

'Falla y dylwn i fod wedi gadal i Helen ei neud o'n un o brofiada hapusa 'mywyd i.'

'Fyddat ti'n fodlon ar hynny?'

'Na fyddwn. Ond sut medra i fod yn siŵr ma' fel'na digwyddodd petha?'

'Fedri di ddim, mwy na neb arall. Reit, mi awn ni am Landudno, 'ta.'

'Anghofio am ddoe, a gneud y gora o'r dwrnod.'

Mi wyddwn, sbel cyn i ni gyrraedd, pa mor amhosibl fyddai hynny. Rydw i wedi bod yma ddegau o weithiau, efo'r plant a'u plant hwythau, pan oedd pob heddiw'n ddigon ynddo'i hun. Ond wrth i ni ddilyn Heol Mostyn, heibio i'r hyn sy'n weddill o siop Woolworths, mae'r doe'n glynu wrtha i fel cacimwnci.

Yma y byddan ni'n dod ar drip Ysgol Sul erstalwm, ar yn ail â Rhyl. Ac yn cerddad rownd a rownd Woolworths yn ffansïo hyn a'r llall, er ein bod ni wedi gwario pob ceiniog oedd ganddon ni o fewn yr hannar awr cynta.

'De 'ta chwith?'

'Dos di i barcio. Mae 'na rwbath sy'n rhaid i mi ei neud.'

'Lle byddi di, felly?'

'Ffonia i di.'

Er nad ydy'r haf ond prin wedi cyrraedd, mae'r hen bobol eisoes wedi setlo ar y meinciau. Rydw i'n cadw cyn belled ag *y galla i oddi wrthyn nhw, ac yn eistedd ar y wal gyferbyn â'r bwth Pwnsh a Jiwdi.*

Mae pwt o enath yn trotian heibio, a'i mam yn galw arni i ddal yn dynn yn y llinyn sy'n sownd wrth falŵn fawr, goch. Ond mae'n gollwng ei gafael, a'r falŵn yn manteisio ar y cyfla i ddianc.

'Never mind,' meddai'r fam. 'I'll buy you another.'

Baglu dros garrag wnes i wrth groesi iard y capel lle roeddan ni'n cael te trip Ysgol Sul. Y munud nesaf, ro'n i'n llyfu'r llawr a hylif gludiog y stwff chwythu swigod y rhoddais i 'mhres prin amdano yn llifo i'r pantiau rhwng y cerrig. Pan ddaeth Mam allan, yn ffrwcs i gyd, a gofyn o'n i wedi brifo, fedrwn i neud dim ond ysgwyd fy mhen a phwyntio at y pyllau bach.

'Be ydy'r ots am hwnna, cyn bellad â dy fod ti'n iawn,' meddai hi.

Ond roedd y diwrnod wedi'i ddifetha, a'r gollad yn brifo lawar mwy na'r briwiau ar ddau ben-glin.

Mae'r plant wedi casglu o gwmpas y bwth, y llenni'n agor, a minnau'n fy ngorfodi fy hun i symud yn nes. Mi alla i weld yr hogan fach Ysgol Sul yno yn eu canol, yn gwasgu'i dyrnau, heb eiriau i fynegi'i hofn. Wrth i Mr Pwnsh ddechrau pastynu Jiwdi, mae un o'r bechgyn yn gweiddi, 'Leave her alone, you bastard!'

Rydw i'n estyn y ffôn symudol o'r bag ac yn galw Elwyn.

'Lle w't ti?'

'Wrth y bwth Pwnsh a Jiwdi.'

'Ond mae'n gas gen ti'r sioe, meddat ti.'

'Ydy, ac mi dw i'n deall pam rŵan.'

'Be ydy'r gweiddi mawr 'na?'

'Pwnsh sy'n trio cael y gora ar y diafol. Fedri di ddŵad draw ata i?'

'Mi fydda i yna gyntad medra i.'

Yn ôl â fi at y wal, a'r llais gwichlyd, bygythiol yn atsain yn fy mhen: 'Hurrah, hurrah, I've killed the Devil! That's the way to do it.'

Be fyddai ymateb aelodau'r Cyfarfod Dirwest petai'r gweinidog wedi dewis dull Pwnsh o drechu'r gelyn yn hytrach na geiriau? Mae arogl sur pi-pi cathod yn llenwi fy ffroenau a bloedd Hannah yn boddi sŵn y plant: 'Rhwygwch nhw'n ddarna mân, Mr Griffiths bach.'

'Wel, lwyddodd o i drechu'r hen ddyn?'

Mae Elwyn wedi cyrraedd, a minnau'n dal yn festri Jerusalem yn clywed y Parchedig, oedd yn poeni cymaint am gyflwr y byd a'n dyfodol ninnau, yn dweud, gan ddal ei ddwylo i fyny, 'Edrychwch, does 'na ddim ohono fo ar ôl.'

'O, do, drwy drais.'

'Dim ond darn o bren ydy o, 'sti.'

'Nid dyna ydy o i'r hogyn ddaru ei alw'n fastard gynna, a gweiddi arno fo i adal llonydd i Jiwdi. Nid dyna oedd o i hogan fach ar drip Ysgol Sul chwaith. Ond be wyddwn i am drais a chreulondeb,'te?

'Ro'n i'n meddwl ma' dwrnod i anghofio oedd hwn i fod.'

'Ofn oedd gen i.'

'Ofn?'

'Ma' fi, fel rydw i heddiw, oedd yn ysu am gael croesi at Margaret a deud, 'Dydy o'm ots, 'sti', ac nad oedd dim pellach o 'meddwl i. Ond mi wn i rŵan ei bod hi'n bosib synhwyro anhegwch, a theimlo tristwch a dicter ac ofn, heb ddeall pam.'

'Mae'r dwrnod wedi atab ei bwrpas, felly, diolch i Mr Pwnsh.'

'O, ydy.'

'A lle w't ti am fynd nesa?'

'Yn ôl i stryd ni, os nad ydy wahaniath gen ti.'

Rydan ni'n troi ein cefnau ar Frenhines Trefi'r Glannau a'r ymwelwyr haf sydd, hyd y gwn i, yn rhydd i wneud y gorau o'r heddiw. Fel ro'n i, cyn i mi agor y ffeil newydd, ddi-deitl, a gweld y geiriau, 'Dydy'r lle rydan ni'n byw na theras na stryd' yn ymddangos ar y sgrin.

Mae'r golau'n fflachio ar y peiriant ateb yn y stydi. Rydw i'n pwyso'r botwm coch. Un fer ac i bwrpas ydy'r neges: 'Nesta sydd 'ma. Mi fydda i'n dy ddisgwyl di draw am ddau bnawn Gwenar. Tyd â rhagor o'r stori efo chdi.'

27

Ann ddaru fynnu ein bod ni'n dwy'n cymyd rhan yn y Carnifal.

'A gneud be?' medda fi.

'*Fancy dress*. Mi fedra i fod yn frenhinas, ac mi gei ditha fod yn forwyn i mi.'

'Dydw i'm yn meddwl fod hynny'n syniad da.'

'Pam?'

'Am na fydda brenhinas byth yn cerddad drwy'r stryd. Cael 'i chario ar gefn lorri fydd honno, 'te?'

'Meddwl di am rwbath, 'ta. A well i ti frysio. Mi dw i 'di rhoi'n henwa ni i mewn.'

Wedi bod yn forwyn fach i'r Frenhines Ann fyddwn i oni bai i Dad ofyn i mi fynd efo fo i weithdy Ifan Jones Crydd.

Dim ond un ffenast fach sydd 'na yn y gweithdy, a honno'n we pry cop drosti. Wn i'm sut ma'r Ifan 'na'n gallu gweld i neud ei waith, gan fod y sbectol sy'n hongian ar flaen ei drwyn yr un mor fudur â'r ffenast. Roedd y lle'n llawn dop o sgidia o bob maint, ac ynta'n ista yn eu canol nhw ar stôl uchal. Pan ofynnodd Dad sut oedd busnas, dyna fo'n sbecian arnon ni heibio'i sbectol, ac yn deud, drwy lond ceg o hoelion,

'Tlawd iawn, Dic Ŵan.'

'Pobol sy'n gyndyn o dalu, ia?'

'Gadal 'u sgidia yma ma'r ffernols, 'te, a finna 'di gwario pres ac amsar yn 'u trwsio nhw.'

Fe ddechreuodd dagu, ac roedd gen i ofn iddo fo lyncu'r hoelion. Ond eu poeri allan 'nath o, a phwyntio at bentwr yng nghornal y stafall.

'Weli di rheicw? Ma' nhw 'di bod yn fan'na ers blynyddodd.'

'Taw â deud. Ydy pobol ddim yn gweld 'u hangan nhw, d'wad?'

'Ma'n siŵr dy fod ti 'di gosod cerrig ar y rhan fwya o'r rheiny erbyn rŵan.'

'Ga' i fenthyg dwy esgid ganddoch chi, plis, Mr Jones?' medda fi. 'Un esgid dyn ac un esgid dynas.'

'I be w't ti isio nhw?'

'I Ann a finna'u gwisgo am ein penna yn y Carnifal. A hetia am ein traed, fel pobol gwlad pob peth o chwith.'

'Cym' di be lici di. A chofia ddeud wrth bawb ma' gen Ifan Crydd cest ti nhw.'

'Mi fydda i'n siŵr o neud. A dŵad â nhw'n ôl.'

Mi es i ati i chwilio drwy'r pentwr am ddwy esgid fel y rhai sy yn y llun o'r dyn a'r ddynas yn *Darllen a Chwarae*.

'Dydy o'm yn deg 'ych bod chi 'di gorfod trwsio rhein i gyd am ddim,' medda fi, a gwenu'n glên arno fo.

Ond chymodd o ddim sylw ohona i, dim ond mynd ati fel peth gwyllt i ddobio hoelion i'r esgid oedd ar y mul, a dechra paldaruo a rhegi dan ei wynt. Y munud nesa, dyna fo'n gweiddi nerth ei ben, ''Nelo saith geiniog, myn diawl', ac yn taflu'r morthwl drwy'r ffenast nes bod un o'r paena'n chwalu'n shitrwns.

'Dw't ti ddim gwaeth, gobeithio?' medda Dad, pan oeddan ni ar y ffordd adra.

'Nag ydw, ond ma' Ifan Jones.'

'O leia, mi fydd ganddo fo rywfaint mwy o ola rŵan.'

Gwrthod bod yn ddyn ddaru Ann, a deud 'mod i 'di cael digon o ymarfar wrth chwara rhan Herod yn y ddrama Dolig. Gwrthod rhoi locsyn 'nes inna, gan fod trio cael yr esgid chwaral fawr i aros ar fy mhen a cherddad mewn hetia, heb sôn am orfod gwisgo trowsus Porci Pugh, efo bresys ar draws fy mol, yn fwy na digon. 'Nath Ann ddim byd ond cwyno yr holl ffordd i lawr at y Forum, lle roedd pawb i hel at ei gilydd, er ma' dim ond esgid fach ysgafn oedd ganddi hi ar ei phen a ruban yn ei dal hi'n sownd o dan ei gên. Llinyn oedd gen i'n dal fy un i, a hwnnw'n gwasgu yn erbyn fy llwnc i.

'Waeth i ti heb â swnian,' medda hi, pan ddeudis i hynny. 'Dy syniad di oedd o.'

Un o'r rhai cynta welson ni oedd Eleanor, wedi gwisgo fel sipsi, ei hwynab yn strempia brown a'r gweddill ohoni'n wyn.

'Be sy gen ti ar dy wynab?' medda fi.

'*Gravy browning.*'

'Ti 'di anghofio rhoi peth ar dy ddwylo a dy goesa.'

'Meindia dy fusnas. A pwy dach chi i fod?'

'Cwpwl o wlad pob peth o chwith.'

'Lle ma' fan'no?'

'Ar draws y Môr Trilliw a dros y Bryniau Brith, Eleanor,' medda Ann, nad oedd hi rioed wedi clywad am y lle nes i mi ddeud wrthi.

'Dydach chi'm yn edrych hannar call. Fydd pawb yn chwerthin am 'ych penna chi.'

'Dyna maen nhw i fod i' neud,' medda fi. '*Funniest couple* ydan ni, 'te.'

Ond do'n i ddim yn teimlo'n ddigri o gwbwl erbyn i ni gyrradd Parc Haygarth, fy nhraed a 'mhen yn brifo cymaint â'i gilydd. Roeddan ni wedi gorfod stopio yn

Sgwâr Diffwys, wrth y Midland Bank a Neuadd y Farchnad, tra oedd y *Morris Dancers* o Rhyl, nad oeddan nhw'n gallu dawnsio mwy na finna, yn chwifio'u breichia o gwmpas fel melina gwynt. Wn i'm be fydda gan Miss Evans drws nesa i'w ddeud am y sgertia bach cwta nad oeddan nhw fawr mwy na hancesi pocad. Ond roedd hi wedi'i chloi ei hun yn y tŷ ac wedi cau pob cyrtan, er na fydda'r orymdaith yn mynd yn agos i stryd ni. Dwrnod i'r diafol oedd hwn, medda hi.

Fis yn ôl, un o blant bach Iesu Grist a Maenofferen M.C. o'n i, yn cerddad drwy'r stryd fawr mewn costiwm, het siâp powlan, menig bach lês, a sgidia newydd oedd yn pinsio 'modia i, i lawr i'r Gymanfa yn Capal Bowydd.

Yno y buon ni drwy'r pnawn, fel tasa hi'n ddydd Sul arall, a finna'n methu canu nodyn am fod Llinos Wyn yn gneud sŵn brân wrth fy ochor i. Chawson ni 'run bregath, diolch byth, dim ond be oeddan nhw'n ei alw'n 'anerchiad gan y llywydd'. Wydda hwnnw ddim pryd i roi'r gora iddi chwaith, ac fe fyddan ni wedi bod yno tan y cwarfod nos tasa'r organ heb ddechra rhuo dros y lle wrth i Miss Evans dynnu'r stops allan ar gyfar yr emyn nesa. Ro'n i mor falch ei bod hi a'r Miss Hughes 'na yno i 'ngweld i'n mynd i'r sêt fawr i dderbyn fy ngwobr am gael y marcia ucha yn yr Arholiad Sirol.

Yr ail wobr a swllt yr un gafodd Ann a finna heddiw.

'*And where have you two come from?*' medda un o'r beirniaid.

'Blaena,' medda Ann, a 'gwlad pob peth o chwith' medda finna.

A Mrs Wyn-Rowlands, oedd yno i rannu'r gwobra, yn egluro,

'*That means topsy-turvy land, Judge.*'

Pan oeddan ni'n gadal y cae, fe ddaeth y dyn ddaru ddwyn fy nhwrn i yn y syrjeri aton ni, yn gwerthu ticedi raffl at achos da am ddwy geiniog yr un.

Fedrwn i ddim gwrthod, ac ynta wedi deud yn y siop *chemist* wedyn fod angan Dad yn fwy na'i un o, yn enwedig pan glywas i ma' beic oedd y wobr.

'A be amdanat ti?' medda fo wrth Ann, nad ydy hi rioed wedi rhoi 'run geiniog i neb.

'Mae gen i feic,' medda hitha. 'Awn ni am *ice and port* i Paganuzzi, ia, Helen?'

'Ddo i ddim yn agos i'r lle a'r golwg yma arnon ni.'

'Arnat ti ma'r bai am hynny. Hen syniad gwirion oedd o. Mi fasan ni 'di ca'l *first prize* tasat ti 'di gwrando arna i.'

'Mi dw i isio'r esgid 'na'n ôl,' medda fi. ''Di ca'l 'i benthyg hi gen Ifan Jones Crydd dw i.'

'Hwda hi, 'ta. Be tasa pwy bynnag pia hon 'di gweld hi a meddwl 'mod i 'di dwyn hi.'

'Mae pwy bynnag oedd pia hi 'di marw.'

'Ych-a-fi, ma' hynny'n waeth fyth.'

Ac i ffwrdd â hi, gan ddeud dros ei hysgwydd,

'Tyd ditha â throwsus 'y mrawd bach i'n ôl wedi i dy fam 'i olchi a'i smwddio fo.'

Mae 'nhraed i 'di chwyddo, a prin y medra i gerddad. Ond does 'na fawr o gydymdeimlad i'w gael gan Mam. Aros adra 'nath hitha, fel Miss Evans, nid am ei fod o'n ddwrnod i'r diafol, ond am ei bod hi'n credu ma' hen lol wirion ydy'r cwbwl.

'Cofia dy fod ti wedi addo mynd â'r sgidia'n ôl i Ifan,' medda Dad.

'Fedra i ddim heno.'

'Dos di â nhw, Richard. Mae iaith y dyn 'na'n ddigon i ferwino clustia rhywun.'

'Ma'n biti drosto fo, 'dydy, Dad?'

'Ydy. 'Rhen Ifan druan.'

'Pitïo'r rhai sy'n gorfod gwrando arno fo ddylat ti.'

'Roedd o'n ffeind iawn yn gadal i mi fenthyg y sgidia.'

'Mi oeddach chi'ch dwy'n haeddu ennill,' medda Dad, er mwyn troi'r stori, gan fod y gair 'benthyg' i Mam fel cadach coch i darw.

'Doedd gen y beirniad ddim syniad pwy oeddan ni nes i Mrs Wyn-Rowlands ddeud ein bod ni o *topsy-turvy land*.'

'Be oedd honno'n 'i neud yno?'

'Hi oedd yn rhannu'r gwobra.'

'O, diar,' medda Mam. 'Wn i ddim be fydd hi'n ei feddwl ohona i. Doedd Llinos Wyn ddim yn cymyd rhan yn y sioe 'ma, debyg?'

'Nagoedd, dim ond sefyll ar stepia Midland Bank efo'i thad yn edrych arnon ni'n pasio.'

A'r ddau ohonyn nhw'n amlwg yn meddwl, fel Eleanor, nad oedd Ann a finna ddim hannar call. Ond a' i ddim i ddeud hynny.

'Faint o bres gest ti?'

'Swllt, ond mi rois i ddwy geiniog am diced raffl. Ma' gen i siawns ca'l beic os 'nilla i.'

'Ac ma' Dafydd Morris yn chwara'r un tric eto 'leni, ydy?'

'Ond ma'r pres yn mynd at achos da, Dad.'

'Fo'i hun ydy'r achos da. Beic oedd y wobr llynadd hefyd. A 'sti be ddeudodd o pan ofynnas i pwy oedd wedi ennill? ' "Fi, fel mae'n digwydd, Richard Owen." ' '

'Rhag 'i gwilydd o.'

Mae Mam yn estyn dwy geiniog i mi yn lle'r rhai o'n i wedi'u 'rhoi ar usuriaeth', ac yn gofyn ydw i'n gwbod be ma' hynny'n ei feddwl.

Dydy geiria fel 'usuriaeth' ddim yn broblem i un sy'n adrodd adnoda yn y capal bob bora Sul ac yn gallu atab pob cwestiwn yn yr Arholiad Sirol.

'Ydw, siŵr,' medda fi. 'Ond 'u rhoi nhw i Dafydd Morris 'nes i, 'te?'

'Mi oedd hi'n bwriadu'n dda, Jen.'

'Oedd, mae'n debyg. Ond mi fydd hi'n gwbod yn well tro nesa.'

Maen nhw'n siarad amdana i fel taswn i ddim yma. Waeth i mi fynd i 'ngwely ddim, a trio anghofio am heddiw. Ond mae un peth yn siŵr. Fydd 'na ddim tro nesa. A' i ddim i'r un carnifal byth eto.

Rydw i'n cael andros o draffarth i ddringo'r grisia, ac yn brifo drosta wrth dynnu 'nillad. Er 'mod i wedi blino'n swp, fedra i ddim mynd i gysgu. Dydw i ddim isio dechra cyfri defaid, gan y bydda hynny'n gneud i mi feddwl am Miss Hughes a'i phroblema. Falla bydd sgwennu pennill yn help i allu anghofio:

Roedd Miss Evans yn iawn y tro yma,
dwrnod i'r diafol oedd hwnna.
    Mae'n well cerddad drwy'r dre,
    a phob dim yn ei le
efo plant Iesu Grist y Gymanfa.

Mae hynna 'di gneud i mi deimlo rywfaint yn well, o leia. Siawns na cha' i gysgu rŵan.

28

Y peth ola 'nes i neithiwr oedd mynd i'r llofft ffrynt a syllu arna'n hun yng ngwydyr y bwrdd gwisgo, er mwyn gallu cofio sut un o'n i'n ddeg oed. Ond pan es i yno'n syth ar ôl codi bora 'ma, do'n i'n edrych ddim gwahanol i'r hyn o'n i ddoe, er fy mod i flwyddyn yn hŷn.

'Pen blwydd hapus, Helen,' medda Dad, ac estyn cerdyn i mi efo'r geiria 'i'r ferch ora yn y byd' wedi'u sgwennu arno fo. Ond does 'na ddim golwg rhy hapus arno fo.

Dim ond dau gerdyn arall sydd 'na – un o Lerpwl *'with all our love from Benjy, Auntie Annie and Uncle Bob'*, ac un gan Anti Lisi a Nain Manod yn deud, 'Bydded i Dduw eich bendithio a'ch cynnal, heddiw a hyd byth.'

'Mae dy chwaer wedi anghofio unwaith eto, Richard,' medda Mam. 'Lle mae'i meddwl hi, d'wad?'

'Pwy ŵyr, 'te? Go brin ei bod hitha'n gwbod chwaith. Kate druan.'

Rydan ni'n cael wya wedi'u berwi a bara menyn i frecwast. Cyn i mi allu cael y top oddi ar f'un i, yn ara bach rhag ofn i ddarna o'r plisg syrthio i'r ŵy, mae Dad wedi llowcio'r cwbwl ac yn deud, a sŵn digalon yn ei lais,

'On'd ydy'r blynyddodd wedi chwipio mynd, Jen?'

'A fedrwn ni neud dim i'w rhwystro nhw.'

'Gwaetha'r modd, 'te.'

Mi wn i rŵan be sy'n ei boeni o. Mi fydda wrth ei fodd tasan ni'n cael aros fel rydan ni, a finna'n ddeg oed, am byth.

'Fyddi di'n hir eto, Helen?' medda fo.

Mae o'n codi ar ei draed ac yn cerddad o gwmpas y gegin, fel tasa fo'n methu diodda disgwyl i mi orffan fy mrecwast er mwyn cael bod ar ei ben ei hun yn y gweithdy, lle gall o gymyd arno fod pob dim yr un fath ag arfar.

Ond dydyn nhw ddim. Mi liciwn i ddeud wrtho fo y bydda'n dda gen inna hefyd tasa heddiw'n ddoe a'r clocia i gyd wedi stopio am hannar nos.

'Stedda, Richard, da chdi,' medda Mam. 'A cym' ditha dy amsar, Helen, rhag ofn i ti gael camdreuliad.'

A dyna ydw i'n ei neud, er bod Dad yn gwingo ar ei gadar, fel tasa fo wedi ista ar nyth morgrug. Fedrwn i ddim diodda bod yn llawn gwynt, fel Ann. Wedi i mi gnoi a llyncu'r tamad ola o frechdan, mae Dad yn neidio ar ei draed, yn deud wrtha i am gau fy llygaid, ac yn fy arwain i allan i'r iard gefn.

'Mi fedri di 'u hagor nhw rŵan,' medda fo. 'Pen blwydd hapus, Helen.'

Mae'r 'hapus' yn swnio'n llawar hapusach tro yma.

'Wel, be w't ti'n 'i feddwl ohono fo?'

Beic mawr, du ydy'r 'fo', efo basgiad wellt ar y blaen.

'I mi ma' hwn?'

'Dydw i'm yn meddwl y bydda gen dy fam 'i ffansi o.'

Mae Mam, sydd wedi'n dilyn ni i'r cefn, yn mwmian, 'Go brin.'

Fe gafodd hi andros o godwm gas erstalwm, pan aeth olwyn flaen ei beic yn erbyn carrag wrth iddi felltennu i lawr un o'r rhiwia. Mi dw i'n ei chofio hi'n deud wrtha i, pan gafoddd Ann y beic am basio'r Scholarship,

'Cadw di dy draed ar y ddaear, Helen.'

Ond fydd ddim rhaid i mi neud hynny rŵan.

'Dyma'r presant gora dw i 'di ga'l rioed,' medda fi. 'Diolch, Mam a Dad.'

162

'Syniad dy dad oedd o. A wn i ddim sut w't ti'n disgwyl iddi allu reidio hwn, Richard. Fydd 'i thraed hi byth yn cyrradd y pedals.'

'Dydy hynny ddim problem. Fi ddaru godi'r sêt. Mae 'nghoesa i dipyn hirach.'

'A lle buost ti arno fo, felly?'

'Dim ond cyn bellad â'r Manod. Roedd yn rhaid i mi neud yn siŵr ei fod o'n ffit i Helen, 'doedd?'

Mynd â'r beic am dro fydd Ann, nid mynd am dro ar y beic. Ama dw i nad ydy hi'n gallu ei reidio fo, er bod Mr Pugh wedi treulio nosweithia'n cerddad i fyny ac i lawr eu stryd nhw, yn dal pwysa'r beic a hitha, ac Ann yn sgrechian bob tro y bydda fo'n bygwth gollwng gafal.

'Ymarfar ar ôl te heno,' medda Dad. 'Mi fyddi di'n hen law arni cyn pen dim.'

'Methu ddaru Ann.'

'Fedra Pugh ddim dysgu chwadan i nofio. Ond mae'n siŵr ei fod o wedi colli peth wmbradd o bwysa efo'r holl gerddad 'na.'

'Mi fydd hynny'n plesio Mrs Pugh. Roedd hi'n chwys doman wrth drio cael *combination* gwlân Mr Pugh drwy'r mangl.'

'Helen!' medda Mam, a chuchio arna i fel taswn i wedi rhegi neu gymyd enw Duw yn ofar.

Fedra i ddim aros tan heno. Ond a' i ddim i ymarfar yn stryd ni. Dydw i ddim yn bwriadu mynd i olwg pobol nes bydda i wedi dysgu'n iawn.

Y peth cynta mae Ann yn ei ofyn i mi ydy faint o gardia ges i. Mae ganddi hi wn i ddim faint o berthnasa, o Dangrisia i'r Manod, a phob un yn cofio am ei phen

163

blwydd, yn wahanol i Anti Kate druan na ŵyr Dad, mwy na finna, lle mae'i meddwl hi.

'Gormod i'w cyfri,' medda fi, heb drafferthu croesi 'mysadd.

Waeth i mi heb â disgwyl cerdyn gan Ann, er 'mod i wedi rhoi 'mhres casgliad am un iddi hi. Ond chaiff hi 'run tro nesa, reit siŵr.

'Be gest ti'n bresant?'

'Bocs paent, fel hwnnw ddaru Eleanor ei ddwyn oddi arna i yn y parti Dolig.'

'Chdi ddaru'i roi o iddi, medda Mrs Pritchard.'

Hen brep ydy honno hefyd, er ei bod hi'n athrawas Ysgol Sul.

''Na'r cwbwl gest ti? Pam na fasat ti'n gofyn am feic er mwyn i ni ga'l mynd am reid efo'n gilydd?'

Rydw i'n cael fy arbad rhag deud rhagor o glwydda gan ein bod ni wedi cyrradd yr ysgol. Ond dydy o ddim tamad o ots gen i am hynny heddiw. Mae'r presant gora ges i rioed yn aros amdana i. A chaiff Ann ddim gwbod hynny nes fy mod i cyn saffad ar y beic ag ydw i ar fy nhraed.

29

Rydw i wedi cael gorchymyn i alw drws nesa gan fod Miss Evans yn diodda o be mae hi'n ei alw yn 'ffliw ha'. Dydy hi mo'r un ddela i edrych arni ar y gora, ond tasa Edgar James yn ei gweld hi rŵan mi fydda'n diolch ei fod o wedi gweld y gola mewn pryd.

'Peth sobor ydy bod heb neb yn y byd, Helen,' medda hi.

Er bod hynny ddigon gwir, dydy o ddim yn beth clên iawn i'w ddeud a finna yma i dendio arni, ac yn fy rhoi fy hun mewn peryg efo'r holl snwffian a thisian. Mi dw i'n cofio Nyrs Chwain, oedd wedi dŵad i'r ysgol i chwilio'n penna ni, yn gwylltio efo Eleanor Parry am sychu'i thrwyn efo'i llawas. 'A rhowch eich llaw dros eich ceg wrth dagu, enath,' medda hi. '*Coughs and sneezes spread diseases.*'

Gan fy mod i'n fwy tebygol o ddal y ffliw hira'n y byd yr arhosa i yma, rydw i'n mentro gofyn be mae hi am i mi ei neud. Mae hi'n pwyntio at y rhestr negas ar y bwrdd.

'Chydig o siopa, 'na'r cwbwl.'

Mae 'na bapur newydd yn gorad wrth ochor y rhestr, a'r peth cynta ydw i'n ei weld ydy llun mawr o Megan Lloyd yn edrych yn bles iawn efo'i hun.

'On'd ydy o'n llun da?' medda Miss Evans, wedi cynhyrfu gormod i gofio rhoi ei llaw dros ei cheg. Mi alla i deimlo'r *germs* yn cawodi drosta i fel glaw mân. Wrth gwrs ei fod o'n llun da. Fedar llun o'r un na-all-neud-dim-drwg ond bod yn dda.

'Genath alluog ydy hi, yntê?'

Dim ond un atab sydd i hynna, ond mae hwnnw'n mynd yn sownd yn fy nghorn gwddw i.

'Mae'n siŵr fod ei rhieni a'i hathrawon yn falch iawn ohoni.'

('Sut ydan ni'n teimlo, ferched?'

'Yn browd iawn, Miss Hughes.')

'Mi fydd yn bleser ac yn anrhydedd ei chael hi yn fy nosbarth Ysgrythur.'

Yno y bydda inna ar ôl y gwylia. Ond dydy meddwl am hynny'n rhoi dim plesar i mi, mwy nag ydy o i Miss Evans. A does 'na neb rioed, ond Mam a Dad, wedi deud wrtha i eu bod nhw'n falch ohona i, er fy mod i'n trio 'ngora glas.

Mae hi'n estyn y rhestr i mi ac yn deud,

'Rydw i wedi rhoi enwau'r siopau a'r prisiau i lawr fel eich bod chi'n gwybod lle dylach chi fynd, a faint ddylach chi ei dalu.'

Falla nad ydw i'n glyfar, ond dydw i ddim yn dwp, o bell ffordd. Mi wn i'n iawn ym mha siopa i alw. Does 'na fawr ohonyn nhw ar ôl erbyn hyn, gan fod y rhan fwya o'r siopwyr wedi pechu'n anfaddeuol drwy siarad cyn blaenad â hitha. Ac er nad ydw i'r un ora am neud symia, doedd dim angan iddi roi'r 'Cyfanswm' mewn llythrenna bras ar waelod y papur a chyfri'r pres i'r geiniog. Os ydy hi'n meddwl cyn lleiad ohona i, mi ddyla fod wedi rhoi'r gwaith i Megan Lloyd, y bydd 'yn bleser ac yn anrhydedd' iddi ei chael yn ei dosbarth. Ond go brin y bydda hi'n gofyn i un sydd wedi dod yn ucha drwy'r sir a chael ei llun yn y papur fod yn forwyn fach iddi.

'Ffwrdd â chi,' medda hi. 'A pheidiwch â loetran. Mae gofyn i mi gael y ffisig 'na rhag blaen. Dydw i ddim yn teimlo hannar da.'

Dydw inna ddim chwaith, er y dylwn i, a finna wedi gneud be mae'r Beibil yn ei ddeud. Dyna ydy ystyr 'wrth eu gweithredoedd yr adnabyddwch hwynt' medda Mrs Pritchard yn 'Rysgol Sul – meddwl am bobol er'ill, a gneud be fedrwn ni i'w helpu nhw. Ond dim ond meddwl amdani'i hun mae hi pan fydd hi'n gyrru Mr Pritchard allan i'r oerni i smocio'i getyn.

Mae 'na giw mawr yn y Co-op, gan fod heddiw'n ddwrnod talu *divi*. Rydw i'n dal y drws yn gorad i Annie Price a Madge, ac yn gadal iddyn nhw fynd o 'mlaen i.

'Diolch i ti, 'mach i,' medda Annie Price. 'Ma' Helen 'ma 'di bod yn wael iawn, 'sti, Madge.'

'Y llwch, ia?'

'Frech goch.'

'Be?'

'Frech goch,' medda Annie, ar ucha'i llais, nes bod pawb yn troi i edrych arnon ni. 'Ac ma'n bryd i ti fynd i llnau dy glustia eto.'

'Dyna laddodd Dic 'y mrawd.'

'Paid â rwdlan. Frech yr ieir oedd honno, 'te.'

Mae 'na sawl un yn nodio pen i gytuno efo hi.

'Coblyn o hen beth ydy o,' medda Madge. 'Mi dw i'n cofio . . .'

'Ddim cyn te, Madge.'

'Chei di'm panad yn fan'ma.'

'Nefoedd fawr, mae isio mynadd Job efo hon. Hi a'i chyrn a'i chlustia! Mi fydd yn ddigon amdana i, bydd wir.'

Ond y munud nesa mae hi wedi anghofio'r un fydd yn ddigon amdani, ac yn syllu i gyfeiriad y grisia.

'Drycha mewn difri,' medda hi wrtha i. 'Mae hi rêl madam, 'dydi?'

Megan Lloyd sydd ar ei ffordd i lawr, yn gwisgo ffrog

wen newydd sbon danlli, a'i gwallt wedi'i byrmio'n gyrls bach tyn. Mi fydda'n gneud angal iawn tasa ganddi adenydd.

'Yr holl sylw wedi codi i'w phen hi, os gofynni di i mi.'

'Hi oedd yr ucha drwy'r sir yn y Scholarship.'

'Dydy brêns ddim yn bob dim.'

Mae rhywun wedi bod yn ddigon gwirion i ruthro i agor y drws i Megan a hitha'n cerddad allan a'i thrwyn yn yr awyr heb hyd yn oed ddeud diolch.

Pan ddaw tro Annie a Madge, rydw i'n gorfod aros am hydodd tra bod Annie'n dadla ynglŷn â'r *divi*, ac yn gorfod ailadrodd y cwbwl wrth Madge. Mi fydd Miss Evans o'i cho. Ond dydy hynny'n poeni dim arna i.

Erbyn i mi gyrradd y cowntar, mae'r bara'n cael ei werthu am hannar y pris. Falla fod brêns yn help i gael eich llun yn y papur, ond mae'n llawar gwell gen i gael pres yn fy mhocad.

30

Pryd o dafod, dyna'r cwbwl ges i gan Miss Evans.

'Pam na fyddach chi wedi dod â'r ffisig i mi ar eich union yn lle gadael i mi ddiodda am yr holl amsar?' medda hi.

''Nes i'm meddwl am hynny.'

'Mae'n hen bryd i chi ddechra meddwl.'

Ddylwn i ddim disgwyl cael fy nhalu am neud cymwynas, mae'n siŵr. Taswn i'n debycach i Anti Lisi, mi fyddwn wedi bod yn ddigon gonast i roi'r pres oedd gen i yn fy mhocad i Miss Evans. Ond siawns nad oedd un tro da yn ddigon mewn dwrnod.

'Galwch bora Llun,' medda hi.

'Alla i ddim, ddrwg gen i,' medda finna, wrth fy modd o gael deud. 'Mae Dad wedi prynu ticedi rynabowt i ni. Mi fyddwn ni'n cychwyn ben bora.'

A dyna 'naethon ni. Roedd hi'n stido bwrw, ac er ein bod ni'n gwisgo'r pac-a-macs, na all neb sy'n byw yn y Blaena fforddio bod hebddyn nhw, roeddan ni'n socian ymhell cyn cyrradd y stesion, a Mam yn cwyno fod ei thraed yn ei lladd. Arni hi roedd y bai yn mynnu gwisgo'i sgidia gora, ond doedd fiw i Dad na finna ddeud hynny.

Y peth cynta 'nath hi wedi i ni setlo ar y trên oedd tynnu'i sgidia.

'Be 'di'r ogla drwg 'na?' medda Dad, a gafal yn ei drwyn. Mi ddyla wbod nad oedd Mam mewn hwyl i gael ei herian. Dyna hi'n gwgu, ac yn deud y bydda'n well ganddi fod wedi aros adra ac y dyla fo fod wedi gofyn iddi hi cyn rhuthro i brynu'r ticedi.

'Syrpréis oedd o i fod,' medda ynta. 'Ac fe ddaw eto haul ar fryn, 'sti.'

Ond pan ddaethon ni allan o dwllwch y Twnnal Mawr, doedd 'na ddim golwg o haul, na dim i'w neud ond syllu drwy'r ffenestri budron ar betha nad oeddan nhw'n werth edrych arnyn nhw.

Am wn i fod hynny, hyd yn oed, yn well na gorfod gwrando ar Mam yn tuchan ac yn gneud sŵn crio wrth iddi drio cael y sgidia'n ôl am ei thraed rhwng Glan Conwy a'r Junction.

Fe wrthododd adal i Dad ei helpu hi i lawr o'r trên, a hercian i lawr y platfform am y *Ladies*. Erbyn iddi ddod allan, ei llygaid fel marblis bach cochion a thrwch o bowdwr ar ei thrwyn, roedd y trên i Landudno wedi hen fynd.

'Fydda'm gwell i ni fynd adra ar y trên nesa, Jen?' medda Dad. 'Falla cawn ni well lwc fory.'

'Ac ers pryd ydan ni'n gallu fforddio gwastraffu pres? Mi fedra i neud efo panad o de, os ydy hynny'n iawn efo chdi.'

Wedi iddi yfad y te, oedd yn rhy gry ac yn gadal blas drwg ar ei cheg, ond yn well na dim, dyna hi'n codi ac yn deud, wrth weld trên yn tynnu am y stesion,

'Awn ni ar hwn, lle bynnag mae o'n mynd, a gneud y gora ohoni.'

Er nad oedd angan y pac-a-macs ym Mae Colwyn, doedd gan Dad a finna fawr o awydd gneud y gora o ddim. Fe adawson ni Mam yn ista ar fainc, a chrwydro o gwmpas y ffair fach.

'Be am fynd ar y bympars?' medda fi.

'Well i ni beidio aros yn rhy hir. Ddylan ni ddim fod wedi'i gadal hi, 'sti.'

'Na ddylan.'

Roeddan ni'n dau yn teimlo mor euog â'n gilydd wrth feddwl am Mam yn diodda ar ei phen ei hun bach, ac yn methu symud am fod ei thraed yn ei lladd. Ond pan gyrhaeddon ni'n ôl, roedd y sgidia wedi'u gwthio o dan y fainc a hitha'n dal ei hwynab i fyny i'r haul, oedd wedi ffeindio'i ffordd drwy'r cymyla heb i ni sylwi.

'Ydach chi ddim yn falch eich bod chi wedi dŵad yma?' medda hi.

Fe fydda i ni ddeud ein bod ni yn gelwydd, er ma' dyna oedd hi isio'i glywad.

'Mi w't ti'n rhy barod i roi'r gora iddi, Richard. A waeth i ti heb â phwdu am na chest ti fynd i Landudno, Helen. Mae fan'ma cystal lle, bob tamad.'

Falla ei fod o, taswn i wedi cael cyfla i'w weld. Ro'n i'n gobeithio y bydda Dad yn cynnig mynd yn ôl i'r ffair fach, rŵan fod Mam yn hapus lle roedd hi. Ond yno y buon ni am weddill y dwrnod allan. Wrth i ni gerddad am y stesion, Mam yn pwyso ar fraich Dad a finna'n llusgo ar eu hola nhw, mi allwn ei chlywad hi'n deud,

'A lle ydan ni am fynd fory?'

'Dydw i byth isio gweld y tu mewn i'r un trên eto,' medda fi, ond chlywson nhw mohona i, diolch am hynny.

I ffwrdd â ni'r un amsar drannoeth, Mam yn gwisgo'r hen ffagla sgidia y galla hi ddringo'r Wyddfa ynddyn nhw tasa angan, medda hi, a Dad yn cario'r bag oedd yn dal fflasg o de, pentwr o sandwijis, a thair pac-a-mac, rhag ofn.

Fe dreulion ni oria ar y trên yn ystod yr wythnos, yn cael ein cario o le i le, a'r haul yn ein dilyn ni i bob man.

Roedd 'na gymaint o betha i'w gweld – Castell Conwy, gafodd ei adeiladu gan Edward y Cynta er mwyn cadw'r Cymry y tu allan i'r walia, y tŷ lleia yn y byd ar y cei, eglwys farmor Bodelwyddan, cofgolofn Daniel Owen yn yr Wyddgrug – a'r cwbwl yn cael ei gario adra yn y Brownie bach. Mor braf oedd cael ista ar y gwair, ar walia ac ar feincia cynnas i ddadflino, yn byta'r brechdana ac yn yfad te oedd yn blasu yn union fel y dyla fo.

'Wel, w't ti 'di madda i mi am brynu'r ticedi heb ofyn i ti, Jen?' medda Dad.

'Roedd o'n andros o syniad da, 'doedd, Mam?'

'Oedd, wir. Ac fe gawn ni neud yr un peth ha nesa, gyda lwc. Rydw i'n cynnig pleidlais o ddiolch i dy dad am wythnos i'w chofio.'

'Eilio,' medda finna.

Meddwl am yr wythnos ryfeddol honno wnaeth i mi benderfynu dod i fyny i'r Blaena ar y trên. Wn i ddim be ddigwyddodd i'r lluniau du a gwyn hynny ddaeth o grombil y Brownie bach, ond mi alla i glywad Dad yn ei dweud hi'n arw am 'yr hen ormeswr, Edward 'na', wrth i ni grwydro o gwmpas y castell, ac yn adrodd hanes Wil Bryan yn trwsio'r cloc, yno yn yr haul ar sgwâr yr Wyddgrug.

Mae'r Blaena, hefyd, wedi'i drochi mewn haul heddiw, ac yn edrych ar ei orau, er nad oes yna fawr neb o gwmpas i werthfawrogi hynny. Ar ddiwrnod fel hwn erstalwm, fe fyddai'r stryd fawr yn un bwrlwm. I feddwl fy mod i, sy'n credu mewn byw i'r diwrnod, wedi treulio misoedd yn yr erstalwm hwnnw. Pa hawl sydd gen i i weld bai ar Nesta am fod eisiau dychwelyd i'w nyth, a'i pherswadio ei hun na fu iddi erioed adael?

Rydw i'n curo ar ddrws y cartref, nad ydy o'n newydd erbyn hyn, a Nesta Morgan, fel mae hi am gael ei nabod, yn ei agor.

'Mi gest ti'r negas felly,' meddai hi.

'Dyna pam dw i yma.'

'Dau o'r gloch ddeudis i, 'te?'

'Dod i fyny ar y trên 'nes i.'

Dydw i ddim yn bwriadu ymddiheuro am fod yn hwyr, a minnau wedi gorfod gadael fy ngwaith i ateb yr alwad.

'Tyd drwodd.'

Mae'r ystafell mor llawn o ddodrefn fel bod yn rhaid i mi gerdded wysg fy ochor, fel y byddai Miss Jones rhwng y desgiau.

'Mi fedrwn daeru i mi fod yma o'r blaen,' meddwn i.

'Mae hi'r un ffunud, 'dydi?'

'Â lle felly?'

'Y parlwr yn Stryd Capal Wesla. Roedd o am i mi neud i

ffwrdd â'r cwbwl. "Your museum pieces", *dyna fydda fo'n eu galw nhw.'*

'Y gŵr, ia? Am faint fuoch chi'n briod?'

'Gormod o lawar.'

'Oes gen ti deulu?'

'Nagoes. Mi 'nes i'n glir iddo fo, o'r dechra, nad oes gen i ddim i'w ddeud wrth blant.'

'Mae gan Elwyn a finna dîm pêl-droed o wyrion.'

Efallai na ddylwn i'm fod wedi sôn am hynny, a bod ganddi deimladau i'w cuddio wedi'r cwbwl. Ond mae hi'n fy anwybyddu i, ac yn dweud â balchder yn ei llais,

'Seidbord Mam ydy hon, a'i mam hitha, Nain Tangrisia. Dyma hi, yli,' *a phwyntio at un o'r dwsin lluniau sydd wedi'u gosod yn ddwy res daclus ar y seidbord.*

'Mae gen ti dipyn o waith tynnu llwch oddi ar rheina.'

'Ac mae'n blesar ca'l gneud. Mi w't ti'n siŵr o fod yn cofio rhai ohonyn nhw.'

Nag ydw, ond mi dw i yn cofio rhai o'r wynebau oedd ar y silff ben tân ym mharlwr bach Nain Manod. Hithau'n dweud, a'i llygaid yn pefrio, wrth bwy bynnag a ddigwyddai alw'n ddirybudd, 'Mi faswn i wedi golchi'ch wynab chi taswn i ond wedi ca'l gwbod ddigon buan.' Ond mae wynebau tylwyth Nesta yn sgleinio o fewn eu fframiau, er nad oes 'na neb ar ôl i alw heibio.

'Dy dad ydy hwnna, 'te?'

'Na, Yncl Idris, oedd yn gweithio yn y Co-op. On'd oeddat ti'n ei nabod o'n iawn.'

'O'n i?'

'Mae gen ti go fel gogor. Be 'nath i ti fynd ati i sgwennu dy hanas, d'wad?'

'Stori Helen ydy hi, nid f'un i. Dyna ydw i isio'i egluro i ti.'

'Panad o de gynta.'

'Heb lefrith.'

Ond mae hi wedi mynd yn fân ac yn fuan am y cefn a 'ngadael i yma, fel pry wedi'i ddal yng ngwe'r erstalwm.

Mae ias oer yn rhedeg i lawr asgwrn fy nghefn, fel hwnnw deimlais i'r tu allan i Max Gate. Cael ei gorfodi i rannu'i chartref efo ysbryd Emma wnaeth Florence, ond dewis Nesta oedd rhannu ei chartref hi â chreiriau ac ysbrydion o'r gorffennol. Pa ryfedd fod ei gŵr wedi hel ei draed efo geneth oedd yn ddigon ifanc i fod yn ferch iddo?

Mi fyddwn innau'n rhoi'r byd am allu dianc, ond mae hi'n ei hôl, ac yn dweud wrth estyn y te i mi,

'Mi dw i wedi rhoi digon o lefrith ynddo fo fel ei fod o'n oeri'n gynt. Ma'n rhaid i mi fod yn yr Institiwt mewn hannar awr, i baratoi te i'r hen bobol.'

'Dyna w't ti a finna rŵan.'

'Choelia i fawr. Dydw i'n teimlo ddim gwahanol i fel ro'n i'n hogan. Wel, a be sydd gen ti i'w ddeud am hon, felly?'

Mae hi'n estyn am yr amlen sy'n cynnwys y gwaith y bu i mi, ar funud gwan, addo ei roi iddi.

'Nad stori wir ydy hi, dim ond mewn rhanna falla.'

'Wn i hynny. 'Dydy hi'n llawn celwydda.'

'Dychymyg ydy o, Nesta, nid celwydd.'

''Run peth ydy'r ddau. Roedd gen i ofn ar y dechra ma' fi oedd yr Ann 'na. Ond 'dydy hi ddim byd tebyg i mi, diolch byth.'

'Doedd 'na run Ann, na Megan Lloyd nac Eleanor Parry. Na'r un Edwards Gwnidog a Miss Evans drws nesa chwaith.'

'Ond fydd pobol Blaena ddim yn gwbod hynny.'

'Ydy o ots?'

'Wrth gwrs 'i fod o. Mi fyddan yn credu ma' fel hyn roedd petha. Pam na fasat ti'n rhoi enwa iawn i bobol?'

'Am ma' cymeriadau mewn nofel ydy rhain.'

'Be am dy fam a dy dad, a'r teulu?'

'Fi pia rheiny, nid Helen.'

''Dydy hynna'n gneud dim synnwyr. Mi dw i'n meddwl ma' esgus ydy'r cwbwl, er mwyn gneud sbort o bawb a phob dim – y capal, yr ysgol, a'r Miss Hughes fach 'na, fel w't ti'n 'i galw hi. Gafodd hi affêr efo dy dad?'

'Ddim i mi wbod.'

'Ddylat ti ddim fod wedi deud y fath beth, felly.'

'Helen sy'n deud, nid y fi.'

'A pwy ydy honno, meddat ti? 'Cymeriad' arall, ia?'

'Ddim yn hollol.'

Waeth i mi heb â thrio egluro. Mae'n amlwg nad oes ganddi'r syniad lleia am be ydw i'n sôn.

'Ddoist ti â rhagor o'r stori i mi?'

'Do. Ond does 'na fawr o bwrpas i ti fynd drwyddi.'

'Waeth i mi ddal ati, rŵan 'mod i wedi dechra. Be sy o'i le ar y te 'na?'

'Gas gen i lefrith, ers pan oeddan ni yn Standard Five, a'r poteli'n cael eu rhoi wrth y tân i g'nesu.'

''I dywallt o'n slei bach i lawr y pan fyddat ti, 'te.'

Dyna fi wedi cael un peth yn iawn, o leia.

'I be oedd isio tynnu'r ysgol i lawr, d'wad? Dydy pobol ddim yn fodlon heb ga'l newid bob dim . . . a hynny er gwaeth.'

'Ma'n rhaid symud efo'r oes, Nesta.'

'Wn i'm i be. On'd oedd petha'n iawn fel roeddan nhw.'

Rydw i'n rhydd i adael, o'r diwedd, ac yn cyfnewid y tudalennau glân am y rhai sy'n llanast o groesi allan, a'r inc coch yn gwaedu drostyn nhw. Mae Nesta yn taflu golwg edmygus ar yr ystafell, a minnau'n mynd i'w dilyn am y drws ffrynt fel ci bach ar dennyn.

'Be tasat ti'n galw am ddau o'r gloch, fis i heddiw?'

'Ydy hynny'n rhoi digon o amsar i ti?'
'Mi ga' i fwy o gyfla yn ystod mis Awst.'
''Dw't ti ddim am fynd ar wylia?'
'Bobol annwyl, i be, d'wad? Dros dŵr ei di, debyg?'
'Na, dim ond yma ac acw.'

Anghofio'r ychydig rydw i'n ei gofio, dyna ddylwn i ei wneud, llosgi'r tudalennau 'ma'n lludw, ac aros yn yr heddiw. Ond mi wn fy mod innau wedi gwau fy ngwe fy hun, ac nad oes modd dianc ohoni nes rhoi'r atalnod llawn olaf ar yr erstalwm, pryd bynnag fydd hynny.

31

Anamal y bydda i'n cerddad i nunlla erbyn hyn. Fe aeth Dad â'r beic draw i'r gweithdy. Doedd 'na neb o gwmpas i 'ngweld i'n ymarfar yn fan'no. Ro'n i'n giamstar arni cyn pen dim, a Dad yn falch iawn ohono'i hun a finna.

Wn i ddim faint o weithia fu'n rhaid i mi reidio heibio i dŷ Ann cyn iddi 'ngweld i.

'Lle cest ti hwnna?' medda hi. 'Ennill y raffl 'nest ti, ia?'

'Na, mab Dafydd Morris oedd yn gwerthu'r ticedi ddaru ennill. Presant pen blwydd oedd hwn.'

'Dim ond bocs paent gest ti, meddat ti.'

'Isio rhoi syrpréis i ti o'n i.'

Crychu'i thrwyn 'nath hi, a deud,

'Un ail-law ydy o, 'te?'

'Mae o gystal â newydd.'

'I be ma'r hen fasgiad hyll 'na'n da?'

'I neud y siopa. Sbario i Mam orfod 'u cario nhw. Awn ni am reid i lawr i'r parc, ia?'

'Fedra i ddim. Ges i bynctar ddoe. Mae Dad am ei drwsio fo ar ôl gwaith heno.'

Er ei bod hi mor dwp, mae Ann yn gallu rhaffu clwydda gystal â fi.

'Wela i chdi fory, 'ta.'

Ac i ffwrdd â fi â 'mhen yn y gwynt.

Rydw i'n galw heibio i Ann y bora wedyn i ddeud wrthi na fydda i o gwmpas heddiw gan 'mod i'n gweithio ym mynwant Bethesda efo Dad. Mi fydd yn rhaid i mi adal y beic adra am unwaith, gwaetha'r modd. Traed a bỳs fydd hi tro yma. Mae Ann yn gneud siâp 'ych' efo'i cheg ac yn gofyn,

'Fydda'm gwell gen ti fynd i'r leibri a chael *ice and port* yn Paganuzzi?'

Dyna ydan ni wedi bod yn ei neud bob dydd Gwenar ers dechra'r gwylia. Gan fod Ann yn mynnu aros wrth bob ffenast siop, a'r llyfrgell ym mhen draw'r dre, mae'n cymyd awr i ni gyrradd yno. Gwastraff amsar ydy hynny. Does 'na ddim diban edrych os na fedrwch chi fforddio prynu. Ac wedi i ni gyrradd, mae hi'n cwyno 'mod i'n hir yn dewis llyfr, ac yn gwylltio pan mae Mr Davies yn rhoi ei fys ar ei wefus ac yn sibrwd 'Shh'.

Dydy petha ddim gwell yn Paganuzzi – gwaeth, os rwbath. Anamal y mae gen i bres i' sbario, a pheth digalon ydy gorfod ista yno yn edrych ar Ann yn rhawio'r *ice and port* i'w cheg ac yn bytheirio'n sidêt y tu ôl i'w llaw, er nad oes 'na waith cnoi ar hwnnw. Rydw i'n cymyd arna beidio sylwi, gan nad arni hi mae'r bai fod ei stumog fel balwn yn llawn gwynt. Ond mi alla gynnig llwyad i mi, yn lle llowcio'r cwbwl ei hun. Mae hi cyn waethad bob tamad â'i mochyn bach o frawd.

'Na, ma'n well gen i weithio na cherddad stryd,' medda fi. 'Ac mae picnic gystal ag *ice and port*, bob tamad.'

'Ond fedri di ddim cael picnic mewn mynwant. A be dw i fod i neud?'

'Mi gei ddŵad efo ni os lici di.'

Mae Mrs Pugh yn dod i lawr y grisia yn cario tun mawr o bolish a dau glwt, un i rwbio a'r llall i sgleinio. Dwrnod llnau llofftydd ydy dydd Gwenar.

'A be ydach chi am neud heddiw?' medda hi, yn amlwg ar frys i gael gwarad â ni.

'Mae Helen yn mynd i gael picnic yn y fynwant.'

'Bobol annwyl, dydach chi ddim yn disgwyl i Ann ddod efo chi i fan'no, siawns.'

'Gweithio efo Dad fydda i, Mrs Pugh.'

'A be sydd gan eich Mam i'w ddeud am hynny?'

'Mae hi wrthi'n gneud sandwijis i ni.'

Wrth i mi adal, mi alla i weld Mrs Pugh yn estyn un o'r clytia i Ann. Fydd gorfod meddwl be i' neud ddim yn broblem iddi rŵan.

Cyn i ni gychwyn i ddal y bỳs, mae Mam yn estyn y parsal bwyd a bwnshiad bach o floda i mi ac yn deud,

'Cofia olchi'r potyn cyn rhoi'r bloda ynddo fo.'

Ar y dechra, doedd 'na ddim yng ngweithdy Dad ond carrag fawr, lwyd. Ond fe aeth ati i dynnu llunia dail a mesur llythrenna, a'u naddu nhw iddi efo'i gŷn a'i forthwl bach. Doedd fiw i mi symud na deud gair, gan y galla un llithriad ddifetha'r cwbwl. Wedi iddo orffan, dyna fo'n camu'n ôl, a gwên ar ei wynab. Mi wyddwn fod y gwaith yn ei blesio, er nad ydy o'n licio dibynnu ar bobol sydd wedi marw er mwyn gallu byw.

'Dos i nôl y *gold leaf,*' medda fo, ar ôl i bob sbecyn o lwch gael ei chwythu oddi ar y garrag.

Mae hwnnw'n cael ei gadw mewn bocs carbord, ac yn debycach i dudalenna llyfr nag i ddail, ond mor dena a brau â gwe pry cop. Dydw i erioed wedi credu mewn tylwyth teg a rhyw lol felly, ond roedd gweld Dad yn dŵad â'r dail a'r llythrenna'n fyw, fesul un, efo'r brws bach a'r paent aur fel . . . fel hud a lledrith.

Gan fod Dad wedi hurio lorri i fynd â'r garrag i'r fynwant, mae hi yno'n ein haros ni, ar wastad ei chefn. Y peth cynta sydd raid ei neud, ar ôl ei chodi a'i gosod yn ei lle, ydy rhwbio bob tamad ohoni'n ofalus, drosodd a throsodd, efo carrag bwmis.

Fy ngwaith i ydy nôl y dŵr. Wrth i mi groesi'r darn gwair at y tap, er mwyn torri'r siwrna, rydw i'n baglu dros un o'r bedda, yn deud 'ma'n ddrwg gen i', ac yn sgrialu'n ôl am y llwybyr. Nhw, pwy bynnag ydyn nhw, bia'r twmpatha gwair, a fyddwn i ddim am i neb gerddad i mewn i fy llofft i heb ofyn caniatâd.

Mae'n rhaid fy mod i wedi gneud chwe siwrna, o leia, ac mae'r fwcad yn mynd yn drymach efo pob cam.

'Picnic rŵan, ia?' medda Dad. 'Mi 'dan ni'n siŵr o fod yn ei haeddu o.'

'Be 'di'r adnod 'na yn y Beibil am orfod gweithio am dy fwyd?'

' "Drwy chwys dy wyneb y bwytei fara." '

Rydan ni'n dau'n ista ar ochor y llwybyr, wedi blino gormod am funud i neud dim ond cnoi. Mae Dad yn rhoi hancas dros ei ben rhag ofn i'r haul losgi'i gorun, ac yn cau ei lygaid.

Os gwn i be mae Ann yn ei neud rŵan? Fetia i ei bod hi wedi sgeifio, ac yn cerddad y stryd fawr yn chwilio am gwmpeini. Dydy hi rioed wedi gneud dwrnod o waith yn ei bywyd, na chodi dim byd trymach na chlwt.

Erbyn i Dad agor ei lygaid a deud, 'Wel, 'nôl â ni', rydw i wedi trio sgwennu pennill am Ann, ac wedi methu. Mi fydda'n sobor o beth taswn i'n gorfod cyfadda wrth Mrs Davies 'mod i wedi gadal i 'nhalent rydu. Ond wela i mohoni eto, ran hynny, gan fy mod i wedi ffarwelio ag Ysgol y Merched, am byth.

'Roedd Ann yn deud nad ydy mynwant yn lle i ga'l picnic,' medda fi.

'Ma'n siŵr gen i y bydda'r rhan fwya o bobol yn cytuno efo hi.'

Ro'n i ar fin gofyn pam, ond mi wn i be fydda'r atab wrth i mi deimlo ias oer yn rhedag i lawr fy nghefn, fel tasa rhywun wedi troi'r haul i ffwrdd.

Mae Dad yn gosod y cerrig ochor, dwy hir, ac un fyrrach ar y pen, yn tywallt y cerrig bach gwynion, sy'n pefrio fel rhew, rhyngddyn nhw, ac yn eu taenu'n gynfas dros y bedd.

Yn ôl â fi at y tap, i olchi'r potyn. Er bod ogla drwg yn codi i fy ffroena, rydw i'n crafu'r tu mewn yn lân efo 'ngwinadd, nes bod hwnnw, hefyd, yn sgleinio, ac yn rhoi'r bloda ynddo fo.

'Lwcus bod Mam wedi meddwl am rhein,' medda fi.

'On'd ydy hi'n meddwl am bob dim.'

Rydan ni'n dau yn camu'n ôl i edmygu'r gwaith, a'r balchdar yn gneud i ni deimlo'n gynnas braf y tu mewn unwaith eto.

32

Mam, hefyd, ddaru awgrymu ein bod ni'n dau'n haeddu dwrnod allan ar ôl gweithio mor galad, ond mi dw i'n siŵr ei bod hi'n difaru pan ddeudodd Dad,

'Morfa Bychan amdani, felly.'

Hogyn o'r Bermo ydy Dad, a dŵr heli yn ei waed, medda fo. Mae o'n ein hatgoffa o'r dwrnod yr aeth â ni yno i weld llun ei Daid – 'Captain Owen, Master Mariner' – yn y cwt cychod ar y cei, ac yn brolio,

'Roedd pawb yn deud 'mod i 'run ffunud â'r Captan.'

'Fedrwn i'm gweld unrhyw debygrwydd,' medda Mam, aeth ati i olchi pob dilledyn wedi i ni gyrradd adra, i gael gwarad â'r ogla pysgod.

Mae o'n ein hatgoffa ni hefyd o'r tro hwnnw y cafodd ei lun yn y papur am achub hogyn ifanc rhag boddi, ac yn deud ei fod yn benderfynol o 'nysgu i i nofio'r tro yma. Ond be ydy diban hynny a ninna ddim ond yn mynd i olwg y môr ddwywaith y flwyddyn?

'Wn i ddim i be dw i'n trafferthu,' medda Mam, wrth iddi daenu'r past ar y brechdana. 'Fyddan nhw ddim ond yn blasu o dywod.'

Mae Dad yn chwerthin ac yn deud ma' dyna pam maen nhw'n cael eu galw yn sand-wijis.

Rydan ni'n ymuno â'r ciw wrth garej Crosville. Er nad ydy rhai'n cael mynd ddim pellach na Manod, neu Llan, maen nhw i gyd mewn hwylia da, fel bydd pobol Blaena pan fydd yr haul yn twynnu. Ond dydy hynny ddim yn wir am Eleanor a'i nain, sy'n croesi'r stryd tuag aton ni, Eleanor yn llusgo cês mawr a'i nain yn cario bwndal wedi'i lapio mewn papur brown. Mae wynab Eleanor wedi chwyddo, fel tasa hi'n diodda o'r ddannodd. Wedi gneud rhyw ddrwg mae hi, mae'n debyg. Does 'na ddim byd i'w rhwystro, rŵan ei bod hi'n wylia a hitha'n rhydd drwy'r dydd.

Gan nad ydw i isio gwbod be ydy o, rydw i'n gwenu arni ac yn gofyn,

'Mynd ar dy holides w't ti?'

Mae'i nain yn edrych arna i fel tasa hi'n licio 'nhagu i, ac yn deud,

'Mae Eleanor yn symud i fyw efo'i mam.'

A dyna Eleanor yn dechra sgrechian a gweiddi, 'Nag'dw' a 'Ddim isio', drosodd a throsodd.

Mi fedra i glywad rhywun yn deud,

'Ma'r hogan 'na angan chwip din go iawn.'

Ond yn lle ei siarsio i gau ei cheg, mae nain Eleanor yn rhoi ei breichiau amdani ac yn ei gwasgu'n glòs.

Pan mae'r bỳs yn cyrradd, rydw i'n cynnig cadw cwmpeini i Eleanor. Mi fedra i fforddio bod yn glên, gan na fydd raid i mi ei diodda hi byth eto.

'Fe arhoswn ni am y bỳs nesa, fel ein bod ni'n cael mwy o amsar efo'n gilydd,' medda'i nain.

Y peth cynta mae Dad yn ei neud ydy agor y ffenast, ond mae 'na gymaint o gwyno fel ei fod o'n gorfod ei chau. Mae Mam a finna, a phawb arall, yn cael gwbod fel y bydda fo'n arfar reidio i lawr i Morfa Bychan ar ei feic, a bod ganddo flys gneud 'run peth eto, gan fod hynny'n llawar iachach na bod ar fỳs fyglyd sy'n drewi o chwys ac ogla traed.

'Paid â siarad gwirion, Richard,' medda Mam yn dawal bach. 'Falla y gallat ti gyrradd i lawr yno, ond fydda gen ti'm gobaith dringo'r rhiwia'n ôl.'

Er nad ydy o'n deud fawr ddim am weddill y siwrna, gyntad rydan ni'n cyrradd Porthmadog mae gwynt y môr yn ddigon i ddod â fo ato'i hun. I ffwrdd â ni ar fỳs arall i gwr pella pentra Morfa Bychan, a cherddad y rhimyn ffordd gul am y traeth, Dad lathenni ar y blaen, a finna'n mesur fy nghama efo rhai Mam, rhag ofn iddi gael ei themtio i droi'n ôl. Yn sydyn reit, mae Dad yn aros, yn chwifio'i freichia ac yn gweiddi,

'Dacw fo! Dyna be ydy golygfa gwerth ei gweld!'

Erbyn i ni gyrradd y traeth, mae o wedi taenu rỳg ar y tywod. Rydan ni'n cael gorchymyn gan Mam i osod y bagia i lawr yn ofalus, ond mae Dad yn gollwng ei un o, a'r tywod yn cawodi dros y rỳg, sy'n golygu dechra o'r dechra unwaith eto.

''Does 'na waith tendio arnat ti, Jen,' medda Dad. 'Be arall w't ti am i mi neud?'

'Ofynnis i ddim am gael dŵad yma,' medda hitha, ac i lawr â hi yn ara deg bach.

Wrth iddi sylwi fod Dad yn paratoi i dynnu'i drowsus, mae hi'n estyn llian o'r bag, ac yn deud,

'Rho hwn am dy ganol, o gwilydd.'

'Wn i'm i be, a finna'n gwisgo tryncs nofio.'

'Dydy dadwisgo'n gyhoeddus ddim yn beth parchus i' neud.'

'Ar lan môr ydan ni, 'te.'

'Ia, gwaetha'r modd.'

Er mwyn plesio Mam, rydw i'n lapio llian amdana cyn tynnu 'nillad, er fy mod inna yn fy ngwisg ymdrochi.

'W't ti am ddŵad efo ni, Jen?' medda Dad.

'Ma'n rhaid i rywun edrych ar ôl y bagia.'

Dim ond ymdrach i drio plesio oedd hynna. Fe

wyddon ni'n dau na fydda Mam yn styriad rhoi bawd ei throed yn y môr, heb sôn am y gweddill ohoni. Mi fydd yn ista yn fan'ma, yn diodda'n ddistaw, ac yn poeni rhag ofn i Dad, sydd wedi cynhyrfu cymaint, adal i mi fentro'n rhy bell. Gan y bydda'n well gen inna, fel Mam, gael fy nhraed ar dir sych, dydy hynny ddim yn debygol o ddigwydd, ond fel un yr oedd 'Captain Owen, Master Mariner' yn hen daid iddi, fiw i mi ddangos fod gen i ofn.

Er bod Dad yn gneud ei ora glas i gadw'i addewid, mae o hyd yn oed, efo'i amynadd Job, yn sylweddoli ma' gwastraff amsar ydy hynny ac na fydda i byth bythoedd yn giamstar ar nofio fel rydw i am reidio beic.

'Tro nesa, falla,' medda fo. 'Well i ti fynd yn ôl at dy fam.'

Mi dw i'n siŵr ei fod o'n falch o gael gwarad â fi, o ddifri, er ei fod o'n siomedig. Ond does ar Mam mo f'angan i yma chwaith. Mae hi wedi cau ei llygaid, ac yn edrych mor gyfforddus ag oedd hi ar y fainc ym Mae Colwyn. Rydw i'n ista ar fy mhen fy hun ar y tywod, yn aros am Dad, ac yn gwrando ar blant a gwylanod yn sgrechian am y gora.

Mae o wedi cyrradd, o'r diwadd.

'Cysgu mae dy fam, ia?'

'Nag ydw i, wir,' medda hitha. 'Fedrwn i ddim ymlacio am eiliad, heb sôn am gysgu. Fydda'm gwell i ti wisgo, Richard?'

Meddwl mae hi, debyg, nad ydy o'm yn gweddu i flaenor fod yn sefyll yn fan'ma yng ngolwg pawb, yn noeth heblaw am y tryncs nofio sydd wedi mynd i mewn wrth ei olchi.

'Ddim rŵan. Mae Helen a fi'n mynd i adeiladu castall.'

'Ond dydw i ddim wedi dŵad â bwcad a rhaw.'

186

'Pam, felly?'

'Am 'y mod i'n rhy hen i chwara efo nhw.'

'Does 'na neb rhy hen i neud castall tywod.'

Mae o'n dechra rhawio'r tywod efo'i ddwylo, a'r rhan fwya ohono'n glanio ar Mam.

'Dyna ddigon,' medda hi, a chodi ar ei thraed. 'Rydw i'n mynd adra.'

'Ond dydan ni ddim wedi ca'l ein picnic eto, Mam.'

'Well i ti gael tamad gynta, Jen. Mi fydd raid i ti aros yn hir am y bỳs.'

Y munud nesa, mae o wedi cymyd lle Mam ar y rỳg, yn agor un o'r bagia, ac yn deud,

'Helpa dy hun i sand-wij, Helen.'

'A lle ydw i fod i ista?'

'Mi w't ti am aros, felly?'

Ydy, mae hi, gan na fedar hi drystio Dad i edrych ar f'ôl i. A p'un bynnag, fe fyddan ni'n dau yn llwgu oni bai amdani hi, a siawns nad ydy hi'n haeddu siâr o'r bwyd a hitha wedi treulio oria'n ei baratoi.

'Steddwch, Mrs Owen,' medda Dad, gan symud i fyny i neud lle iddi. 'A bytwch fel tasa chi adra.'

'Biti na faswn i.'

Rydan ni'n tri yn cnoi ac yn crenshian, y lemonêd cynnas a'r te o'r fflasg yn help i lyncu'r gronynna tywod. Ond cyn iddo allu treulio'r bwyd, mae Dad ar ei draed unwaith eto, a Mam yn gofyn,

'Lle w't ti'n cychwyn rŵan?'

'I nofio, 'te.'

'Ddim ar stumog lawn, Richard.'

Ond dydy Dad ddim wedi dŵad yma i ista'n gneud dim. Mae 'na ddau dîm yn chwara rownders rhyngddan ni a'r môr, ac un tîm yn colli'n rhemp.

'Mi all rheina neud efo help,' medda Dad, ac i ffwrdd
â fo nerth ei draed. Rydw i'n clywad un ohonyn nhw'n
gofyn, 'Are you any good', a Dad yn deud, yn frol i gyd,
'Try me and see.'

'Hogyn fydd dy dad am byth, mae arna i ofn,' medda
Mam.

Ofn sydd gen i y bydd iddo fo fethu taro'r bêl, a
gneud ffŵl ohono'i hun. Ond rydan ni'n dwy'n wên o
glust i glust wrth ei weld yn rhoi waldan iawn iddi. Toc,
mae'r tîm oedd yn colli ar y blaen, y lleill yn cwyno fod
hyn yn annheg, ac un ohonyn nhw'n gweiddi, 'This
fellow's a pro.' Dydy Mam ddim yn hapus o gwbwl fod
Dad yn cael ei alw'n 'fellow', ac yn meddwl eu bod
nhw'n amharchus iawn o ddyn yn ei oed, beth bynnag
am ei synnwyr, heb sôn am fod yn gollwyr sâl.

Mae o rŵan ar ei ffordd yn ôl, yn cario bwcad a rhaw,
wedi cael eu benthyg nhw am y pnawn.

'Mi fyddan yn meddwl na fedrwn ni ddim fforddio
prynu rhai,' medda Mam, nad ydy hi rioed wedi
benthyca dim.

'Choelia i fawr. Maen nhw'n hen griw iawn, er eu
bod nhw'n Saeson.'

Rydan ni wedi bod wrthi ers hydodd yn adeiladu'r
castall, Dad a finna'n labro a Mam yn fforman. Rydw i'n
sylwi fod y bobol o'n cwmpas yn dechra hel eu petha at
ei gilydd, ac yn gofyn,

'Faint o'r gloch ydy hi?'

Mae Dad yn edrych ar ei arddwrn, ac yn cynhyrfu'n
lân am nad ydy'r oriawr yno, lle dyla hi fod.

'Mi dw i wedi'i cholli hi, Jen,' medda fo. 'Ddo i ddim
yn agos i'r Morfa Bychan 'ma eto.'

Yn lle deud, 'Diolch byth', fel ro'n i wedi'i ddisgwyl,

mae Mam yn mynd ar ei phenglinia yn y tywod, ac yn ei chwalu o i bob cyfeiriad, fel ci yn cloddio am asgwrn. Mi dw i'n cofio gweld Dad yn rhoi'r oriawr yn un o'i bocedi, i'w chadw'n saff, ac yn dechra chwilio drwy'r pentwr dillad.

'Dyma hi!' medda fi, a chwythu ar y gwydyr, er mwyn cael gwarad â'r tywod.

Mae Dad yn fy nghodi i i'r awyr, ac yn deud,

'Be faswn i'n ei neud hebddat ti, d'wad?'

Dim ond hannar awr sydd ganddon ni i wisgo, pacio, mynd â'r fwcad a'r rhaw yn ôl, a cherddad i ben draw'r rhimyn ffordd.

Wedi colli'r bỳs fyddan ni oni bai i Dad redag fel milgi, a chwifio'i freichia i dynnu sylw'r dreifar.

'Liciwn i tasa dy egni di gen i, mêt,' medda hwnnw.

'Mi dw i cyn iachad â'r gneuan, 'dydw, Jen?'

'O, wyt. Fyddat ti ddim yn ca'l unrhyw draffarth i ddringo'r rhiwia 'na.'

Rydan ni wedi cyrradd adra'n fyw ac yn iach, a the o'r tebot wedi cael gwarad â phob gronyn o'r tywod. Mae Dad yn deud ei bod hi'n biti nad oedd ganddon ni faner Ddraig Goch i'w rhoi ar dŵr y castall er mwyn i ni, fel Cymry, allu ei hawlio fo.

'Hidia befo,' medda fi. 'Mi 'nest ti ddangos i'r Saeson 'na sut mae chwara rowndars.'

Mi fydda'n dda gen i taswn i wedi gallu dysgu nofio er mwyn iddo fod yn falch ohona i, a gallu brolio fod gen inna ddŵr heli yn fy ngwaed, fel fy hen daid 'Captain Owen, Master Mariner', ac ynta, gafodd ei lun yn y papur am achub hogyn ifanc o'r môr.

Mi fyddwn i wedi anghofio'r cwbwl am Eleanor Parry a'r helynt y tu allan i'r Crosville oni bai i mi glywad Mam yn deud wrth Dad, pan o'n i ar fy ffordd i lawr grisia bora 'ma,

'Methu deall ydw i be 'nath i'r ddynas 'na fynnu cael Eleanor yn ôl, a hitha wedi troi ei chefn arni ers yr holl flynyddodd.'

'Gwell hwyr na hwyrach, 'te, Jen?'

'Ofn sydd gen i ei bod hi'n llawar rhy hwyr.'

'Rhy hwyr i be?' medda fi, wedi cyrradd heb iddyn nhw sylwi.

Ond ches i ddim atab, mwy nag arfar.

33

Mi fyddwn i wedi licio bod yn bry bach ar wal y festri y pnawn hwnnw pan gafodd Mam y gora ar Miss Evans yn y cwarfod i drefnu'r trip Ysgol Sul. I Miss Evans, a rhai o aeloda'r capal, y ffordd lydan sy'n arwain i ddistryw ydy'r un i Rhyl, ac roeddan nhw'r un mor benderfynol ag arfar o gael dilyn y ffordd gul i Landudno. Ond Mam, fel Arolygydd yr Ysgol Sul, oedd â'r hawl i'r bleidlais ola, a dyna pam fod Miss Evans wedi ymddiswyddo o'r pwyllgor a ninna, blant yr Ysgol Sul, ar ein ffordd i ddistryw eto.

'Ond fedri di ddim diodda Rhyl, Jen,' medda Dad, pan glywodd o be oedd wedi digwydd. A Mam, oedd fel tasa hi wedi anghofio bob dim am yr LRAM a'r rhent, yn deud fod yn haws ganddi ddiodda'r lle na hon drws nesa.

Bora Sadwrn dwytha, a phawb yn aros y tu allan i'r capal, doedd 'na ddim golwg o Miss Evans. Ond pan gyrhaeddodd y bỳs, dyna lle roedd hi, wedi sleifio i'r garej er mwyn cael y sêt flaen. Fe afaelodd ym mraich Mam wrth iddi drio sleifio heibio, a deud,

'Steddwch yn fan'ma efo fi, Mrs Owen, fel ein bod ni'n dwy'n gallu cadw golwg ar bethau.'

Fe fu'n rhaid i Dad a Mr Price Tŷ Capal helpu Mr Edwards i ddringo'r stepia i'r bỳs, un yn tynnu a'r llall yn gwthio. Erbyn iddyn nhw ei gael o i'w sêt, roedd y ddau'n doman o chwys.

'On'd ydy'r seti 'ma'n gyfyng, deudwch?' medda fo, er ei fod o'n cymyd lle dau. Roedd o mewn du i gyd, a hyd yn oed y sbecyn gwyn o golar wedi diflannu o dan yr ên drebal.

Ro'n i wedi gneud yn siŵr fod y plant i gyd yn

gwbod ma' i Mam yr oedd y diolch ein bod ni'n cael mynd i Rhyl, a phan gychwynnodd y bỳs dyna Robert John yn gweiddi, 'Hip, hip, hwrê i Mrs O!' nerth ei ben, Er 'mod i'n browd o Mam, ofn oedd gen i y bydda Miss Evans yn fwy penderfynol fyth o neud iddi ddiodda am hynny.

Roedd Edwin babi mam yn sefyll wrth y drws o dan arwydd mawr, 'Dim sefyll, os gwelwch yn dda', a'i fam wrth ei ochor yn barod i weiddi 'Stop' pan fydda fo'n newid ei liw. A dyna 'nath hi, ddwy waith, er nad oedd 'na ddim angan. Llinos Wyn oedd yr un ddaru daflu i fyny, nid Edwin, a hynny heb fath o rybudd. Roedd hi wedi byta llond bag o jeli bebis cyn cyrradd Llanrwst, reit o dan ein trwyna ni, gan frathu'u penna i ffwrdd gynta. Mi dw i'n meddwl ei fod o'n ffeindiach peth dechra efo'r traed, ond mae 'na natur fileinig yn Llinos Wyn, Angel yr Arglwydd ym mhob drama Dolig, a Mair, mam yr Iesu, erbyn hyn.

Wedi i Mrs Wyn-Rowands lanhau'r sêt a'r llawr ora medra hi efo'r papur newydd nad oedd Mr Price wedi cael cyfla i'w ddarllan, dyna pawb yn setlo i lawr unwaith eto. Ond yn sydyn reit, fe ddechreuodd y Gwnidog neud y syna rhyfedda.

'Stopiwch y bỳs,' gwaeddodd Mr Price. 'Mae'r Parchedig yn mygu!'

A stopio ddaru ni, mwg yn codi o'r teiars, y merchad yn sgrechian, y dreifar yn rhegi dan ei wynt, a Mam yn glanio yng nghesal Miss Evans, y lle dwytha oedd hi isio bod. Y munud nesa, roedd hi ar ei thraed ac yn holi oedd pawb yn iawn.

'Iawn?' medda Miss Evans. 'Ydach chi'n sylweddoli, Mrs Owen, y gallan ni i gyd fod yn gelain gorff oni bai fod Duw yn gofalu amdanon ni, a wn i ddim pam y dyla Fo.'

Er bod rhywun wedi llwyddo i lacio colar y Gwnidog erbyn hynny, roedd o'n gwrthod ei thynnu hi. Falla nad ydy o'n teimlo'n saff hebddi. Yno y buon ni, nes iddo gael digon o wynt i allu deud,

'Rydw i'n ddiolchgar iawn i chi, gyfeillion.'

'I'r Arglwydd mae'r diolch am ein harbad ni, Mr Edwards.'

'Ia, wrth gwrs, Miss Evans. Yr un sydd wrth law o hyd i wrando'n cri, yntê?'

'A be mae o am i mi ei neud?' galwodd y dreifar. 'Mynd ymlaen ynta troi'n ôl?'

'Mi awn ymlaen yn nerth y nef, Mr ym . . . ym. Gras ein Harglwydd Iesu Grist a fyddo gyda ni oll, Amen.'

Ac i ffwrdd â ni unwaith eto. Mi fedrwn i glywad Miss Evans yn deud wrth Mam na fydda'r Israeliaid byth wedi gadal yr Aifft pe baen nhw'n dibynnu ar rywun fel y Parchedig i'w harwain. Do'n i ddim angan neb i f'arwain i, reit siŵr. Y cwbwl o'n i isio oedd cael bod yno, yng ngwlad candi fflos a chŵn poeth, ceir bwmpio a ffigyr êt, yn gneud yr holl betha na ddyla genod neis, yn enwedig rhai ar drip Ysgol Sul, eu gneud. Ond gan fod 'na filltirodd lawar i fynd tan hynny, mi es ati i sgwennu pennill am Miss Evans, sy'n credu mewn siarad plaen, a'r Gwnidog, sy'n mynd yn fwy bob dydd:

> Medda hi, cyn blaenad ag arfar,
> 'Dilynwch esiampl eich Meistar.
>   Os na newch chi ymprydio
>   rydach chi'n siŵr o fyrstio,
> a fydd 'na ddim ar ôl ond eich colar.'

'Rydan ni wedi cyrradd o'r diwadd, Helen,' medda Dad. 'Dwn i'm sut drefn sydd ar dy fam erbyn hyn, y gryduras fach.'

Pan ddechreuodd yr hogia sgrialu o'r cefn, dyna Mr Price yn camu ymlaen i sefyll rhyngddyn nhw a'r drws, a gofyn, gan ddal bag canfas mawr i fyny,

'Wyddoch chi be sydd gen i yn fan'ma?'

Llinos Wyn oedd y gynta i godi'i llaw.

'Ein gwobra ni am fod yn ffyddlon i'r ysgol Sul, Mr Price.' Fe fydda Llinos Wyn yn gneud Megan Lloyd iawn tasa ganddi fwy yn ei phen.

Mr Price ydy trysorydd y capal, ac mae'i gael o i wario ceiniog, er nad ei bres o ydyn nhw, fel trio cael gwaed o garrag yn ôl Dad. Roedd o'n edrych yn ddifrifol iawn wrth iddo gyfri'r pres – swllt i'r rhai hyna a chwecheiniog i'r rhai lleia.

'Gwariwch yn ddoeth, Helen,' medda fo. 'A chofiwch am y plant bach duon.'

Be fydda ganddo fo i'w ddeud, tybad, petai o'n gwbod 'mod i wedi gwagio fy mocs cenhadaeth y bora hwnnw? Dim ond chwecheiniog gafodd Robert John, gan fod angan y gweddill i helpu i dalu am tsiaen newydd i'r tŷ bach yn lle'r un roedd o wedi'i malu wrth swingio arni'n cymyd arno fod yn Tarzan.

Er bod y pres wedi'i rannu a Mr Price wedi cadw'r bag gwag yn ei bocad gan ochneidio, roedd y drws yn dal wedi'i gau rhyngon ni a Marine Lake.

'Ydach chi am roi'r cyfarwyddiada iddyn nhw, Mrs Owen?' medda Miss Evans, pan welodd hi nad oedd osgo symud ar Mam.

'Na, gnewch chi.'

A dyna ddeg munud arall o gael ein siarsio i

ymddwyn yn weddus a bod yn siampl i eraill, o beidio rhusio o gwmpas a gwastraffu arian ar sothach.

'Cofiwch sôn wrthyn nhw am y te yn festri Seion am bedwar,' galwodd y Gwnidog, yn meddwl am ei fol, fel arfar.

'Dydyn nhw ddim yn debygol o anghofio hwnnw, mwy na chitha, Mr Edwards. A fydda'm gwell i chi ofyn bendith? Mae mwy o angan hynny heddiw nag erioed.'

Ond cyn iddo allu deud gair, roedd Robert John wedi agor y drws, a ninna'n rhydd.

Roedd David John a Llinos Wyn a finna wedi bod yn sefyll y tu allan i'r *Tunnel of Love* ers wn i ddim pryd, yn gwylio'r cypla'n mynd i mewn un pen ac allan y pen arall. Fedrwn i ddim gadal, gan fod Llinos Wyn yn hongian ar fy mraich ac yn swnian arna i fynd ar un o'r cychod efo hi.

'Ddo i efo chdi os gnei di dalu,' medda David John.

Wrth iddyn nhw ddiflannu i'r twnnal, dyna fo'n rhoi winc fawr arna i.

'Iwhŵ, Helen, sbia arna i!' medda llais y tu cefn i mi. Edwin babi mam, wedi'i strapio mewn car ar y rowndabowt, a'i fam yn trotian wrth ei ochor.

'Edrych lle w't ti'n mynd, cariad bach,' galwodd honno.

Pan ddaeth y reid i ben, fe wrthododd Edwin adal y car, ac i ffwrdd â nhw unwaith eto.

Mi fedrwn weld Barbra a Beti'n gwthio'u ffordd tuag ata i, y ddwy'n gwisgo hetia, efo *'Kiss me quick'* ar un a *'Be my love'* ar y llall. Gofyn am drwbwl ydy peth felly.

''Sgen ti'm byd gwell i' neud nag edrych ar y babi dail 'na?' medda un ohonyn nhw.

'Aros am Llinos Wyn dw i.'

'Lle ma' hi, 'lly?'

'Yn y *Tunnel of Love* efo David John.'

Wn i'm be oedd mor ddigri yn hynny, na pam y deudodd Barbra neu Beti, 'Fydd Llinos Wyn byth yr un fath eto!' Cyn i mi gael cyfla i ofyn, roedd y ddwy wedi'i gwadnu hi am y lle gwydra, yn dal i rowlio chwerthin. Ond crio mawr oedd i'w glywad pan ddaeth y cwch allan o'r twnnal, a'r dyn hel pres yn gweiddi,

'*Turn the tap off, darling. It's bad for business.*'

Fe redodd Llinos Wyn ata i, y dagra'n powlio i lawr ei bocha, a David John yn ei dilyn, gan lusgo'i draed. Roedd y bobol o gwmpas yn edrych yn gas ar David John a finna. Pan fydda i'n crio, y cwbwl ydw i isio ydy llonydd, ond Edwin arall ydy Llinos Wyn.

'Well i ti fynd draw i festri Seion at dy fam,' medda fi.

'Ddoi di efo fi, Helen?'

'Fedra i ddim. Mi dw i 'di addo mynd i'r *Hall of Mirrors* efo Barbra a Beti.'

Do'n i ddim bwriadu mynd yn agos i'r lle, gan fod dwy o'r rheiny'n fwy na digon. Nac yn bwriadu gwastraffu amsar prin mewn festri ar ddwrnod trip, a finna'n treulio cymaint o f'amsar mewn lle felly.

Wedi i mi gael gwarad â Llinos Wyn, wyddwn i ddim be i' neud efo David John, oedd yn mynnu y bydda fo'n cychwyn adra'r munud hwnnw tasa fo'n gwbod pa ffordd i droi.

'Awn ni ar y ffigyr êt, ia?' medda fi, gan feddwl y bydda cael ei ddychryn allan o'i groen ar hwnnw yn gneud iddo anghofio beth bynnag oedd o wedi'i neud.

Roeddan ni ar ein ffordd i fyny, ac yn ddigon agos i allu cyffwrdd y plu o gymyla, pan ddeudodd David John ma'r cwbwl 'nath o oedd rhoi sws i Llinos Wyn ar ei boch . . . 'fel hyn, yli'. Roedd ei wefusa fo'n feddal ac yn gynnas.

'Dim ond hynna?' medda fi, yn methu credu y galla peth mor braf fod yn achos crio.

'Wir yr. Cross my hârt, and hôp to die.'

'Falla'i bod hi ofn twllwch.'

A dyna David John yn codi'i freichia i'r awyr ac yn gweiddi,

''Sgen i'm ofn dim.'

Ond wrth i ni blymio i lawr yr inclên, nad oedd hi ond addewid o waeth i ddŵad, fe gafodd ei daflu 'mlaen. Ac felly y buo fo, ei ddyrna'n gwasgu am y rhelan a'i lygaid wedi'u cau'n dynn, nes ein bod ni'n ôl ar y ddaear. Roedd o'n siglo uwchben ei draed, fel tasa fo'n chwil ulw, a'i wynab yr un lliw â'r llwch yng ngweithdy Dad.

'Ddeuda i ddim wrth neb,' medda fi.

'Deud be?'

'Ti'n gwbod be.'

O, oedd, roedd o yn gwbod. Falla i mi addo peidio deud, ond wna i ddim gadal iddo fo anghofio.

Mae'n debyg ma' hwn fydd y tro ola i Llinos Wyn weld y Rhyl, er na welodd hi fawr arno fo heddiw chwaith o ran hynny.

Pan gyrhaeddodd hi'r festri, ac ôl crio mawr arni, roedd Mrs Wyn-Rowlands wrthi'n torri brechdana, ac fe ddychrynodd gymaint nes iddi fethu'r bara, a thorri'i bys. Lwcus nad oes 'na fawr o fin ar gyllyll capal. Yn ôl Beti a Barbra, oedd wedi mynd draw yno cyn 'ramsar am eu bod nhw'n llwgu, roedd hi wedi rhoi pregath i Llinos Wyn barodd gyn hirad â phregetha'r Parchedig, ar sut y dyla merchad bach parchus aros yn y gola.

'Mi fasat ti'n meddwl fod y Miss Evans 'na'n gwbod i be ma'r Twnnal yn da, a hitha'n ditsiar,' medda un ohonyn nhw.

Wyddwn inna ddim chwaith, er bod gen i syniad reit dda erbyn hynny.

'Ond fe ddaru ni egluro iddi, yn do, Beti?' medda Barbra.

Mae'n siŵr iddyn nhw neud hynny'n fwriadol, er mwyn dial am orfod penlinio o flaen Llinos Wyn, Angel yr Arglwydd, Dolig cyn dwytha, efo llieinia sychu llestri am eu penna, a heb gael deud gair am eu bod nhw mewn 'dirfawr ofn'.

Doedd 'na fawr o hwyl ar neb amsar te – Mr Price yn deud y drefn am y Phariseaid oedd wedi codi tâl am ddefnyddio'r festri, mam Edwin yn diodda o'r bendro, Mrs Wyn-Rowlands â phiti mawr drosti'i hun, a phawb oedd wedi pleidleisio dros ddod i Rhyl yn edrych yn swp sâl pan ddeudodd Miss Evans ei bod hi wedi'u rhybuddio nhw o beryglon Gehenna'r Gogledd, a'i bod hi'n cynnig ein bod ni'n gadal gyntad â bo modd.

'Eilio,' medda'r Gwnidog, oedd wedi cael llond ei fol ac yn barod i fynd adra.

A dyna hi'n 'ta-ta, Rhyl' am 'leni, os nad am byth.

Cyn i ni gyrradd Abergele, roedd Miss Evans wedi dechra arni eto. Pan ddeudodd hi, 'Oni bai am eich pleidlais chi, Mrs Owen', mi fedrwn i glywad Mam yn ochneidio, fel tasa hi'n crio tu mewn.

'Doedd dim rhaid i chi ddŵad efo ni,' medda hi, mewn llais bach.

'Mi fedrwch ddiolch fy mod i yno, neu does wybod be fydda wedi digwydd.'

Chlywas i ddim rhagor gan fod 'na gymaint o sŵn yn dŵad o'r cefn, lle roedd Robert John a'r lleill ar eu penglinia ar y sêt yn tynnu stumia ar bob car oedd yn pasio, ond mi fedrwn weld Mam yn suddo'n is i'w sêt. Roedd Mr Edwards Gwnidog wedi bod yn ddigon call i lacio'i golar er mwyn gallu anadlu, Llinos Wyn, ei hwynab yn hyll o ôl crio, wedi cael ei gorfodi i ista efo'i Mam, oedd yn bygwth deud wrth Mr Wyn-Rowlands pa mor siomedig oedd hi yn ei ferch, a mam Edwin yn dal bag papur brown o dan ei drwyn, er bod arni hi fwy o angan hwnnw wedi'r holl drotian rownd a rownd.

Pan ddechreuodd Beti a Barbra ganu, *'She'll be coming round the mountain'*, dyna David John yn llithro i'r sêt wrth f'ochor i, ac yn gofyn,

'Ga' i ista efo chdi, Helen?'

'Fydd hynny ddim yn plesio Llinos Wyn.'

'Waeth gen i amdani. A do'n i ddim isio rhoi sws iddi chwaith.'

'Pam gnest ti, 'ta?'

'Am ma' dyna oedd pawb arall yn 'i neud. Ond chdi dw i'n licio.'

Roedd Miss Evans, a'i hwynab yn fflamgoch, yn galw ar y Gwnidog i roi taw ar y canu maswedd. Ond chlywodd o mohoni gan ei fod o'n hymian ei ora. Fe neidiodd Mr Price, oedd wedi cael ei orfodi i wario pres y capal ar rai nad oeddan nhw'n haeddu 'run geiniog, a'i bres ei hun ar bapur newydd arall, ar ei draed a gweiddi nerth esgyrn ei ben,

'Caewch eich cega'r rapsgaliwns. A 'stedda ditha i lawr, Robert John, neu weli di 'run trip arall.'

Lwcus fod y *'when she comes'* wedi boddi 'Stwffiwch

'ych trip'. Mae pobol yn deud y bydda Mr Price wedi darn-ladd Annie fwy nag unwaith oni bai ei bod hi ddwbwl ei faint.

Falla y gofynna i i David John, ryw ddwrnod, ddangos i mi un waith eto be 'nath o i Llinos Wyn yn y twnnal. Ond er fy mod inna'n ei licio fo, fydd 'na ddim cusanu ar wefusa na snogio mewn corneli tywyll. Ac os bydd o'n mynd yn rhy fawr i'w sgidia, mi fydd y ddau air 'ffigyr êt' yn ddigon i'w setlo.

34

'Gwylia eto, Helen?' medda Miss Evans, pan welodd hi fi'n sefyll wrth y giât a'r cês mawr brown wrth fy nhraed.

'A lle ydach chi am gael mynd y tro yma?'

'Lerpwl, Miss Evans.'

'Bobol annwyl, 'dydy'r lle hwnnw cyn waethad bob tamad â'r Rhyl annuwiol 'na, ac mi wyddoch be ddigwyddodd yn fan'no.'

'A pryd buoch chi yn Lerpwl ddwytha, Miss Evans?'

Roedd Dad wedi cyrradd mewn pryd i f'arbad i.

'Dydw i erioed wedi bod yno, Mr Owen. Fyddwn i'm yn dewis mynd yn agos i'r fath . . .'

'Gehenna?'

'Yn hollol. A be newch chi mewn lle felly?'

'Gweddïo am ras, a gobeithio'r gora, 'te.'

'Pam na fasat ti'n deud wrthi ma' mynd i weld Yncl Bob ac Anti Annie rydan ni?' medda fi, wedi iddi ddiflannu i'r tŷ.

'Dyna pam w't ti'n mynd yno?'

'Ddim o ddifri.'

'Na finna. Wn i'm be am dy fam. A paid â meiddio gofyn iddi nes byddwn ni wedi cyrradd yn saff.'

Dydy Yncl Bob ddim byd tebyg i Dad, er eu bod nhw'n frodyr. Mae o'n sobor o dena, ac yn edrych fel tasa fo angan boliad o fwyd a dos iawn o haul ac awyr iach. Anti Annie ac ynta ydy gofalwyr y capal Cymraeg yn Anfield, er ma' Yncl Bob sy'n gneud y gwaith ac Anti Annie'n gofalu ei fod o'n cael ei neud.

Nid dyma'r tro cynta i ni fod yn Lerpwl, ond fe allon ni fynd a dŵad llynadd heb i Miss Evans, oedd yn aros efo'i chneithar yng Nghriciath, fod ddim callach. Roedd hi wedi bod yn canmol y gneithar 'ma i'r cymyla – dynas agos i'w lle, halan y ddaear.

'Mae gofyn iddi fod yn angal o'r nefoedd,' medda Mam.

Ond ei siomi gafodd Miss Evans, fel arfar, a dŵad adra yn deud 'Byth eto'. Wedi'i gwahodd hi yno i bwrpas yr oedd y gneithar, manteisio arni, ei thrin fel morwyn fach, a hynny heb air o ddiolch.

Mae Anti Annie wedi trefnu i ni aros efo Mrs Pearson, sy'n byw gyferbyn â'r capal, fel gnaethon ni'r tro dwytha, er na ofynnodd neb iddi neud hynny. Doeddan ni'n hidio dim am Mrs P na'i thŷ. Gan na fedra hi 'run gair o Gymraeg, a bod ei Sgows hi fel Dybl Dytch i ninna, roedd yn rhaid i ni siarad efo'n dwylo, fel pobol mud a byddar. Wedi i ni adal, fe aeth at Yncl Bob i gwyno ein bod ni wedi torri wn i ddim faint o reola, ond doedd dim disgwyl i ni allu eu cadw a ninna heb syniad be oeddan nhw.

Y tro yma, mae hi wedi'u rhoi nhw ar bapur, ac yn estyn copi i ni fel rydan ni'n camu i mewn. Mae Mam yn bygwth gadal y munud 'ma, a Dad yn deud nad ydy o'n malio dim am Mrs P, ond bod gofyn bod yn ofalus iawn rhag sathru ar fodia Annie, a rheiny mor dendar.

'A be am fy modia i?' medda Mam.

'Mi fyddi di'n iawn, ond i ti beidio gwisgo dy sgidia gora.'

Ond dydy hi ddim yn iawn, o bell ffordd, er ei bod hi'n cytuno i aros a thrio gneud y gora o'r gwaetha.

Rydan ni'n llyncu'r brecwast, heb ei gnoi, yn ein brys i adal y tŷ. Ar y tram i Pier Head, dydy Mam yn gneud dim ond cwyno fod ei chorff hi'n brifo drosto efo'r holl sgytian, fod y bwyd yn un lwmp yn ei stumog hi, a'r straen o ddal ei thafod fel mae hi'n gorfod ei neud bob dydd o'i bywyd oherwydd honna drws nesa wedi codi cur mawr yn ei phen. Wedi i ni gyrradd, mae hi'n mynnu na fedar hi ddim wynebu croesi i New Brighton gan ei bod hi'n diodda o salwch môr.

'Afon ydy hon, Jen,' medda Dad, a'n gwthio ni o'i flaen ar y cwch.

'Dydw inna ddim isio mynd chwaith,' medda fi.

'Wrth gwrs dy fod ti. Dyna pam rydan ni yma, 'te?'

Mae o'n tynnu pacad o Polos o'i bocad ac yn gofyn,

'Pwy fedar neud i un o'r rhain bar'a nes cyrradd New Brighton? Eis crîm i'r enillydd.'

Rydw i'n synnu gweld Mam yn estyn am un ohonyn nhw. Rydan ni'n tri yn sipian yn sidêt, ond wrth i'r cwch gyrradd y lan arall, mi alla i glywad clec fach.

'Dyna f'un i wedi mynd!' medda fi, a'i grenshian o rhwng fy nannadd.

'A f'un inna. Be amdanat ti, Jen?'

Mae Mam yn gwthio'i thafod allan, a'r Polo yn gylch bach cyfa ar ei flaen.

Y peth cynta mae Dad yn ei neud ar ôl glanio ydy gofyn,

'Corned 'ta wafer, Jen?'

'Corned, a tyd â dau arall.'

'Ond chi 'nillodd, Mam.'

'Siawns nad ydach chi'ch dau yn haeddu peth hefyd am orfod fy niodda i.'

Fydd 'na ddim rhagor o sôn am na phoen stumog na chur pen. Mae'r afon rhyngon ni a Mrs P, a ninna'n rhydd i ddechra'n gwylia.

Er ein bod ni wedi bwriadu cael dwrnod yn y dre heddiw, fe ddaru Anti Annie fynnu ein bod ni'n mynd i'r parc efo Benjy a hitha. Corgi ydy Benjy, ei goesa wedi gwisgo'n ddim, a'i fol yn rhugno'r llawr. Gan ei fod o'n cael traffarth i gerddad, a hitha'n stopio bob a hyn i roi mwytha a darn o siocled iddo fo, fe gymodd hydodd i ni gyrradd y parc. Pan welodd Mam fainc, dyna hi'n nelu amdani, ond cyn iddi allu ista roedd Anti Annie wedi'i setlo'i hun ar y sêt ac yn deud wrthan ni'n tri am sefyll yn ôl.

'Mi fedra i neud efo gorffwys bach,' medda Mam.

'Dim rŵan, Jenny. Chi'n mynd i gael *treat* gynta.'

Wedi iddi godi Benjy ar y fainc a'i sodro fo wrth ei hochor, y ddau'n tuchan am y gora, fe ddechreuodd ganu mewn llais brân, digon tebyg i un Llinos Wyn, ac allan o diwn fel honno. Ar ôl syllu arni am rai eiliada, ei ben ar un ochor, fe ddechreuodd ynta udo a nadu efo hi.

'Mae'r ci 'na mewn poen,' medda Mam mewn llais uchal.

A dyna Anti Annie'n rhoi'r gora i ganu, yn cuchio arni, ac yn deud,

'Of course not. I take it that you've never heard a dog singing before.'

'Dyna ydach chi'n ei alw fo?'

Mi fedrwn i weld Dad yn taflu golwg rybuddiol ar Mam. Dydy Anti Annie ddim yn un i dynnu'n eich pen, yn enwedig pan fydd hi'n troi i'r Saesnag. Mi 'nes i ati i ganmol Benjy a'i alw'n *'clever dog'*, gan mai Sais ydy o, wedi'i eni a'i fagu yn Lerpwl.

Welson ni ddim mwy o'r parc. Roedd Benji wedi blino gormod, rhwng y cerddad a'r canu, i fynd gam ymhellach. Ar y ffordd yn ôl, fe gynigiodd Dad, nad ydy o wedi arfar llusgo'i draed, gario Benjy, ac erbyn i ni gyrradd y tŷ capal roedd yntau wedi blino gormod i neud dim.

Rydan ni'n ôl yn y stafall fenthyg efo'i dodrafn trwm, tywyll ac un ffenast, sy'n edrych allan ar stryd gefn goblog, tai bach a binia lludw.

'Dyna be oedd gwastraff o ddwrnod,' medda Mam. 'Sut mae dy gefn di erbyn hyn, Richard?'

'Dal yn boenus. Mae'r Benjy 'na'n pwyso tunnall.'

'Ddylat ti ddim fod wedi cynnig ei gario fo, ac ynta â phedair coes fel pob ci arall.'

'Hynny sydd ar ôl ohonyn nhw.'

'Mae o'n gwilydd o beth. Mi ddyla Annie gael ei riportio i'r RSPCA am neud iddo fo ddiodda fel'na.'

'Ond mae ganddi hi fyd garw efo fo, Jen.'

'Mwy o fyd nag sydd ganddi efo dy frawd.'

'Oes, gwaetha'r modd. Mi fedra Bob druan neud efo dipyn o foetha.'

'A llond ei fol o fwyd,' medda fi, wedi cael digon ar wrando a deud dim.

'Mae'r ci 'na'n cael mwy na'i lond o.'

'Fel Mr Edwards Gwnidog.'

Dyna fi wedi'i gneud hi! Mae Mam yn credu fod yn rhaid parchu Gweinidogion yr Efengyl. Ac fel tasa hynny ddim digon drwg, medda Dad a gwên fawr ar ei wynab,

'Ro'n i'n meddwl fod Benjy yn f'atgoffa i o rywun. Does 'na ddim golwg o'i golar ynta chwaith.'

Yn lle rhoi tafod i ni, mae Mam yn dechra pwffian chwerthin. Toc, rydan ni'n tri wrthi. Mae rhywun yn curo ar y drws. Mrs P, mae'n siŵr, yn ein rhybuddio ni i

fod yn dawal, gan fod y rheola'n deud nad oes 'na ddim
sŵn diangan i fod ar ôl wyth. Ond roeddan ni'n tri
angan hynna.

'W't ti'n teimlo'n well rŵan, Dad?' medda fi.

''Di mendio drwydda. Does 'na ddim gwell ffisig na
chwerthin.'

Rydw i'n cael fy nhemtio i ddeud, 'ar wahân i ffisig
brown Doctor Jones', ond a' i ddim i fentro hynny. Dim
ond deuddydd sy'n weddill o'r gwylia, ac fe 'nawn ni'n
fawr ohonyn nhw, gan weddïo am ras a gobeithio'r gora.

Er nad ydw i wedi gorfod dibynnu ar Helen ers rhai dyddiau, mi wn i ei bod hi'n dal i hofran o gwmpas, yn aros i gael rhoi ei phig i mewn. Fe wnaeth hi'n fawr o'r cyfla yn ystod y trip i'r Rhyl. Ond dipyn o dân siafins fyddai hwnnw wedi bod heb Edwin a'i fam, Llinos Wyn, a Barbra a Beti. Wna i byth anghofio'r arswyd deimlais i wrth i'r cerbyd blymio i'r dyfnder. Efallai y dylwn i ddiolch i Helen am fy arbad i rhag gorfod cyfaddef ofn, er y byddai'n dda gen i petai hi heb wneud hynny ar draul David John.

A bod yn onest, rŵan fy mod i'n ei hadnabod hi'n well, dydw i'n hidio fawr amdani. Mae 'na natur fileinig ynddi, sy'n gwneud i mi feddwl mai dechrau efo pennau'r jeli bebis fyddai hithau, fel Llinos Wyn, petai'r fath un yn bod. O ble daeth hi, tybed, y diwrnod hwnnw yr agorais i'r ffeil newydd a gweld y geiriau, 'Fi, Helen Owen, ac Edwin babi mam ydy'r unig blant sydd 'ma', ar y sgrin? Nesta ddwedodd mai'r un peth ydy celwydd a dychymyg, ac efallai ei bod hi'n iawn. Beth bynnag am hynny, hunan-dwyll ydy'r naill a'r llall. Go brin fod yr un ohonon ni'n ei adnabod ei hun, heb sôn am adnabod pobol eraill. A heddiw, mi fydda i'n cael fy rhoi ar brawf unwaith eto yn yr amgueddfa o ystafell, ac yn fwy ansicir nag erioed.

Dyma fi'n ôl adra, ac yn gwybod dipyn mwy amdanaf fy hun erbyn hyn.

Loetran ar bont Glynllifon yn ceisio magu nerth ro'n i pan welodd merch David John fi a brysio i 'nghyfarfod.

'Wyddwn i'm pwy oeddach chi,' meddai hi, 'nes gwelas i'ch llun chi yn ffenast siop lyfra'r Hen Bost. Roedd Dad yn deud ei fod o a chitha'n arfar bod yn dipyn o ffrindia.'

'Oeddan, mi roeddan ni.'

'Mae o 'di darllan lot o'ch llyfra chi, ac isio gwbod pryd ydach chi am sgwennu stori amdano fo.'

'Falla gwna i, ryw ddwrnod.'

'Faswn i'm yn disgwyl llawar o groeso gen Miss Morgan heddiw, taswn i chi. Er, dydy hi ddim mwy o Miss nag ydw i, ran hynny.'

'Felly mae hi am gael ei nabod.'

'Ond pam cymyd arni? Ydy hi'n meddwl, o ddifri, nad oes 'na neb wedi sylwi ar ôl y fodrwy ar 'i bys?'

'Isio anghofio hynny mae hi, debyg.'

'Biti na fydda hi'n anghofio'r erstalwm, a trio bodloni ar betha fel maen nhw. Mae hi wedi rhoi'r gora i fynd i'r WI a'r capal, ac yn gweld bai ar bawb a phob dim. Ond ddylwn i'm deud hynna, a chitha'n ffrindia.'

'Erstalwm oedd hynny hefyd. Well i mi fynd. Rydw i'n hwyr fel mae hi.'

'Fydd hynny ddim yn plesio. Peidiwch â gadal iddi'ch ypsetio chi.'

'Mi dria i beidio.'

Ond methu wnes i.

Roedd tudalennau'r nofel ar chwâl ar y bwrdd, yn farciau cwestiwn ac yn ebychiadau drostynt.

'Wedi bod yn cael un golwg arall arnyn nhw dw i, i neud yn siŵr,' meddai Nesta, a'u casglu at ei gilydd, rywsut rywfodd.

'Yn siŵr o be?'

'Nad ydw i wedi methu dim. Mae hyn wedi golygu oria o waith i mi, 'sti.'

'Chdi gynigiodd.'

'A lwcus i mi neud. Mi fydda'r stori yma'n brifo lot o bobol.'

'Pa bobol?'

'Hynny sydd ar ôl ohonyn nhw . . . a'u perthnasa.'

'Dim ond cymeriada mewn nofel ydyn nhw, Nesta, ar wahân i'r teulu.'

'Mi w't ti 'di gneud yn siŵr fod rheiny'n cael chwara teg, 'dwyt, er dy fod ti â dy lach ar bawb arall.'

'Hwyl ddiniwad ydy o, 'na'r cwbwl.'

'I chdi, falla. A ddim mor ddiniwad chwaith.'

Fedrwn i ddim goddef rhagor. Roedd muriau'r ystafell fel pe baen nhw'n cau amdana i, a'r ysbrydion o'r gorffennol yn rhythu'n gyhuddgar arna i o'u fframiau.

'Sawl gwaith sy raid i mi ddeud? Stori Helen ydy hi.'

'Dw't ti ddim yn disgwyl i mi gredu hynny? A p'un bynnag, chdi ydy'r Helen 'ma, 'te.'

'Cred di be fynni di. 'Dydy gythral o ots gen i.'

'Rhegi rŵan, ia, a chditha'n hogan capal.'

Ro'n i wedi gadael i 'nhymar gael y gorau arna i, yr union beth y dylwn i fod wedi'i osgoi. I mi gofio, roedd hynny'n rhoi plesar o'r mwya i Nesta erstalwm. Roedd yr un olwg bles ar ei hwyneb hi â'r hyn welodd Helen ar wyneb Ann, wedi iddi ddweud y câi ei mam a hithau fynd i uffarn.

'Dechra'r stori 'ma o'r dechra eto, dyna ddylat ti neud.'

'Fel hyn mae hi i aros.'

'Wn i ddim i be o'n i'n boddran dy helpu di, a finna'n gwbod sut un oeddat ti.'

'A sut un o'n i, meddat ti?'

'Nid fy lle i ydy deud. Siawns nad w't ti'n gwbod, gystal â finna.'

'Cof gwael sydd gen i, 'te.'

'Mynnu dy ffordd dy hun fyddat ti, a gwylltio'n gacwn am y peth lleia. W't ti'n cofio'r ddoli ddu honno oedd gen ti?'

'Nag ydw.'

'Cyfleus iawn! Mi faswn i wedi rhoi'r byd am un felly. A be 'nest ti? Ei phannu hi'n erbyn y wal, nes bod ganddi dwll mawr yn ei phen.'

'Fi 'nath hynny?'

'O, ia. Ond mae hi'n haws rhoi'r bai ar rywun arall, 'dydy? Mi fedra i ddiolch na roist ti mohona i yn y stori 'ma.'

Ac fe aeth ymlaen i restru fy ngwendidau i, fel y byddai Miss-beth-bynnag-oedd-ei-henw-hi yn ei wneud – fy nghyhuddo i o fod yn 'welwch-chi-fi' ar lwyfan y festri, y cwrt tennis yn y parc, ac wrth gowntar Woolworths.

'Roedd gen i dipyn o feddwl ohona i fy hun, felly?'

'Oedd, gwaetha'r modd. Mi dw i'n dy gofio di'n adrodd yn Steddfod yr Urdd, mewn ffrog wen ffrils. Dy wallt di, oedd cyn sythad â brwynan, yn gyrls i gyd, a rhuban mawr gwyn ar dop dy ben.'

'Mam oedd wedi rhoi 'ngwallt i mewn clytia'r noson cynt.'

'I be oedd hi'n gneud y fath sioe, d'wad?'

'Am ma' dyna'r math o beth y byddwn ni'r mamau yn ei neud, Nesta. Nid fod gen ti brofiad o hynny.'

'Dyna chdi eto! Yn benderfynol o daro'n ôl.'

'Troi'r foch arall fyddi di, ia?'

'Dyna ydw i wedi gorfod ei neud. Ac yn dal i' neud. Does gen ti ddim syniad be ydw i wedi bod drwyddo fo, yn nag oes?

'Na. Ŵyr neb ond ei fyw ei hun.'

Roedd hi fel petai'n crebachu o flaen fy llygaid i, ei hwyneb mor welw ag wynebau'r ysbrydion ar y seidbord. Mi ges i'r teimlad y byddai'n chwalu'n llwch pe bawn i'n ei chyffwrdd hi.

'Ma'n ddrwg gen i, Nesta,' meddwn i, a gwthio'r tudalennau i 'mag.

'Yn ddrwg gen inna. Does 'na fawr o hwyl arna i, 'sti. Wedi cael fy siomi yr ydw i.'

'Mi a' i, 'ta.'

'Ia, 'na chdi. Gadal petha fel roeddan nhw ydy'r peth calla, a chofio'r amsar da gawson ni erstalwm.'

Ac yno y gadewais i hi, ym mharlwr Stryd Capal Wesla. Dydw i ddim yn credu i mi fod â chymaint o biti dros neb erioed.

35

Golwg ddigalon iawn oedd ar ardd Yncl John, a hynny o floda oedd yn weddill fel tasan nhw wedi blino gormod i godi'u penna. Doedd ynta'n edrych fawr gwell, rŵan fod yr ha drosodd.

'Wel, w't ti'n edrych ymlaen at fory?' medda fo.

'Nag ydw.'

'Ydw' o'n i wedi'i roi'n atab i bawb arall. Taswn i wedi deud 'nag'dw', mi fydda 'na hen holi pam, a finna'n cael fy ngorfodi i gyfadda na wyddwn i ddim. Ond dim ond nodio ddaru Yncl John, a deud, 'Mi ddoi di i arfar, 'sti.'

Dyna fydd raid i mi ei neud. Does gen i'm dewis, mwy nag sydd ganddo fo. Ond y peth cynta welas i ar ôl cyrradd adra oedd y diwnic ysgol wedi'i thaenu dros y bwrdd smwddio.

Roedd y diwnic, pan drias i hi amdana, yn rhy fawr ac yn rhy llaes. Deud nad oedd 'na ddim pwrpas ei haltro, gan y byddwn i'n tyfu iddi, 'nath Mam. Ond fe fydda 'na fwy na digon o le i Eleanor yn hon.

Fydd hi ddim yn dŵad i'r Cownti. Mi welas i ei nain ar y stryd bora 'ma.

'Ydach chi ddim am ofyn sut mae Eleanor?' medda hi, gan edrych yn fygythiol arna i.

Mi fyddwn wedi gofyn, ond roedd gen i ofn ei hypsetio hi.

'Ma'n siŵr eich bod chi wedi anghofio'r cwbwl amdani.'

'Nag ydw. Ydy hi'n iawn?'

'Sut medar hi fod?'

Doedd 'na ddim mwy i'w ddeud. Mae Eleanor wedi mynd yn ôl at ei mam, ddaru'i gadal hi efo'i nain pan oedd hi'n fabi. Fe fydd yn rhaid i Bili Jones gael rhywun arall i'w snogio, a cha' i byth wbod be oeddan nhw'n ei neud yn stryd gefn Glynllifon.

Roedd Mam yn gwasgu'r dŵr o hancas bocad Dad yn barod i smwddio'r pletia.

'Waeth i chi heb â mynd i draffarth,' medda fi. 'Dydw i'm yn bwriadu gwisgo honna.'

'Mi fydd raid i ti. Mae hi'n rhy hwyr i ordro un newydd.'

Dyna fi'n cythru am y diwnic a'i thaflu hi ar lawr.

'Cod hi, Helen,' medda Mam, yn ei llais meiddia-di-beidio.

Ond meiddio 'nes i, a'i gadal lle roedd hi.

Roedd hi'n dal yno pan gyrhaeddodd Dad adra. Pan ddeudodd Mam wrtho fo pa mor styfnig o'n i wedi bod, a 'mod i'n ddigon hen i sylweddoli nad ydy dillad yn tyfu ar goed, fe estynnodd am y diwnic, ei dal i fyny i'r gola, a deud,

'Mi fydda'n cymyd dipyn o amsar iddi lenwi hon.'

Er ma' Dad gafodd berswâd arni i fynd draw i'r Co-op i weld a oedd ganddyn nhw ragor mewn stoc, roedd o'n amlwg o'i go efo fi am herio Mam. Ond pan ddaeth hi'n ôl, wedi llwyddo i gael maint llai, roedd o'n wên o glust i glust, ac yn ei chanmol fel tasa hi wedi gneud rhyw gamp fawr.

Roedd o wedi gadal am y cyfarfod blaenoriaid, heb ddeud ta-ta wrtha i hyd yn oed, cyn i mi drio'r diwnic.

'Wel, ydy hynna'n well?' medda Mam.

'Ydy, i'r dim.'

213

'Ma'n siŵr gen i y gallwn i fod wedi altro'r llall, ond dydw i fawr o Dorcas.'

'Fydda Eleanor Parry byth yn ffitio i mewn i hon.'

'Go brin fod Eleanor druan yn ffitio i nunlla arall chwaith.'

Mi ddylwn fod wedi deud fod yn ddrwg gen i, ond fe fydda'r dwrnod cynta yn y Cownti yn ddigon o hunlla heb eu cael nhw'n gwneud sbort am fy mhen i, a chael fy nabod byth wedyn fel yr hogan nad oedd hi'n ddim ond tiwnic a thraed. Mae hi mor hawdd brifo pobol ac mor anodd eu cael nhw i ddeall, gan eu bod nhw bob amsar yn gwbod yn well, a byth yn teimlo'r angan i ymddiheuro.

Dyna'r cwbwl sydd gen i i'w ddangos am dridiau o waith. Mae geiriau Nesta'n canu yn fy mhen i fel tôn gron, a fedra i'n fy myw ganolbwyntio. Os dalia i ymlaen fel hyn, yn yr erstalwm y bydda innau am fisoedd i ddod.

Er fy mod i wedi penderfynu anwybyddu'r rhannau y bu hi'n treulio oriau uwch eu pennau efo'i beiro goch, mi ges i fy nhemtio, gwaetha'r modd. Roeddan nhw'n frith o 'Pwy ydy hon/hwn?' a 'Pam deud hyn?', a brawddegau wedi'u croesi allan. Petai gen i'r fath beth â thân, fe fyddai'r cwbwl wedi mynd i fyny'n fflamau, ond fe fu'n rhaid i mi fodloni ar eu rhwygo'n ddarnau a'u taflu i'r fasged ysbwriel.

Efallai y dylwn i fod wedi gwneud mwy o ymdrech i gael Nesta i ddeall, yn hytrach na cholli fy limpyn a tharo'n ôl, ond go brin y byddai hi wedi derbyn yr un eglurhad. Rydw i'n ceisio'i chofio fel roedd hi'n enath. Darlun niwlog iawn sydd gen i ohoni. Mae Ann ac Eleanor a'r lleill yn llawer mwy byw i mi. Ond mae'n bosibl fod iddi hithau ran yn y nofel, er na fyddai hi byth yn ei hadnabod ei hun.

Tybed a ydw i rywfaint nes at hynny, rŵan fy mod i wedi cael gwybod sut un o'n i? Pa un ohonon ni daflodd y diwnic ar lawr – Helen ynteu fi? O gredu'r hyn ddwedodd Nesta, mae'n bosibl mai fi wnaeth, er fy mod i'n ei chael yn anodd derbyn y byddwn i'n herio Mam. Fi oedd yn gyfrifol am y twll ym mhen y ddoli ddu, mi wn i gymaint â hynny. Does gen i ddim mymryn o gof pam y gwnes i beth mor filain, ond rydw i yn cofio crio fy hun i gysgu am nosweithiau wedyn.

Mae gen i lun ohonof fy hun yn y ffrog wen honno, a 'ngwallt yn gyrls hyd at fy ysgwyddau. Roedd yn gas gen i'r naill a'r llall. Chysgais i 'run winc y noson cynt, rhwng y clytiau a'r poen stumog. Dydw i ddim yn credu i mi erioed fod ar na llwyfan na chwrt tennis heb deimlo'n swp sâl y tu mewn – ofn anghofio'r geiriau, ofn methu'r bêl, a bod yn gyff gwawd.

Prin iawn ydy'r rhai sy'n barod i gydnabod eu bod nhw'n euog. Dal i wadu hyd at y munud olaf, bwrw'r bai ar rywun arall, taeru eu bod wedi cael cam. On'd ydy'r carchardai yn llawn o bobl sy'n haeru na ddylen nhw fod yno? Ro'n i'n ddigon parod i gyfaddef pechodau ar un adeg, er fy mod i'n cael llond bol ar ddweud wrth Dduw fod yn ddrwg gen i am rywbeth neu'i gilydd, dro ar ôl tro. Ond roedd hynny'n ffordd o gael gwared â'r pechod, a bod yn rhydd i symud ymlaen. Ac fe fyddai'n well pe bawn i wedi derbyn yr hyn oedd gan Nesta i'w ddweud, credu neu beidio. Os nad ydy'r 'amsar da gawson ni erstalwm' yn golygu fawr ddim i mi, mi allwn o leia ei chofio fel yr oedd hi pan ddychwelodd i'w chynefin. Yr unig ddarlun sydd gen i ohoni bellach ydy'r un sy'n cymryd ei le efo ysbrydion y gorffennol ar seidbord Nain Tangrisia.

Waeth i mi ddiffodd y peiriant am heddiw. Biti na fyddai hi mor hawdd dileu'r darlun. Ond mae'r nofel, fel mae hi i fod, wedi'i harbed yn hwnnw, ac fe fydd Helen a minnau'n ôl eto fory, gyda lwc, yn mynnu'r rhyddid i ddweud be fynnwn ni.

36

Mae Ann yn aros amdana i'r tu allan i'r tŷ, yn gwisgo'i blazer newydd, a bathodyn yr ysgol wedi'i wnïo ar y bocad.

'Lle mae dy flesyr di?' medda hi.

Rydw i'n deud ei bod hi'n rhy boeth i wisgo un, ac yn dangos y bag ysgol lledar ges i'n bresant gan Dad, efo'r llythrenna H.O. wedi'u stampio arno fo mewn aur. Fetia i y bydd ganddi hi un yn union yr un fath cyn diwadd yr wythnos, ond fe fydd yn rhaid i mi neud heb flesyr, gan fod angan pres y Co-op i brynu gaberdîn at y gaea.

Wrth i ni fynd heibio i Ysgol y Merched, mae Ann yn dechrau snwffian, ac yn deud y bydda hi wrth ei bodd tasa hi'n cael mynd yn ôl yno.

'Faswn i ddim,' medda fi, er nad oes gen i 'run tamad o awydd mynd i'r Cownti 'na chwaith.

Mi es i draw i *Standard Two* cyn gadal, i ddeud ta-ta wrth Mrs Davies. Roedd hi wedi cadw'r penillion sgwennas i am y ffair yn saff yn ei desg. Pan ofynnas i fydda hi'n licio'u cadw nhw i gofio amdana i, dyna hi'n diolch i mi ac yn deud,

'Wna i mo'ch anghofio chi, Helen.'

Mae'n siŵr gen i y bydd Miss Hughes yn fy nghofio i hefyd, ond mi fydda'n dda gen i taswn i'n gallu ei hanghofio hi.

'Well i ti roi'r gora i snwffian, Ann,' medda fi. 'Mae Barbra a Beti ar 'u ffordd.'

Ond maen nhw wedi cyrradd cyn iddi ddod o hyd i'w hancas bocad, ac yn gofyn, 'Be di'r matar ar honna?' Rhag ofn iddi gael ei nabod fel babi mam arall, rydw i'n deud ma' wedi cael annwyd mae hi.

Rydan ni'n cerddad ymlaen, a Beti a Barbra o boptu i ni, yn sôn am y titsiars, sy'n casáu plant a ddim ond yno am y pres, a'r cinio ysgol y mae'i ogla fo'n ddigon i neud i chi fod isio taflu i fyny. Mae Ann, sy'n credu bob gair, yn edrych fel tasa hi ar neud hynny'r munud 'ma.

Cyn i ni gyrradd giatia'r ysgol, mae'r ddwy'n deud y bydd yn rhaid i ni ffeindio'n ffordd ein hunain rŵan, gan nad ydy rhai sydd ar eu hail flwyddyn isio cael eu gweld efo plant bach fel ni.

'Alla i ddim mynd i fan'na,' medda Ann, a throi yn ei hôl.

Rydw i'n cael fy nhemtio i adal iddi fynd, ond fy meio i am hynny fydda Mrs Pugh, fel pob dim arall.

'Ddylat ti'm gwrando ar y ddwy yna'n rhaffu clwydda,' medda fi. 'Maen nhw wrth 'u bodda'n codi ofn ar bobol.'

'Teimlo'n sâl dw i, 'te. Yr annwyd, ma'n rhaid.'

'Fydd gen dy fam ddim amsar i dendio arnat ti, a hitha'n ddwrnod golchi.'

Mae hynny'n ddigon i'w pherswadio hi, gan na fedar Ann, mwy na finna, feddwl am ddim byd gwaeth na thorri ar rwtîn Mrs Pugh.

Ni ydy'r rhai ola i gyrradd. Mae'r lle'n llawn o blant o bob cwr o'r Blaena, a rhai sy'n ddigon lwcus i gael reid ar fysys i'r ysgol o'r Llan a Penrhyn a Thrawsfynydd. Mi alla i weld Megan ac Elsi yn sefyll wrth y drws ffrynt, y ddwy'n edrych yn bwysicach nag erioed. Uwch eu penna, mewn carrag goch, mae'r geiria, '*A.D. Girls. 1927*'. Dydw i ddim am iddyn nhw weld Ann. A deud y gwir, mae gen i gwilydd ohoni, efo'i llygaid bach pinc a'i thrwyn coch. Ond gan nad ydy hi rioed wedi teimlo cwilydd, nag yn gwbod be ydy o, y peth cynta mae hi'n ei neud ydy croesi atyn nhw. Does gen i'm dewis ond mynd ar ei hôl. Dydy hi ddim ffit i gael ei gadal ei hun.

Mae Megan yn deud fod yn rhaid i ni aros yma nes cawn ni'n galw i'r asembli.

'Wn i,' medda fi, er nad oes gen i'm syniad be ydy asembli na sut i ddŵad o hyd iddo fo.

'Be ydy hwnnw?' medda'r Ann wirion 'ma, sy'n rhy dwp i allu cymyd arni, a rhoi cyfla i Megan Lloyd ddangos ei hun, fel arfar.

Mae'r drws yn agor, ac un o'r titsiars y mae'n gas ganddyn nhw blant, yn ôl Barbra a Beti, yn camu allan ac yn gweiddi,

'New girls follow me.'

Rydan ni'n mynd i'w dilyn ar hyd coridor hir, y clogyn du mae hi'n ei wisgo dros ei dillad yn fflapian fel adenydd ac yn gneud i mi feddwl am y llun welas i yn *The Children's Guide to Knowledge* o'r ystlumod bach hyll sy'n byw mewn llefydd tywyll ac yn byta pryfad cop a llygod.

Stafall fawr ydy'r asembli, efo llwybyr i lawr y canol, ni'r genod un ochr iddo fo a'r hogia 'rochor arall. Ma'n rhaid eu bod nhw 'di dŵad i mewn drwy'r drws cefn. Llwyfan sy'n un pen, a dwn i ddim faint o ystlumod yn ista yno, yn un rhes. Ac ar ei draed, y tu ôl i ddesg uchal, un mwy na'r lleill, yn rhythu i lawr arnon ni. Mae o'n ein croesawu ni, ond does 'na ddim golwg rhy glên arno fo. Rydw i'n dechra meddwl fod Beti a Barbra yn deud y gwir, wedi'r cwbwl.

Dydw i ddim yn credu fod gan neb, ond rhai fel Megan ac Elsi falla, awydd canu *'All things bright and beautiful'*. Wela i ddim fod 'na ddim byd i ddiolch amdano fo yn fan'ma.

Mae'n henwa ni'n cael eu galw allan yn nhrefn yr wyddor, a ninna'n gorfod sefyll mewn dwy res y tu ôl i Mr Mathews 2A a Miss Evans 2B. Rydw i'n croesi 'mysadd ac yn gweddïo mai yn A y bydda i.

Falla fod gen i le i ddiolch, wedi'r cwbwl, er nad ydw i'n licio golwg y Mr Mathews 'ma, sy'n edrych fel tasa fo wedi blino gormod i godi'i ben, fel y bloda yng ngardd Yncl John. Rydw i wedi bod yn gweddïo mor galad fel fy mod i wedi anghofio am Ann. Ond mae'i henw hi'n cael ei alw, a hitha'n mynd i sefyll yn rhes Miss Evans. Gobeithio y medar hi ddal heb grio, er ei mwyn ei hun. Ond wn i ddim pan y dylwn i boeni, a finna heb gael diolch am ei harbad hi rhag cael ei galw'n fabi mam.

Rydan ni'n mynd i ddilyn y ddau ystlum, un i'r dde a'r llall i'r chwith. Mae Megan, gan mai Lloyd ydy hi, rwla tua canol ein rhes ni, fel finna, ond mi fydd hi ar y blaen cyn pen dim.

Wedi i'r hogia sgrialu am y cefn, fel tasan nhw'n chwara *musical chairs*, ac i ninna lenwi'r desgia er'ill, mae Mr Mathews yn ochneidio, ac yn deud wrthan ni, yn Saesnag, am gopïo'r *timetable* oddi ar y bôrd ar bapura sydd wedi cael eu rhannu'n sgwaria.

Mathematics ydy symia rŵan, yn dechra efo gwers ddwbwl ar fora Llun. Dyna be ydy cychwyn da i wythnos! Rydan ni'r merchad yn cael *Cookery* a'r hogia *Woodwork*, a phawb yn cael *P.E.*, beth bynnag mae hynny'n ei feddwl.

Mae Megan ac Elsi mewn desgia yn y rhes flaen, nad oedd neb arall eu hisio, ac yn sibrwd wrth ei gilydd. Y munud nesa, dyna Mr Mathews yn gollwng caead ei ddesg, nes bod pawb yn neidio, ac yn gweiddi, '*No talking in class.*' Be fydda gan Miss Hughes i'w ddeud tasa hi'n gwbod i'r ddwy na-all-neud-dim-drwg gael tafod ar eu dwrnod cynta?

Sut hwyl sydd ar Ann, tybad? Er ei bod hi'n gallu bod yn blagus iawn ar adega, mi allwn i neud efo'i chwmpeini hi. Yma, fel yn *Standard Five*, does 'na ddim byd i'w weld drwy'r ffenestri ond tameidia bach o awyr. Lliw cwstard ŵy tena ydy'r walia, a'r rheiny, fel y desgia, yn teimlo'n oer ac yn damp. Ond mae'n debyg y do' i i arfar efo'r lle, fel deudodd Yncl John. Yma y bydda i am y flwyddyn nesa – pedwar deg o wythnosa, heb gyfri'r gwylia. Dau gant o ddyddia! Rydw inna'n ochneidio, a Mr Mathews yn ysgwyd ei ben. Wn i ddim ers faint mae o yma, ond mae ganddo fo flynyddodd i fynd nes y bydd o'n riteirio. Fe ddyla gwbod ei bod hi gymaint gwaeth ar rywun arall neud i mi deimlo'n well, ond dydy o ddim.

Mae Mam yn torri'r newydd da i Dad yr eiliad y mae o'n cyrradd adra.

'Mi w't ti 'di cael neidio dosbarth, felly?' medda fo.

'Naddo. Yn *Form Two* maen nhw'n dechra.'

'Sut felly?'

'Dwn i'm. Lle rhyfadd ydy o. 'Ti'n cofio'r llun welson ni o'r creaduriaid bach hyll 'na sy'n hongian a'u penna i lawr wrth ddistia?'

'Ystlumod?'

'Ia. Mae'r titsiars yn edrych yn union 'run fath â rheiny.'

'Paid â gadal i neb dy glywad di'n deud hynna,' medda Mam, sy'n credu fod athrawon, ar wahân i Miss Hughes a Miss Evans drws nesa, yn haeddu'r un parch â Gweinidogion yr Efengyl.

'Ac mae'r *lessons* i gyd yn Saesnag.'

'Dydyn nhw ddim yn dysgu Cymraeg yn Saesnag, siawns?'

'*Welsh* mae o'n cael ei alw ar y *timetable*, Dad.'

'Yli, Helen,' medda fo, wedi cynhyrfu'n lân. 'Falla nad oes gen ti ddim dewis ond troi'n Saesnas tra byddi di yn yr ysgol, ond Cymraeg, tabl amsar a gwersi, dyna ydw i am ei glywad yn y tŷ yma.'

'Dydw i'm yn meddwl fod Mr Mathews yn gallu siarad Cymraeg.'

'Pwy ydy hwnnw?'

'Fo sy'n edrych ar ôl *Form 2A*. Dydy o'n deud fawr ddim, ran hynny, dim ond ochneidio a chlepian caead ei ddesg. Ond mae hi'n well arna i nag Ann. Yn *2B* efo Miss Evans mae hi. Roedd hi wedi ypsetio'n arw.'

'Pwy na fydda, 'te, Richard?'

'Ofn y bydda Mrs Pugh o'i cho oedd hi.'

'Waeth i honno heb â gweld bai ar yr enath, os nad ydy'r gallu ganddi. Mi dw i'n meddwl y dylan ni gael te arbennig, i ddathlu.'

'Dathlu be?'

'Dy ddwrnod cynta di yn *Form 2A*.'

'Dosbarth dau A, Jen.'

Does gen i ddim mymryn o awydd dathlu, ond fe fydd hynny'n esgus i gael tun ffrwytha i de.

37

Roedd gen i biti dros Ann ar y dechra, gan fod gorfod wynebu Miss Evans bob bora cyn waethad bob tamad â thorri ar rwtîn Mrs Pugh. Mi 'nes i ati i fod yn glên efo hi, nes iddi ddeud 'mod i 'di mynd yn rêl pen bach.

'Dydw i ddim digon da i chdi rŵan, yn nag'dw?' medda hi. 'Efo Megan Lloyd ac Elsi w't ti isio bod.'

Dydy hynny ddim yn wir, a fydd o byth, ond os ma' dyna mae hi'n ei feddwl mi geith fynd i'r lle yr anfonas i hi a'i mam llynadd.

'A sut hwyl sydd ar Ann dyddia yma?' medda Mam, oedd newydd weld Mrs Pugh ar y stryd, a honno wedi mynd heibio iddi heb ddeud gair.

'Dim hwyl o gwbwl. Dydy hi ddim digon da i mi rŵan, medda hi.'

'Mae hi'n barod i gyfadda hynny, o leia.'

'Deud ma' dyna ydw i'n ei feddwl ddaru hi.'

'Cenfigan, dyna ydy o, 'sti, ac mae hwnnw'n wrtaith da, meddan nhw.'

'Ond nid arna i mae'r bai fod gen i fwy yn fy mhen.'

'Diolch fod gen ti.'

Rydw inna'n diolch am hynny.

Clywad sŵn hisian, fel tasa rhywun yn methu cael ei wynt, pan o'n i'n mynd heibio i dŷ nain Eleanor ar fy ffordd o'r ysgol pnawn 'ma, 'nath i mi groesi at y giât a sbecian drosti. A dyna lle roedd Eleanor yn ei chwman y tu ôl i'r wal.

'Be w't ti'n 'i neud yn fan'ma, Eleanor?' medda fi.

Atebodd hi mohona i, dim ond gofyn,

'Lle ma' Nan?'

'Yr Institiwt, 'te. Jam a Jerusalem ydy hi bob dydd Mawrth.'

'Cau dy geg a tyd yma.'

Ei gadal hi yno, dyna ddylwn i fod wedi'i neud, ond mynd i mewn 'nes i, a swatio efo hi.

'Cadw dy ben i lawr,' medda hi. 'A paid â meiddio deud wrth neb dy fod ti 'di 'ngweld i.'

'Pam?'

'Paid â gofyn cwestiyna twp.'

Ro'n i wedi cael digon ar y 'paid', heb sôn am gael fy ngalw'n dwp, ond pan godas i ar fy nhraed a deud fy mod i'n mynd adra, fe afaelodd Eleanor yn fy mraich ac addo y bydda hi'n deud y cwbwl wrtha i ond i mi aros efo hi nes y bydda'i nain yn cyrradd.

'Wedi rhedag i ffwrdd w't ti?' medda fi.

''Ti isio gwbod?'

'Ydw, plis.'

'Well i ti fod ddistaw, 'lly.'

Ac ymlaen â hi i sôn am ei Mam, oedd yn gneud petha ofnadwy efo un lojar ar ôl y llall. Fedrwn i'm peidio gofyn,

'Pa fath o betha, Eleanor?'

'Fasat ti'm yn dallt. Wyddost ti be 'di lojar?'

'Gwn, siŵr. 'Run fath â'r Mr James 'na ddaru ddympio Miss Evans.'

'Fydda'r rhan fwya o'r dynion 'ma ddim ond yn aros noson neu ddwy, ond fe ddaru'r un dwytha symud i mewn, *bag and baggage*. Mi fydda Mam yn gneud brecwast wedi'i ffrio iddo fo bob bora. Dim ond darn o dôst fyddwn i'n 'i ga'l, a fedrwn i'm llyncu hwnnw.'

'Sâl oeddat ti, ia?'

'Methu diodda edrych ar ei hen wep hyll o o'n i, 'te. Mi ddeudis i un dwrnod 'mod i 'di cael llond bol ar yr holl yncls 'ma, a 'mod i isio fy dad go iawn. A 'sti be ddeudodd yr hen *witch*?'

'Pwy?'

'Y fam 'na oedd gen i, 'te. Deud nad oedd hwnnw mo f'isio i ac y bydda hi 'di ca'l gwarad ohona i cyn i mi gael 'y ngeni oni bai am Nan. Gas gen i hi. A' i byth yn ôl, byth, byth.'

Ro'n i'n iawn ma' wedi rhedag i ffwrdd oedd hi, felly. Be tasa'r plismyn yn dŵad i chwilio amdani, yn meddwl, wrth fy ngweld i yno, 'mod i wedi'i helpu hi, ac yn halio'r ddwy ohonon ni i'r Polîs Stesion?

'Ma'n rhaid i mi fynd,' medda fi.

'Ond mi 'nest ti addo aros. Os w't ti'n gadal rŵan, 'na i byth siarad efo chdi eto.'

'Dim ots gen i. Ddylat ti ddim fod wedi rhedag i ffwrdd.'

''Dw't ti'n dallt dim, nag wyt?' medda hi ar dop ei llais, wedi anghofio nad oedd 'na neb i wbod ei bod hi yno. 'Hogan fach wedi'i difetha, efo Mam a Dad sy'n meddwl fod yr haul yn twynnu o'i phen-ôl hi.'

A dyna hi'n rhoi gwth i mi nes fy mod i'n colli 'malans ac yn syrthio ar fy hyd i'r ardd, sy'n fwd i gyd. Gorwadd yno ro'n i pan glywas i sŵn traed, a'r giât yn agor. Be tasa Mam a Dad yn gorfod dod i fy nôl i o'r Polîs Stesion? Fe fydda ganddyn nhw ormod o gwilydd mentro allan o'r tŷ am wythnosa. Ond wrth i mi agor cil un llygad, mi fedrwn weld nad Sarjant Parry oedd yno, wedi cael ei orfodi i dynnu'i draed oddi ar y ddesg a gneud ei ddyletswydd, ond nain Eleanor.

'Be mae hi 'di neud i ti, 'nghariad gwyn i?' medda hi,

gan ollwng ei basgiad a rhuthro heibio i mi. Fe aeth ar ei phenglinia wrth ochor Eleanor a lapio'i breichia amdani.

'Mi dw i 'di dŵad adra, Nan.'

'Go dda chdi, 'ngenath i.'

'Ân nhw ddim â fi i ffwrdd eto?'

'Dim ffiars o beryg!'

Sylwodd yr un o'r ddwy arna i'n gadal. Roedd fy nhiwnic i'n fwd drosti. Sut o'n i'n mynd i egluro hynny i Mam? Penderfynu deud 'mod i wedi syrthio wrth chwara hoci 'nes i, er nad ydy'r *new pupils* yn cael mynd yn agos i'r cae rhag ofn i ni neud stomp o'r gwair.

Y cwbwl ddeudodd Mam oedd,

'Hidia befo. Diolch dy fod ti'n iawn.'

Ond fe 'nath hynny i mi deimlo'n llawar gwaeth, gan ei bod hi a Dad yn meddwl fod yr haul yn codi ac yn machlud efo fi, sy'n swnio dipyn gwell na'r hyn ddeudodd yr Eleanor bowld 'na. Gwenwyn ohona i sydd ganddi hitha, ma'n siŵr, ond fedra i'm deall pam maen nhw'n deud fod hwnnw'n beth da. Dydy o wedi gneud dim lles i mi, beth bynnag. Ar fy mhen fy hun y bydda i byth mwy, a heno mi fydd yn rhaid i mi ddeud, 'ma'n ddrwg gen i' wrth Dduw un waith eto.

38

Mae ganddon ni ddau bictiwrs yn y Blaena – y Forum a'r Parc. Dydy'r Parc ddim yn lle i ferchad, yn enwedig y rhai parchus sy'n gallu adrodd y 'Rhodd Mam' a byth yn colli'r Ysgol Sul a'r Band o Hôp. To sinc sydd arno fo, ac mae'r lle'n drewi o hogia. Yno y byddan nhw bob pnawn Sadwrn, yn cymyd arnyn fod yn gowbois, ac yn gweiddi a chwibanu a dobio'u traed pan fydd y ffilm yn torri. I lawr â nhw i Gwm Bowydd wedyn i chwara *cowboys and Indians*. O ben Garrag Defaid, mi fedrwch eu gweld nhw'n syrthio fel pys, ac yn atgyfodi wedyn ar ôl cael joch o ffisig. Ond gwrthod cymyd ei saethu fydd Robert John, a brolio y tu allan i'r festri pnawn Sul ei fod o wedi lladd dega o Indians, a'u sgalpio.

'Be w't ti 'di neud efo rheiny?' medda Llinos Wyn. Fydda neb arall yn ddigon gwirion i ofyn y fath beth, ond does ganddi hi, mwy nag Ann, ddim syniad pa mor ddwl ydy hi.

''U rhoi nhw ar lein i sychu.'

'Does 'na neb yn fod i hongian dillad allan ar ddydd Sul. Dy daflu i'r tân mawr gei di, fath â hen ŵr y lleuad.'

'Ca'l ei yrru i'r lleuad am hel pricia ddaru hwnnw,' medda fi, er fy mod inna'n meddwl ma'r tân mawr ydy'r lle i Robert John.

Dim ond un waith erioed y mentras i i'r Parc. Roedd hi'n bwrw cenllysg, a rhwng sŵn rheiny'n waldio'r to a'r hogia'n bloeddio nerth esgyrn eu penna, fedrwn i glywad yr un gair. Er bod y Forum wedi'i fwriadu ar gyfar be mae Miss Evans yn ei alw'r dosbarth gora o bobol, mae'r matinî yn gallu bod yn boen yn fan'no hefyd efo'r holl wichian a sgrechian, gan fod merchad bach parchus yn rhai hawdd iawn eu dychryn.

Fe fydd yn rhaid i mi aros blwyddyn arall cyn cael mynd i'r pictiwrs nos, a hynny ddim ond i'r *first house*. Dim ond cariadon fydd yn mynd i'r ail, er eu bod nhw'n dechra ciwio awr ymlaen llaw er mwyn cael seti dwbwl. Mi fydda'n well gen i ddiodda'r Parc na gorfod bod efo rheiny. Maen nhw ddigon drwg y tu allan, yn llempio'i gilydd yng ngola dydd, heb sôn am be maen nhw'n ei neud yn y twllwch.

Fedrwn i ddim credu 'nghlustia pan ddeudodd Mam ein bod ni'n tri'n mynd i'r Forum nos Sadwrn nesa. Dydy merchad fy oed i ddim am gael eu gweld yn y pictiwrs efo'u mama a'u tada.

'Well gen i beidio,' medda fi.

'Pam, mewn difri?'

'Mi fydda pawb yn chwerthin am fy mhen i ac yn meddwl 'mod i rêl babi.'

'Chlywis i rioed ffasiwn lol.'

'Dydy o ddim yn lle i hen bobol. Be tasa Dad yn syrthio i gysgu hannar y ffordd drwy'r ffilm, ac yn dechra chwyrnu?'

'Llai o'r "hen" 'na, Helen. A fydda i byth yn chwyrnu.'

'Mae arna i ofn dy fod ti, Richard. Ond ta waeth am hynny rŵan. Drama sydd 'na, nid ffilm, ac os ydy'r hyn maen nhw'n ei ddeud amdani'n wir rydan ni'n mynd i gael gwledd.'

Roeddan 'nhw', sy'n deud cymaint, yn iawn am unwaith. Nid llunia ar sgrin oedd y rhain, ond pobol go iawn y gallan ni chwerthin a chrio efo nhw. Stori am Belinda, hogan fud a byddar, oedd hi, a Johnny oedd enw'i hogyn bach hi, er nad oedd hi wedi priodi. Ofn oedd gen i y bydda hynny'n difetha'r ddrama i Mam, ond mi fedrwn i ei chlywad hi'n snwffian ac yn sibrwd wrth Dad, 'Be ddaw o'r gryduras fach?' Methu deall o'n i sut cafodd y Belinda 'ma fynd yn rhydd, a hitha wedi lladd y dyn oedd wedi trio mynd â'r babi oddi arni. Ond roeddan ni i gyd yn ofnadwy o falch, a phawb yn clapio fel yr andros.

Dal i feddwl am hynny ro'n i bora 'ma, heb fod ddim callach, pan ollyngas i'r tun cacan yn glats ar lawr stafall *Cookery*. Lwcus nad oedd 'na ddim byd ynddo fo. Ond mi fuo hynny'n ddigon i neud i Miss Cooper roi sgrech, nes ei dychryn ei hun yn ogystal â phawb arall.

Fydd hi byth yn codi'i llais. Prin y clywch chi hi'n symud, gan ei bod hi'n gwisgo pymps gwynion am ei thraed. Gwyn ydy'r gweddill ohoni hefyd, ar wahân i'r gwallt melyn sydd wedi'i glymu'n ôl rhag ofn i flewyn fynd i'r bwyd. Dydw i rioed wedi gweld neb mor lân, ac mae'n blesar edrych arni ar ôl bod yng nghanol yr holl ystlumod duon 'na, er bod yn gas gen i *Cookery*.

Mae'n gas gen i gacan Dolig hefyd. Ond dyna fyddwn ni'n ei neud ym mhob gwers o hyn tan ddiwadd y tymor, er nad ydy hi ond mis Hydra rŵan. Y cwbwl 'naethon ni heddiw oedd leinio'r tunia efo papur saim, a gneud rhestr hir o betha sydd eu hangan y tro nesa. Wn i ddim sut mae Mam yn mynd i allu eu fforddio nhw.

Gan nad ydy cegin yn lle i hogia, mae genod 2B yn cael rhannu'r wers efo ni. Pan welas i Megan ac Elsi yn codi'u trwyna ac yn cadw'u pelltar oddi wrth Ann a'r lleill, fedrwn i ddim diodda rhagor.

'Symud i fyny, Ann,' medda fi, a setlo ar y fainc wrth ei hochor.

Wrth fy ngweld i'n stryffaglio i gael y papur i ffitio'r tun, dyna hi'n deud,

"Na i hwnna i ti os lici di.'

Fydda fiw iddi neud hynny yn yr un dosbarth arall, ond dydy o ddim ots gan Miss Cooper pwy sy'n gneud be, cyn bellad â'i fod o'n cael ei neud yn union fel y dyla fo. Ac mae Ann, fel merch Mrs Pugh, wedi hen arfar leinio tunia.

Fe fu'n rhaid i Megan ac Elsi ail-neud eu tunia, ac roeddan nhw'n dal wrthi pan ganodd y gloch.

'Wela i di ddiwadd pnawn, Ann,' medda fi, wrth gerddad heibio iddyn nhw a 'nhrwyn inna, hynny sydd 'na ohono fo, yn yr awyr.

Pan gyrhaeddodd Dad a finna adra'r pnawn hwnnw, doedd 'na ddim golwg o fwyd.

'Cur yn dy ben sydd gen ti, Jen?' medda Dad wrth ei gweld hi'n ista wrth y bwrdd gwag, ei thalcen wedi crychu a golwg bell yn ei llygaid, fel Anti Kate pan fydd honno'n mynd i ble bynnag bydd hi'n mynd.

'Meddwl ydw i.'

'Be i' ga'l i de, ia?'

Ond anwybyddu hynny ddaru Mam, a deud,

'Pam na fedrwn ni neud rwbath fel'na?'

'Fel be, d'wad?'

'Y ddrama 'na welson ni.'

'Fedran ni ddim.'

'Pam?'

'Pobol broffesiynol oedd rheina, 'te.'

Doedd 'na 'run tamad i'w gael drannoeth chwaith. Fe fu'n rhaid i ni forol am ein te ein hunain a'i fyta fo ar ein glinia, gan fod ar Mam angan y bwrdd i ddal y llyfra dramâu oedd hi wedi'u benthyg o'r llyfrgell, a'r rheiny'n gofyn ei holl sylw a'i hamsar.

Erbyn dydd Merchar, roedd y dewis a'r te wedi'u gneud.

'Mi w't ti 'di gorffan, felly?' medda Dad, wrth ei fodd fod petha'n ôl fel roeddan nhw. Dydy'i linia fo ddim wedi'u bwriadu i ddal platia.

'Gorffan! Dydw i prin wedi dechra. Be am yr actorion, y gwisgoedd, setia, goleuo, pobol i ofalu am y llwyfan a'r promptio a'r coluro?'

'Oes angan rheiny i gyd?'

'Wrth gwrs fod 'na. Falla nad ydan ni'n bobol broffesiynol, ond mae'n rhaid gneud y peth yn iawn, neu ddim o gwbwl.'

'Ddim o gwbwl' fydda hi tasa Dad heb ddeud un noson y dyla'r ddrama gael ei chanslo. Doedd 'na ddim llun ar betha rhwng yr holl edliw a bygwth a ffraeo. Er bod Mrs Wyn-Rowlands wedi cael un o'r prif ranna fel Lady Vaughan, gwraig y sgweiar, roedd hi o'i cho fy mod i wedi 'newis yn forwyn, ac nid Llinos Wyn. Mi fydda wedi rhoi'r gora iddi cyn dechra oni bai i Mam ddeud nad oedd 'na neb mwy addas i chwara rhan ledi, ac y câi hi ddewis ei wardrob ei hun. Fe wrthododd Mr Edwards fod yn ficar, a mynnu cael bod yn Weinidog yr Efengyl, ac roedd Mr Price Tŷ Capal wedi ypsetio'n arw pan benderfynodd Mam ei fod o'n rhy hen i fod yn fab i Mrs Wyn-Rowlands a Dad, Sgweiar Vaughan. Fe fu'n rhaid iddi rybuddio Huw John, tad Robert a David John, y mab afradlon, nad oedd 'na ddim smocio na rhegi i fod, ac i gofio mai festri capal oedd hon, nid y Meirion.

Roedd yr holl helynt a cholli cysgu wedi effeithio ar Dad a fedra fo'n ei fyw gofio'i linella.

'Y sgweiar ydach chi, Mr Owen,' medda Mrs Wyn-Rowlands. 'Un o bileri cymdeithas, ac nid hen ddyn dotus na fedar o gofio enw'i fab ei hun.'

'Nid yw mwyach yn fab i mi,' medda Dad drwy'i ddannadd.

'Ar ôl iddo fynd ar gyfeiliorn y dylach chi ddeud hynna. Gnewch ymdrach i ganolbwyntio, da chi.'

Dyna'r noson y deudodd Mam wrtho fo, wedi i ni gyrradd adra, ei bod hi, fel y cynhyrchydd, yn disgwyl i'w gŵr osod esiampl i'r lleill. A dyna pryd ddeudodd o,

'Wn i'm i be 'dan ni'n boddran. Mi dw i'n meddwl y dylan ni ganslo'r ddrama, ac anghofio amdani.'

'Sut medri di ddeud y fath beth a finna wedi gweithio mor galad, heb sôn am ddelio efo'r holl gwyno a bygwth?' medda Mam, er bod ei nerfa hi'n racs a chur pen yn ei lladd hi.

'Ydy o werth hynny i gyd?'

'Mi fydd. Dy ddrwg di, Richard, ydy dy fod ti'n ildio'n rhy hawdd. On'd ydy pobol ar hyd y canrifoedd wedi gorfod diodda er mwyn eu crefft.'

39

Ar ein ffordd yn ôl i'r ysgol rydan ni, Ann a finna, y ddwy ohonon ni'n rhyw fath o ffrindia unwaith eto. Mi fydda'n well gen i aros i ginio yn y cantîn efo'r lleill, ond mae byta adra'n rhatach yn ôl Mam. Roedd Mrs Pugh yn barod iawn i dalu am y cinio, er mwyn cael llonydd, ond gwrthod ddaru Ann a deud fod ei ogla fo'n ddigon i'w gneud hi'n sâl, er nad ydy hi wedi bod yn agos i'r lle.

Mae hi yn un o'i hwylia drwg. Falla fod Porci Pugh wedi claddu'r cwbwl cyn iddi gyrradd. Mae gen i afal yn fy mhocad, ac rydw i'n cynnig brathiad iddi gan fod diodda brawd bach barus yn ddigon drwg heb orfod wynebu Miss Evans ar stumog wag. Dydy hi ddim yn diolch i mi hyd yn oed, dim ond ysgwyd ei phen a gneud siâp 'ych' efo'i cheg. Mi geith lwgu, felly. Rydw i wedi gneud fy nhro da am y dwrnod.

Mi alla i weld David John yn codi'i law arna i yr ochor arall i'r relins. Mae ynta yn 2A. Roedd o isio dŵad i ista wrth fy ochor i yn y dosbarth, medda fo, ond ofn y bydda'r hogia'n gneud sbort am ein penna a'n galw ni'n ddau gariad oedd ganddo fo. Fydda hynny'n poeni dim arna i.

Falla ei fod o'n aros amdana i, a finna yn fan'ma'n gwastraffu amsar yn gwrando ar Ann yn cwyno ac yn bytheirio.

'Wela i di nes ymlaen,' medda fi, er nad ydy o ddim gwahaniath gen i taswn i heb ei gweld hi am ddyddia.

'Pam na fasat ti 'di deud wrtha i?'

'Deud be?'

'Fod dy dad yn mynd i briodi Miss Hughes, *Standard Five.*'

'Doedd o ddim.'

'Oedd mi oedd o. 'I dympio hi ddaru o, medda Eleanor.'

Er bod Dad ar fai yn gneud i mi ddiodda, fedra i ddim gadal i ryw bot llaeth fel hon ddeud peth cas amdano fo.

'Os oes raid i ti ga'l gwbod, Miss Hughes oedd isio'i briodi o ac yn gwrthod gadal llonydd iddo fo. 'Ti'n cofio fel bydda hi'n pigo arna i drwy'r amsar?'

'Am dy fod ti'n methu gneud dy syms ac yn ddigwilydd efo hi.'

'Dial arna i roedd hi, 'te, am nad oedd Dad mo'i hisio hi.'

'Mi fydda gen i gwilydd tasa 'Nhad i 'di gneud peth felly,' medda hi mewn llais 'run ffunud ag un Miss Hughes.

Rydw i'n crynu drosta, ac yn teimlo fel rhoi celpan iawn iddi.

'Chdi,' medda fi, 'ydy'r dwpsan fwya wn i amdani.'

Mae'r gloch yn canu, ond cyn i mi allu symud cam rydw i'n gweld Eleanor Parry yn brasgamu tuag aton ni. Yn ôl Barbra a Beti, welodd neb mohoni am sbel wedi iddi ddŵad adra, gan ei bod hi'n gorfod aros yn y tŷ yn ystod y dydd a ddim ond yn cael mynd allan wedi iddi dwllu. Ond mae'n amhosib cuddio rhywun mor fawr ac mor uchal ei chloch ag Eleanor, ac fe ddaeth y plismon plant o hyd iddi a gorfodi ei nain i'w gyrru hi i'r ysgol. Mae hi rŵan yn 2B efo Ann, ac yn edrych yn union yr un fath ag arfar er ei bod hi wedi cael ei chadw yn y twllwch am cyn hirad.

'Be mae hi wedi bod yn ei ddeud wrthat ti?' medda hi wrth Ann.

Er bod yr hyn ddeudis i'n wir, dydy Ann, hyd yn oed, ddim digon gwirion i ailadrodd hynny. Y munud nesa, mae fy ffrind-gora-i-fod yn prepian wrth Eleanor 'mod i 'di galw enwa arni, ac nad ydw i mo'i hisio hi rŵan 'mod i'n mocha o gwmpas efo David John. Ac mae Eleanor, gafodd ei dal yn gneud petha ych-a-fi efo Bili Jones yng nghefn Glynllifon, yn fy ngalw i'n hen hogan fach gomon, yn gafal ym mraich Ann ac yn deud,

'Hidia befo hi. Mi gei di fod yn ffrind i mi.'

Gan fy mod i'n hwyr yn cyrradd y dosbarth, mae Mr Mathews yn rhoi marc du gyferbyn â f'enw i Rydw i'n edrych yn slei bach ar David John, ond dydy o ddim yn cymyd arno 'ngweld i. Mae'n siŵr ei fod o'n meddwl fod yn well gen i fod efo Ann, yr un fwya twp ar wynab daear, nag efo fo.

Ysgrythur efo Miss Evans ydy'r wers gynta. Mae hi'n printio'r gair MADDEUANT mewn llythrenna bras ar y bwrdd du a *'To err is human, to forgive divine'* 'dano fo.

'A be mae'r adnod hon yn ei ddweud wrthon ni?' medda hi.

Megan Lloyd ydy'r unig un i godi'i llaw.

'Fod Duw am i ni fadda i'r rhai sy'n pechu yn ein herbyn ni, Miss.'

Mae Miss Evans, nad ydy hi erioed wedi madda i neb am bechu yn ei herbyn, yn gwenu'n bles arni, ac yn gofyn,

'A be ddylan ni ei wneud pan fyddwn ni wedi pechu?'

Rydw inna'n codi fy llaw, ond nid i atab y cwestiwn, er 'mod i'n gwbod yn well na neb be ddyla hwnnw fod. Poen yn fy mol sydd gen i, a fedra i ddim dal lawar hirach. Mae Miss Evans yn edrych yn siomedig. Wedi gobeithio roedd hi, mae'n debyg, y byddwn i'n rhoi'r atab anghywir a hitha'n cael y plesar o 'nghywiro i. Wrth i mi adal y stafall, mi fedra i glywad Megan Lloyd yn deud, 'Gofyn am faddeuant Duw, Miss.' Dyna rwbath nad ydy'r ddwy yna rioed wedi gorfod ei neud.

Mae sêt y tŷ bach yn oer, a does 'na ddim ogla rhy dda yma, er bod Mrs Williams 'llnau'r ysgol yn tywallt galwyni o ddisinffectant i lawr y pan. Ond mi arhosa i yma cyn hirad ag y medra i. Yr unig gysur sydd gen i ydy gwbod y bydd Ann yn gorfod diodda hefyd, gan na fedra i feddwl am waeth cosb na chael Eleanor Parry'n ffrind. Falla y bydd sgwennu pennill yn help i basio'r amsar. Am be fydd o? Yr Ann 'na sydd wedi troi ei chefn arna i, ynta Miss Evans, nad ydy hi byth yn gneud yr hyn mae hi'n ei ddeud?

Erbyn i mi godi oddi ar y sêt, fy mhen-ôl fel lwmp o rew a 'nannadd yn clecian, rydw i wedi gorffan y pennill:

> Fydd Ann ddim gwell o ddeud sori
> wrth Dduw, 'neith o byth fadda iddi.
>   Mae hi ar y ffordd lydan
>   i h, e, dwy l rŵan
> fraich ym mraich efo Eleanor Parry.

Mae Dad wedi bod wrthi am oria yn chwilio drwy'r 'Geiriadur Beiblaidd'.

'Fydda'm gwell i ti fynd dros dy ran?' medda Mam. 'Dim ond tridia sydd 'na.'

'Mi fedra i ei adrodd o yn fy nghwsg. Ro'n i'n iawn, 'sti. Dydy'r '*To err*' 'na ddim yn adnod.'

'Pwy ddeudodd ei bod hi?'

'Miss Evans drws nesa. Mae hynny fel deud y dylan ni fadda i'r rhai sy'n pechu yn ein herbyn ni, Mam.'

'Mi wn i be mae o'n ei feddwl, ond ŵyr hi ddim.'

'Fe fydda'n well iddi neud yn siŵr o'i ffeithia. Mae arna i flys gofyn iddi lle cafodd hi'r dyfyniad 'na.'

'Well i ti beidio mentro, Richard. P'un bynnag, mae ganddon ni betha pwysicach i feddwl amdanyn nhw. Mi dw i am i ti fynd i weld Mr Price, Tŷ Capal.'

'I be, 'lly?'

'I'w berswadio fo i ofalu am y llwyfan.'

'Ond mae o wedi pwdu am na chafodd o fod yn fab i mi, 'dydy?'

'Deud ti wrtho fo na fedrwn ni ddim trystio neb arall i neud y gwaith.'

'Dwy law chwith sy gan hwnnw hefyd.'

'Ond mae dwy law chwith yn well na'r un llaw o gwbwl.'

'Gobeithio hynny,' medda Dad, a chroesi'i fysadd.

Dyna fyddwn ni'n tri yn ei neud am y tridia nesa.

40

Fe aeth petha o chwith hyd yn oed cyn i'r ddrama ddechra. Roedd mwstásh Dad yn dŵad yn rhydd bob tro y bydda fo'n cymyd ei wynt, a doedd gan colur a gwisgoedd, mam Janet-dwn-i'm, ddim syniad be i' neud nes i Mr Price, y rheolwr llwyfan, estyn tiwb o gliw iddi a deud, 'Mi gadwith hwnna fo'n 'i le.' Welodd neb mo'r Gwnidog ers pan aeth y chwiorydd â'i golar i gael ei golchi a'i smwddio a'i startsio. Roedd o'n hwyr yn cyrradd, gan ei fod o wedi aros nes bod pawb yn y festri cyn sleifio i mewn drwy'r cefn. Fedra colur a gwisgoedd mo'i chael hi i gau am ei wddw, a fedra ynta ddim mynd i ŵydd pobol hebddi. Mr Price gafodd y syniad o'i glynu hi at ei gilydd efo'r tâp sy'n cael ei ddefnyddio i drwsio llyfra emyna.

'Be fydda'n dŵad ohonon ni heb ein rheolwr llwyfan?' medda Mam, a gwgu ar Annie Price pan ddeudodd honno,

'Be ddaw ohonoch chi efo fo, dyna liciwn i wbod.'

Fuo hi fawr o dro cyn cael gwbod. Roeddan ni ar y llwyfan, Dad yn ei siwt frethyn a'i dei bô, Mrs Wyn-Rowlands yn y ffrog sidan oedd hi'n ei gwisgo i rannu gwobra yn y Carnifal, a finna mewn du i gyd ar wahân i ffedog fach wen a chap ffrils, yn aros i'r cyrtan agor.

'Ma'n rhaid fod y cythral yn sownd,' medda Mr Price, a rhoi plwc gwyllt i'r llinyn nes bod rhan o'r set yn syrthio. Wrth i David John, oedd wedi cael ei yrru yno gan ei fam i neud yn siŵr nad oedd ei dad afradlon yn sleifio allan i'r Meirion, ruthro i'w godi, mi fedrwn i ei glywad o'n deud wrth y rheolwr am godi'i draed gan ei fod o'n sefyll ar y cyrtan. Pan agorodd hwnnw, roedd David John wrthi'n trio gosod y ffenast yn ôl yn ei lle.

'Mae'r cnaf yna o'r pentref yma eto,' medda Lady Vaughan. 'Rhaid i chi ollwng y cŵn arno, Charles.'

A dyna Sgweiar Vaughan yn codi ar ei draed, yn tynnu'i fysadd drwy'i fwstásh, ac yn deud,

'O'r gorau, f'anwylyd.'

Fel roedd o'n croesi at y drws, mi fedrwn i glywad Mam yn sibrwd,

'Cadwch at y sgript, cadwch at y sgript.'

'Dyna hynna wedi'i setlo,' medda Dad, ac yn ôl â fo i'w gadar.

Er nad oedd gen i fawr i'w ddeud ond, 'Ia, Ma'am' ac 'O'r gora, Syr', roedd Mam wedi fy rhybuddio i i beidio sefyll yno fel delw. Ro'n i wrthi drwy'r amsar, yn hel llwch, yn symud clustoga o un gadar i'r llall, ac yn tywallt y te yn ôl i'r tebot at y tro nesa. Dim ond un frawddeg oedd gen i – 'Mae'r Gweinidog wedi galw i'ch gweld chi, Ma'am, Syr', ond cyn i mi allu clirio 'ngwddw roedd Mr Edwards ar ei ffordd i mewn. Fe aeth yn sownd yn ffrâm y drws, ac oni bai fod David John yno i'w dal hi at ei gilydd fe fydda'r set gyfa wedi chwalu'n ddarna.

'Steddwch i lawr, bendith tad i chi,' galwodd Annie Price wrth ei weld o'n mynd â'i ben yn gynta am y bwrdd bach. Hi oedd wedi mynnu ein bod ni'n defnyddio llestri *bone china* ei nain, gan nad oedd rhai Maenofferen M.C. yn gweddu i dŷ byddigions.

Y peth cynta 'nath o ar ôl ista oedd ei helpu ei hun i'r bisgedi, yno o ran sioe'n unig, a fedra fo ddeud 'run gair am sbel gan fod ei wynt yn fyr a'i geg yn llawn.

'Paned o de, Barchedig?' medda fi, gan nad oedd neb arall yn deud dim chwaith.

'Diolch i chi, ym, ym.'

'Cadwch at y sgript,' medda'r llais o ochor y llwyfan.

Roedd colur a gwisgoedd wedi gneud gwaith da ar Huw John. Tasa ganddo fo gyrn ar ei ben, mi fydda'n edrych fel y diafol ei hun. Dim ond unwaith ddaru o regi, ond roedd hynny'n ddigon i neud i Lady Vaughan lewygu, ac i minna ruthro i nôl y *smelling salts* a dal y botal o dan ei thrwyn, er nad oedd hynny i fod i ddigwydd nes bod y Sarjant wedi cyrradd i restio'i mab.

Mi dw i'n meddwl y bydda Mr Pritchard wedi gneud llawar gwell plismon na Sarjant Parry, sy'n treulio'i ddyddia yn y Stesion, ei draed i fyny ar ei ddesg a'r bleind wedi'i gau, er bod ganddo fo ormod o ofn Mrs Pritchard i smocio'i getyn yn y tŷ.

Roedd 'na doriad cyn yr act ola, er mwyn gallu clirio'r llwyfan. Fe adawodd Mr Price y gwaith i gyd i David John, a mynd i rybuddio'r gynulleidfa i aros yn eu seti.

'Mae o wrth 'i fodd yn deud wrth bawb arall be i' neud,' medda Annie Price, wrthi'n lapio'r *bone china* mewn papur sidan. 'A mi fedra i ddiolch fod llestri Nain druan yn dal yn gyfa. Wn i ddim be oedd ar 'y mhen i'n cytuno i roi eu benthyg nhw. Mi fydda'r llestri M.C. 'di bod yn hen ddigon da i chi.'

'Wrth eu gweithredodd yr adnabyddwch hwynt, Mrs Price,' medda'r Gwnidog, a stwffio'r fisged ola i'w geg.

Pan agorodd y cyrtan, roedd Huw John, gafodd ei roi mewn cell gan Sarjant Pritchard, ar ei linia a Beibil yn ei law. Fe allach chi glywad pìn yn disgyn wrth iddo fo ganu ffarwél i'w fam a'i dad, ac erfyn arnyn nhw fadda iddo fo. Dyna'r gân fwya digalon glywas i rioed.

Wedi i'r cyrtan gael ei gau am y tro ola, roedd yn rhaid i ni'r actorion sefyll yn un rhes ar y llwyfan, fel y bobol broffesiynol yn y Forum, tra oedd pawb yn curo dwylo, a'r hogia yn y cefn yn chwibanu ac yn dobio'u traed ar lawr.

'Diolch byth fod hynna drosodd,' sibrydodd Dad yn fy nghlust i.

Chlywodd neb y 'Gras ein Harglwydd', ac fe ddiflannodd Mr Edwards druan am adra cyn i'w golar ddod yn rhydd.

Fe fuon ni'n aros y tu allan i'r festri fach am hydodd, er mwyn i mam Janet helpu Lady Vaughan i fod yn Mrs Wyn-Rowlands unwaith eto, ond roedd y mab afradlon wedi newid yn y tŷ bach a'i heglu hi am y Meirion heb aros i gael gwarad â'r colur. Mae'n siŵr ei fod o'n ddigon i ddychryn pwy bynnag oedd yn digwydd bod o gwmpas allan o'u crwyn.

Cyndyn iawn oedd Mr Pritchard o dynnu'i iwnifform. Plismon oedd o isio bod erioed, medda fo, ond fe gafodd ei wrthod am ei fod o chydig fodfeddi'n rhy fyr. Pan ddeudis i y bydda fo wedi gneud llawar gwell plismon na Sarjant Parry, dyna fo'n gwenu arna i ac yn tanio'i bibell. Ond chafodd o ddim mwy na pwff neu ddau cyn cael ei yrru allan.

Roedd Dad, yn ei ryddhad o gael y cwbwl drosodd, wedi anghofio bob dim am ei fwstásh. Wydda mam Janet-dwn-i'm sut i'w gael o i ffwrdd.

'Ydw i'n eich brifo chi, Mr Owen?' medda hi, wrth drio'i dynnu o fesul blewyn efo'i bys a'i bawd.

'Rhowch blwc sydyn iddo fo,' medda Mam. Ac i ffwrdd â fo, gan adal Dad efo cnawd coch amrwd a dagra yn ei lygaid.

Fu Mr Price fawr o dro'n tynnu'r set i lawr, gan ei bod hi'n disgyn oddi wrth ei gilydd erbyn hynny, er i Mam ddeud wrtho fo am fod yn ofalus gan y byddwn ni ei

hangan hi eto. Lwcus na chlywodd Dad mo hynny. Fe
'nath Mrs Wyn-Rowlands, oedd yn dal i'w ffansïo ei hun
fel Lady Vaughan, i mi sgubo'r briwsion bisgedi. Erbyn i
mi orffan, roedd pawb wedi gadal ond ni'n tri, ac ro'n
i'n teimlo fy mod i wedi diodda mwy na digon er mwyn
fy nghrefft.

Wrthi'n cael ein swpar roeddan ni, ac yn edrych ymlaen
at gael noson o gwsg braf, pan ddeudodd Mam,

'Ro'n i tu hwnt o falch ohonat ti, Richard.'

'A be amdana i, Mam?'

'Braidd yn hael efo'r tebot, falla, ond mi 'nest ti'n
dda iawn chwara teg i ti.'

'Roedd 'na gryn dipyn o gamgymeriada,' medda Dad,
oedd yn cael traffarth i agor ei wefusa gan eu bod nhw
wedi glynu'n ei gilydd.

'Petha bach, 'na'r cwbwl. Mi dw i'n meddwl y dylan
ni anelu'n uwch tro nesa.'

'Shakespeare, falla, Jen?'

'Pam lai?' medda Mam a'r olwg bell yn ei llygid. 'Mi
alwa i yn y llyfrgell ddechra'r wythnos.'

41

Rydw i wedi cael fy nghadw i mewn ar ôl 'rysgol mewn be maen nhw'n ei alw'n *detention*. Mae'r tri arall wedi bod yma o'r blaen ac yn gwbod be i'w ddisgwyl, ond wn i ddim. Mi dw i'n teimlo reit sâl, ac mae gweld Miss Evans yn cerddad i mewn a'i hadenydd yn fflapian yn fy ngneud i'n salach fyth. Wedi iddi ista wrth y ddesg ac edrych arnon ni dros ei thrwyn a'i sbectol, mae hi'n gofyn i'r hogan dew sy'n *Form Three* pam mae hi yma.

'Am atab y titsiar yn ôl, Miss.'

Ei chosb hi ydy sgwennu, gant o weithia, '*I must not be insolent in class*', ond dydy hynny i' weld yn poeni dim arni.

'Sychwch y wên 'na oddi ar eich wyneb, eneth,' medda Miss Evans yn siarp.

Er iddi neud sioe o rwbio'i hwynab efo'i llawas, mae'r wên yn dal yno, 'run mor sownd â mwstásh Dad. Fe gafodd y ddau hogyn eu dal yn cwffio yn yr iard, ac maen nhw'n cicio'i gilydd o dan y ddesg wrth fynd ati i sgwennu '*I must not*' efo dwy bensal er mwyn gallu gneud y gwaith yn hannar yr amsar.

'A pam ydach chi yma, Helen Owen?'

'Am anghofio gneud fy ngwaith cartra, Miss.'

Wedi iddi ailofyn y cwestiwn ac i minna roi'r un atab, mae hi'n cuchio arna i ac yn deud,

'Rydach chi yma am i chi ddweud celwydd, Helen Owen.'

Mae hynny'n gneud i'r hogia godi'u penna ac i'r wên wirion ddiflannu am eiliad, gan fod cael eich galw'n glwyddog yn llawar gwaeth na chwffio a bod yn ddigwilydd.

Ro'n i wedi bwriadu gneud fy ngwaith cartra *French* – sori Dad, Ffrangeg – ar ôl y Band o' Hôp, ond fe ddaru David John ofyn i mi fynd am dro efo fo.

Mi 'nes i'n siŵr ein bod ni'n cadw yn y gola. Dydy genod parchus, yn enwedig rhai sydd newydd fod yn y capal, ddim yn mentro i lefydd tywyll efo hogia, a dydw i ddim am fod yn Eleanor Parry arall. Cerddad o gwmpas y parc roeddan ni pan roddodd o sws i mi ar fy moch a gofyn,

''Nei di fod yn gariad i mi?'

''Sgen ti ddim ofn i'r hogia neud sbort am dy ben di?' medda fi.

''Sgen i'm ofn dim byd.'

Mi fedrwn i fod wedi'i atgoffa fo o'r ffigyr êt, ond y cwbwl 'nes i oedd addo y byddwn i'n meddwl am y peth. Er nad oedd angan hynny, gan fy mod i'n gwbod yr atab, fedrwn i'm meddwl am ddim arall, ac mi anghofias i'r cwbwl am y gwaith cartra.

Mae Miss Thomas yn dechra pob gwers drwy ddeud, *'Bonjour, mes enfants'*, a ninna'n atab, *'Bonjour, Mademoiselle'*. Rydw i wedi trio siarad drwy 'nhrwyn 'run fath â hi, ond dydy o'm yn swnio ddim byd tebyg.

Pan ofynnodd hi heddiw oeddan ni wedi gneud ein gwaith cartra, dyna ni i gyd yn deud,

'Oui, Mademoiselle.'

Roeddan ni wedi cael y dasg o sôn amdanon ni ein hunain. Fel yn Ysgol y Merched, Megan Lloyd oedd y gynta i ddarllan ei gwaith. Roedd hi wedi sgwennu llond tudalan, a'r rhan fwya o hwnnw yn Dybl Dytsh i mi.

'Très bien, Meganne,' medda Miss Thomas, a chwifio'i dwylo yn yr awyr.

Doedd 'na ddim ond chydig o funuda'n weddill pan gyrhaeddodd hi ata i. Fe ddechreuas i'n eitha da,

'Je m'appelle Helen Owen. J'ai onze ans.'

Fedrwn i fynd ddim pellach. Pan ofynnodd Miss Thomas, yn Saesnag gan nad oedd unrhyw bwrpas iddi wastraffu ei Ffrangeg arna i, pam ro'n i wedi esgeuluso gneud fy ngwaith cartra, mi ddeudis y peth cynta ddaeth i 'meddwl i.

'I was absent, Miss.'

Mi ddylwn fod wedi meddwl y bydda hi'n siŵr o estyn y register o'r ddesg. Fe fydd Mr Mathews yn galw ein henwa ni allan bob bora a phnawn ac yn ochneidio rhwng bob tic.

'And is your name Helen Owen?' medda hi.

'Oui, Mademoiselle.'

Mi fedrwn i glywad yr hogia'n pwffian chwerthin. Mae fy 'oui' i yn odli efo 'pee', ac yn golygu 'run peth.

A dyna pam rydw i wedi cael fy nghadw i mewn ar ôl 'rysgol i sgwennu, gant o weithia, 'Honesty is the best policy'.

Taswn i wedi bod yn onast, yma y byddwn i p'un bynnag, ond dydy anghofio gneud gwaith cartra ddim yn cael ei gyfri'n bechod. Fe fydd yr hogan a'r wên sownd, sy'n yr un dosbarth â Barbra a Beti, yn siŵr o ddeud wrthyn nhw, ac fe ddaw pawb i wbod cyn pen dim. O hyn ymlaen, mi fydda i'n cael fy nabod, nid fel yr hogan nad oedd hi'n ddim ond tiwnic a thraed, ond fel yr hogan glwyddog 'na, a fydd neb yn credu 'run gair ddeuda i.

Fel bod gen i esgus dros fod yn hwyr, rydw i'n galw yn nhŷ Nain, er nad ydw i'n bwriadu mynd yn agos i'r stafall lle mae hi'n nos drwy'r amsar. Mae Yncl John yn ista wrth y tân a'i lygaid wedi'u cau, ac Anti Kate yn sefyll wrth y ffenast yn cnoi'i gwinadd.

Mae'n cymyd sbel i Yncl John ddŵad yn ôl o sir Drefaldwyn.

'Wel, w't ti wedi setlo i lawr yn dy ysgol newydd?' medda fo.

'Nag'dw, a dydw i'm yn meddwl y gna i byth.'

'Mi ddoi di i ddygymod, 'sti. Fel deudis i, mae hynny'n rwbath rydan ni i gyd yn gorfod 'i neud.'

Mae Anti Kate yn rhoi'r gora i gnoi, ac yn gofyn yn bryderus,

'Dygymod efo be?'

'Hidia di befo, Kate. Mae Helen yn deall am be ydw i'n sôn, 'dwyt?'

'Mi dw i'n meddwl 'mod i. Does gen i'm dewis ond aros yno a gneud y gora ohoni.'

'Be arall fedrwn ni 'i neud?' medda Anti Kate.

'Dyna'n union be ddeudis i, Kate.'

'Ia, wir? Mae hynny'n iawn, felly.'

Ac mae hi'n mynd drwodd i'r gegin gefn, yn hymian 'Dawel Nos'.

42

Mi dw i wedi gneud fy ngora i osgoi Barbra a Beti, ond pan gyrhaeddas i'r festri neithiwr roedd y ddwy'n ista ar y wal, yn sownd yn ei gilydd. Y cwbwl allwn i ei weld oedd un corff mawr a dau ben, 'run fath â'r ddynas honno yn Ffair Llan. Dim ond ei llun hi ar bostar welas i. Ches i ddim mynd i mewn i'r tent, am fod ar Mam ofn i mi gael hunlla.

Ro'n i wedi penderfynu aros wrth y giât i aros am y lleill, ond mi fedrwn eu clywad nhw'n galw,

'Pam w't ti'n cuddio, Helen Owen?'

'Dydw i ddim,' medda fi, a cherddad atyn nhw, fy stumog i'n corddi.

Roeddan nhw wedi cael gwbod pam y ces i fy rhoi yn *detention*. Rŵan amdani, medda fi wrtha'n hun, a gwasgu 'nyrna. Dydw i ddim am grio o flaen y ddwy yma, faint bynnag mor gas fyddan nhw. Ond deud ddaru un nad oedd yr hyn alwodd Miss Evans yn gelwydd yn ddim ond esgus, a hwnnw'n un sâl ar y naw.

''Na'r gora fedrat ti neud?' medda'r llall.

'Fedrwn i'm meddwl be i' ddeud.'

'Ti'n meddwl y dylan ni roi tips iddi, Beti?'

'Dim ond os gneith hi addo gofyn i'w mam gawn ni fod yn y ddrama nesa.'

'Mi dw i'n addo,' medda fi. 'Shakespeare fydd honno.'

'Fe ddaru ni 'i neud o yn *English*, yn do, Barbra? "*To be or not to be, that is the problem.*"'

Roedd y Gwnidog wedi cyrradd. Fe eisteddodd ar y wal i gael ei wynt ato cyn deud ei fod ynta'n edmygydd o Fardd Avon ond ma' '*that is the question*' ddyla fo fod.

Wrth i mi gerddad am y stryd fawr efo David John, rydw i'n penderfynu anghofio'r cwestiwn a ydy Barbra a Beti i fod neu ddim i fod am rŵan. Yn lle sôn am Dduw ac Iesu Grist, y cwbwl 'nath y Parchedig am awr gyfa oedd canmol y Shakespeare 'ma, nes ein bod ni wedi hen 'laru arno fo. Roedd o'n gofyn cwestiyna na fedra neb eu hatab ond Janet-dwn-i'm. Hi oedd yr unig un wydda fod rhyw ddyn o'r enw Romeo wedi cymyd gwenwyn am ei fod o'n credu fod Juliet, ei gariad, wedi marw. Ond doedd hi ddim, a pan welodd hi be oedd Romeo wedi'i neud, dyna hitha'n ei lladd ei hun. Roedd Robert John yn meddwl fod hynny'n beth stiwpid, ac mi wylltiodd yn gacwn pan ddeudodd Llinos Wyn y bydda pawb yn deud gwd ridans tasa fo'n gneud 'run peth.

'Fasat ti'n lladd dy hun fath â'r ddynas Juliet 'na taswn i'n marw?' medda David John.

'Na, ond mi faswn i'n ddigalon iawn.'

'A finna.'

Rydw i'n deud 'ta-ta, wela i di fory' ac yn cerddad ymlaen heibio i dŷ Miss Smith, gan ofalu cadw'r ochor arall i'r ffordd. Mae Mam yn siŵr o ofyn, fel bob tro, be fuon ni'n ei neud yn y Band o' Hôp. Fiw i mi sôn gair am Shakespeare neu fe fydda i a Dad yn byta ar ein glinia eto a finna'n gorfod cadw'r addewid i Barbra a Beti.

Mae Dad wedi mynd i weld Nain. Fe fyddan nhw'n sôn am yr erstalwm, pan oedd Dad a'i frodyr yn hogia – Yncl Bob, fedra neud efo awyr iach a mwy yn ei fol, ac Yncl Jac, aeth i'r Merica i neud ei ffortiwn a dŵad adra mewn arch – ac Anti Kate yn gwbod lle roedd hi ac yn credu y galla hi fod yn ail Edith Wynne. Pan ddaw o'n ôl adra, a golwg ddigalon arno fo, mi fydd Mam yn teimlo'r drafftia, yn rhoi rhagor o lo ar y tân, ac yn aros iddo fo ddŵad ato'i hun. Dim rhyfadd fod yn gas ganddi nos Fawrth.

43

Y peth cynta ofynnodd Mam i mi neithiwr oedd,

'Be w't ti 'di neud i ypsetio Ann?'

'Dim byd.'

'Fe alwodd Mrs Pugh yma heno. Mae'r hogan mewn andros o stad, medda hi.'

Roedd honno wedi gneud yn siŵr na fyddwn i o gwmpas i amddiffyn fy hun, ond dydw i ddim am gymyd y bai tro yma.

'Dim ond deud ma' hi ydy'r dwpsan fwya wn i amdani 'nes i.'

'Doedd hynna ddim yn beth neis iawn i'w ddeud.'

'Nag oedd, ond mae o'n wir.'

Ofn oedd gen i y bydda Mam yn mynnu cael gwbod be oedd Ann wedi'i neud i haeddu hynny, ond dim ond nodio ddaru hi.

'Sut byddach chi'n teimlo tasa'ch ffrind gora yn eich gadal chi am rywun fel Eleanor Parry?'

'O, diar! Mrs Pugh druan.'

'A be amdana i?'

'Chditha hefyd. Ond ar Ann fydd hi waetha. Ma'n rhaid i ti neud rwbath yn 'i gylch o, Helen.'

'Pam dylwn i?'

Ond does gen i'm gobaith mul yn y *Grand National* unwaith y bydd Mam wedi penderfynu fod yn rhaid gneud rwbath. Dyna pam rydw i wedi galw heibio i dŷ Ann ar fy ffordd o'r ysgol.

'Mi dw i mor falch o'ch gweld chi, Helen,' medda Mrs Pugh. Dyna'r tro cynta rioed iddi ddeud hynny. Dydy hi ddim yn gwisgo'i brat, a does 'na ddim ogla bwyd yn dŵad o'r gegin. Mae'n rhaid fod ei rwtîn hi wedi cael ei chwalu'n racs.

Rydw i'n mynd drwodd i'r parlwr. Mae Ann yn gorwadd ar y setî a dim ond top ei phen i'w weld uwchben y cwilt.

Dydw i ddim am ofyn iddi sut mae hi. Mae hi'n mwmblan rwbath sy'n swnio fel 'sori'.

'Be ddeudist ti?' medda fi.

''Mod i'n sori. Mae o'n beth ofnadwy, Helen.'

'Be, 'lly?'

'Bod yn ffrind i Eleanor Parry.'

Mae'i llygid bach pinc, rŵan yn goch o ôl crio, yn sbecian arna i dros ymyl y cwilt wrth iddi ddeud fel roedd Eleanor wedi'i bwlio a'i bygwth hi a'i chael i un helynt ar ôl y llall yn y dosbarth. Fe fydda'n stormio i mewn i'w tŷ nhw ac yn ei helpu ei hun i'r bwyd, yn gweiddi a rhegi a deud petha budur.

'Fel be?' medda fi.

''Ti'n gwbod.'

'Nag'dw ddim.'

'Well i ti beidio.'

Does 'na ddim dillad glân wedi bod am bythefnos na Fictoria Sandwij ers wythnosa, ac ma'i thad yn bygwth na fydd 'na 'run Dolig yn eu tŷ nhw 'leni.

''Nei di fod yn ffrind i mi eto?' medda hi mewn llais bach pitw.

Wn i ddim pam y dylwn i, a hitha wedi gneud i mi ddiodda – deud ma' arna i roedd y bai am fynd ag Eleanor i'r parti Dolig, llowcio'r *ice and port* heb gynnig llwyad i mi, fy llusgo i o gwmpas y lle a 'ngadal i wedyn, gwisgo'i chôt ora er mwyn Megan Lloyd, a sleifio'n ôl â'i chynffon rhwng ei choesa am nad oedd honno mo'i hisio hi. Ond mae hitha'n gwbod be ydy gorfod diodda erbyn hyn.

'Falla.'

Rydw i'n meddwl am yr adnod, nad oedd hi'n adnod yn ôl Dad, sgwennodd Miss Evans ar y bwrdd du – *'To err is human; to forgive divine'* – ac am y Belinda fach gafodd faddeuant er ei bod hi wedi lladd. Dydy bod yn ddwl ddim yn bechod, ac mae'r Ann 'ma, fel mae hi, yn well na bod heb yr un ffrind.

'Mi dw i'n falch na ddaru Miss Hughes briodi dy dad, 'sti.'

Mae hi wedi'i gael o'n iawn y tro yma, diolch byth.

'Finna hefyd. W't ti isio i mi alw amdanat ti bora fory?'

'Ia, plis. Be 'na i efo Eleanor?'

''I dympio hi. Deud wrthi y ceith hi fynd i Coventry ar 'i phen 'i hun rŵan fod dy ffrind gora di'n ôl.'

Mae Ann yn taflu'r cwilt ar lawr ac yn codi ar ei thraed. Gobeithio nad ydy hi'n mynd i afal amdana i. Dydw i ddim yn barod am hynny.

'Fydda i byth yn gas efo chdi eto,' medda hi.

Fel rydw i'n gadal y tŷ, mi fedra i ei chlywad hi'n deud wrth ei Mam fod pob dim yn mynd i fod yn iawn rŵan a plis gân' nhw Fictoria Sandwij i de fory er ei bod hi'n ddydd Iau.

44

Fyddwn i ddim wedi mynd i'r parti Dolig yn y Women's Institute oni bai fod gen i biti dros Ann. Does gan Mam ddim meddwl o ferchad sydd isio adeiladu Jerwsalem newydd yn *'England's green and pleasant land'*, pan mae gymaint o angan hynny yma, yng nghanol y llwch a'r llechi. Roedd Ann yn gobeithio y bydda hi'n dŵad yn gynta neu'n ail yn yr arholiada diwadd tymor, fel ei bod hi'n cael ei symud i fyny i 2A, ac wedi bod yn studio yng ngola tortsh yn ei gwely bob nos. Doedd 'na'm unrhyw bwrpas iddi neud hynny. Mi fydda'n well tasa hi wedi cael cwsg iawn ac arbad ei llygaid, sy'n gochach nag erioed. Ond o leia roedd ei chacan Dolig hi'n werth ei gweld. Hi gafodd y marcia ucha yn y dosbarth, ond dydy *Cookery* ddim yn cyfri, mwy nag arlunio. Ro'n i wedi cael llond bol ar weld fy nghacan i, ac yn teimlo fel ei thaflu hi drwy'r ffenast. Ond fe ddaru Ann fy helpu i i'w chuddio hi efo eisin. Er nad oedd hi'n edrych fawr gwell wedyn, mi fydd Mam a Dad yn siŵr o'i byta rhag ofn iddyn nhw frifo 'nheimlada i.

Methu deall o'n i pam oedd hi'n dewis mynd i'r parti, i gael ei hanwybyddu gan Megan ac Elsi, ond doedd hi ddim am iddyn nhw feddwl ei bod hi'n malio aros yn 2B, medda hi. Mi fydda rhywun yn meddwl, wrth wrando arni, ma' fan'no ydy'r lle brafia ar wyneb daear a'r Miss Evans 'na'r un glenia yn y byd.

'Be 'nei di os bydd Eleanor yn y parti?' medda fi.

'Fydd hi ddim. Mae'i nain hi wedi cael y sac o'r WI.'

Roedd hi wedi golchi'i llygaid efo borasig, a chael ei mam i roi *home perm* iddi, ond doedd hitha'n edrych fawr gwell, mwy na 'nghacan i.

Hi ddaru fynnu rhannu bwrdd efo Megan ac Elsi. Ro'n i'n teimlo fel dyla Eleanor fod wedi teimlo wrth iddi lowcio bwyd nad oedd ganddi hawl iddo fo ym mharti Dolig y capal, ac yn waeth hyd yn oed nag wrth y bwrdd bach yn y gornal yn nhŷ Elsi.

Mi fedrwn i glywad Ann yn gofyn i Megan, 'W't ti'n licio 'ngwallt i?' a honno'n deud ei fod o'n ei siwtio hi, er nad oedd o ddim. Fedrwn i ddim tynnu fy llygaid oddi ar y cyrls bach stiff oedd wedi'u glynu ar dop ei phen hi. Roedd yr ogla'n ddigon i droi ar stumog rhywun. Hyd yn oed taswn i'n llwgu, fedrwn i ddim fod wedi byta 'run tamad. Ond roedd gwaeth i ddŵad.

Do'n i rioed wedi chwara *postman's knock* o'r blaen, a wna i ddim, byth eto. Un munud, ro'n i yno efo'r lleill, yn methu aros i'r cwbwl fod drosodd; y munud nesa ro'n i y tu allan i'r stafall efo Bili-dal-pryfad.

'Be ydan ni fod i' neud rŵan?' medda fi.

'Hyn,' medda fo, a gwasgu'i wefusa mawr ryber yn erbyn fy rhai i. Ond yn lle tynnu'n ôl, fel y dyla pob hogan barchus, mi adawas iddo fo wthio'i dafod i mewn i 'ngheg i. Roedd hwnnw'n gynnas ac yn feddal, ac yn blasu o jeli coch ac eisin.

Ro'n i am ddeud wrth Dduw ar fy mhadar neithiwr be ddigwyddodd yn y parti, ond roedd gen i ormod o gwilydd. Dydy bod yn glwyddog yn ddim o'i gymharu â'r hyn 'nes i efo Bili Jones. Mae rhywun yn siŵr o brepian wrth David John. Fydd o ddim isio un nad ydy hi ond yn gadal iddo fo roi sws iddi ar ei boch ac yn snogio tu ôl i'w gefn, yn gariad. Ac unwaith daw pobol capal i wbod, fyddan nhwtha mo f'isio i yn yr Ysgol Sul na'r Band o' Hôp na Chwarfod Dirwast, a cha' i byth fy nerbyn yn gyflawn aelod o Maenofferen M.C. Rydw i'n cofio darllan yn y *Children's Guide to Knowledge* am y Catholics, sy'n mynd i mewn i focs tebyg i giosg ffôn ac yn deud wrth y *Father* sy'n cuddio y tu ôl i gyrtan eu bod nhw wedi pechu. Er ei fod o isio gwbod be ydy'r pechod, dydy hynny ddim i'w weld yn cyfri. Y cwbwl maen nhw'n gorfod ei neud er mwyn cael maddeuant ydy adrodd rhes o *Hail Marys*, a dyna bob dim yn iawn, tan tro nesa.

Yr unig ddewis sydd gen i, felly, ydy troi'n Gatholic. Ddyla hynny ddim bod yn rhy anodd. Os gallodd Mrs Wilson a'i merch ei neud o, siawns na alla i. Roedd y ddwy'n arfar dŵad i'n capal ni bob nos Sul ac yn ista lle bynnag y mynnan nhw, gan nad oedd Mrs Wilson yn credu y dyla rhywun dalu am sêt yn nhŷ Duw. Un Sul, fe fu'n rhaid i ni ista yn 'seti'r pechaduriaid' yn y cefn gan eu bod nhw wedi dwyn ein sêt ni. Roedd hynny cyn i Dad gael ei ddewis yn flaenor a doedd Mam ddim am ddifetha'i siawns o drwy neud ffys. Ond fe ddaru hi eu riportio nhw i'r Gwnidog.

'Gadewch bopeth i mi, Mrs Owen,' medda hwnnw.

Ofn oedd gen i y bydda Mrs Wilson yn deud ma' fo ddyla dalu iddi hi am orfod diodda'i bregetha. Ond fe gafodd o'i arbad. Roedd hi wedi'i weld yn dringo'r rhiw, a phan gyrhaeddodd o'r tŷ, yn hwffian ac yn pwffian, dyna lle roedd 'na nodyn ar y drws a '*Gone Catholic*' wedi'i sgwennu arno fo.

Rydw i rŵan yn ista ar wal yn Baron's Road, wedi dŵad i ofyn i Father Aidan be sy'n rhaid i mi ei neud. Mi alla i ei weld o'n cerddad tuag ata i. Mae o'n ifanc ac yn ddel, ac mi faswn i'n fodlon chwara *postman's knock* eto tasa 'na obaith cael sws ganddo fo. Ond yn ôl y

Children's Guide, does gan weinidogion Catholics ddim hawl i gael cariad.

'Ydy hi ddim braidd yn oer i ista yn fan'na?' medda fo.

Mae o'n gwenu arna i ac yn cerddad yn ei flaen am yr eglwys. Waeth i mi fynd adra ddim. Gwastraff amsar oedd y cwbwl. Efo tad sy'n flaenor a mam sy'n arolygydd yr Ysgol Sul, fedra i byth droi'n Gatholic. Gyda lwc, fydd neb ddim callach be fuo Bili Jones a finna'n ei neud. Fedar Megan Lloyd, hyd yn oed, er mor glyfar ydy hi, ddim gweld drwy ddrysa. Ar ferchad y WI mae'r bai. Ddylan nhw ddim gadal i rai ein hoed ni chwara *postman's knock*. Dydy hynny ddim ond yn gofyn am drwbwl.

Os deuda i fod yn ddrwg gen i wrth Dduw heno, mi fydd yn gwbod am be, heb i mi orfod egluro, gan ei fod o'n gallu gweld drwy ddrysa a walia. A siawns na fydd o'n deall nad oedd gen i'm dewis ond gneud be sy fod i gael ei neud yn yr hen gêm wirion 'na.

Pan gyrhaedda i adra, mi dw i am fynd ati i sgwennu penillion ar gyfer y 'cyngerdd mawreddog' noson Dolig. Be fydd Dad a Mam yn ei ddewis i'w adrodd tro yma, tybad? 'Rhoi'r meddwon ar werth' a phennod o Lyfr Job, falla. Ond beth bynnag fydd o, mi fetia i y byddwn ni'n tri, ar ôl canu 'Hen Wlad fy Nhadau', yn cytuno, fel bob Dolig, ma' hwn oedd y cyngerdd gora rioed.

Ro'n i'n eistedd wrth y ddesg yn ysgrifennu cardiau Nadolig pan ddaeth Elwyn drwodd.

'W't ti am i mi roi dy enw di ar y cerdyn 'ma i Nesta?' meddwn i.

'Wn i ddim i be. Chdi sy'n ei nabod hi, nid fi.'

'Mi dw i 'di bod yn trio cofio sut un oedd hi'n enath.'

'Digon tebyg i be ydy hi heddiw, ma'n siŵr. Fedrwn ni ddim newid yr hyn ydan ni.'

'Dyna ddeudodd Dad, 'te? Ond mynd ati i neud adduneda blwyddyn newydd 'nes i, er y dylwn i wbod na ddown i byth i sgidia Anti Lisi.'

'Sut medrat ti, a'r rheiny'n dod "oddi uchod"?'

'Roedd Nesta'n deud y gwir, 'sti. Ma'n rhaid 'y mod i rêl pen bach.'

'Be ŵyr honno.'

'On'd ydy hi'n fy nghofio i'n iawn, ac yn meddwl ei bod hi'n fy nabod i'n ddigon da i allu deud sut un o'n i, heb flewyn ar dafod.'

'A titha'n credu'r cwbwl?'

'Wn i ddim be i'w gredu. A dydy o ddim tamad o ots gen i, rŵan 'mod i wedi llwyddo i ddŵad yn rhydd o we'r erstalwm.'

'Mae'r nofel yn barod, felly?'

'Ydy, a finna'n ôl yn heddiw, diolch am hynny. Ond falla y dylwn i alw i weld Nesta.'

'Pam, mewn difri?'

'Am nad oes ganddi neb arall. Ac am fod hwn yn dymor ewyllys da.'

'Fydd hi isio dy weld di?'

'Y peth ola ddeudodd hi oedd ma' gadal petha fel roeddan nhw ydy'r peth calla, a chofio'r amsar da gawson ni erstalwm.'

'Teimlo fod arnat ti ddylad iddi wyt ti, ia?'

'Dylad?'

'Fydda'r nofel 'ma ddim yn bod oni bai amdani hi.'

Mi fu ond y dim i mi â throi'n ôl yn y gilfan wrth Llyn Ffridd. Fe eisteddais yn y car am sbel, yn meddwl am y diwrnod y glaniodd y wennol wrth fy nrws i. Nesta Stryd Capal Wesla, y Miss Morgan nad ydy hi ddim mwy o Miss na merch David John. Yr un nad o'n i wedi ei nabod y diwrnod hwnnw, nac yn ei chofio fel yr oedd hi erstalwm. Honno oedd wedi fy ngorfodi innau i fynd yn ôl.

Doedd 'na fawr neb o gwmpas, diolch am hynny. Ro'n i wedi cyrraedd y tŷ, ac yn paratoi i wynebu Nesta, cyn sylwi ar yr arwydd 'Ar Werth' uwchben y drws. Fe ddylwn fod wedi gadael y munud hwnnw, rhag ofn i rywun ddigwydd fy ngweld i, ond mi ges fy nhemtio i sbecian drwy ffenast y parlwr. Roedd y cadeiriau trymion roedd yn rhaid gwasgu heibio iddyn nhw wysg eich hochor, seidbord Nain Tangrisia, lluniau ysbrydion y gorffennol, i gyd wedi diflannu. Tybed ai wedi dychmygu'r cyfan ro'n i, ac nad oedd yna 'run Nesta'n bod, mwy nag Ann a Megan Lloyd ac Eleanor Parry?

'Awydd ei brynu o sydd ganddoch chi?' meddai llais o'r ochor draw i'r stryd.

'Na. Wedi galw i weld Miss Morgan.'

'Mae hi 'di hen fynd, ac yn falch o ga'l gadal y lle 'ma, medda hi.'

Mae hi'n croesi ata i. Mrs Jones, Tanrallt, mam fy nghariad cynta i, oedd am wybod pryd rydw i am ei roi o mewn llyfr. Fydd o'n ei nabod ei hun, tybad?

'Ro'n i'n meddwl ma' rywun diarth oeddach chi. Y golwg ddim cystal â buo fo. Ond mi wn i pwy ydach chi rŵan. Roedd Beti 'ma'n deud ei bod hi wedi'ch cwarfod chi. 'I nain hi dw i.'

'Wn i. Mam David John. Roeddan ni'n yr ysgol efo'n giydd.'

'Ac yn y capal, 'te. Chi oedd yn y ddrama efo Huw John ni, pan gafodd o 'i roi yn y jêl. Mi fedra i ei weld o rŵan ar ei benglinia ar y stej, a Beibil yn ei law.'

'Ac yn canu'r gân fwya digalon glywas i rioed.'

'Mi dach chitha'n cofio, felly?'

'Rhai petha.'

'Dydy cofio gormod o ddim lles i neb.'

'Nag ydy.'

Rydw i'n ôl wrth fy nesg ac yn syllu ar y sgrin unwaith eto. Mae llais yn sibrwd yn fy nghlust i.

'Lle ydan ni am fynd nesa?'

'Ni?'

'Chdi a fi, 'te.'

'Edrych ar hwn,' medda fi, a phwyntio at yr atalnod llawn olaf. 'Dyma'i diwadd hi.'

'Os wyt ti'n deud. Ond chei di ddim gwarad â fi mor hawdd â hynna.'